**图书在版编目(CIP)数据**

红灯笼 / 李全著. —杭州 : 浙江工商大学出版社, 2018.11

ISBN 978-7-5178-0355-3

Ⅰ. ①红… Ⅱ. ①李… Ⅲ. ①长篇小说—中国—当代 Ⅳ. ①I247.5

中国版本图书馆 CIP 数据核字(2018)第 225206 号

**红灯笼**

李 全 著

**策划编辑** 任晓燕

**责任编辑** 任晓燕

**封面设计** 林朦朦

**责任印制** 包建辉

**出版发行** 浙江工商大学出版社

(杭州市教工路 149 号 邮政编码 310012)

(E-mail:zjgsupress@163.com)

(网址:http://www.zjgsupress.com)

电话:0571-88823703,88831806(传真)

**排 版** 杭州朝曦图文设计有限公司

**印 刷** 杭州五象印务有限公司

**开 本** 710mm×1000mm 1/16

**印 张** 16

**字 数** 230 千

**版 印 次** 2018 年 11 月第 1 版 2018 年 11 月第 1 次印刷

**书 号** ISBN 978-7-5178-0355-3

**定 价** 68.00 元

# 主要人物及其他人物

**一、主要人物**

1. 钮佳悦，女，12 岁，江南少女。

2. 沈妍冰，女，24 岁，大家闺秀，曾留学德国。真实身份是密码专家。因回家途中被日本间谍误作丫鬟陈依然，故一直以丫鬟的身份出现。

3. 朱佩玉，女，25 岁，国民党“军统”高级特工，钮卫国结发妻子。

4. 李思瑶，女，23 岁，共产党潜伏人员，职业是医生。

5. 花野真衣，女，25 岁，日本女间谍，化名沈妍冰。

6. 钮卫国，男，27 岁，钮佳悦哥哥，朱佩玉丈夫，打入重庆“军统”内部的中共地下党员。

7. 李思源，男，28 岁，李思瑶哥哥，沈妍冰之未婚夫。“军统”外围保卫人员，因爱情背叛祖国，但最终醒悟。

**二、其他人物**

1. 谷海山，男，50 岁，“军统”特工，朱佩玉上司。

2. 李朝荣，男，12 岁，重庆人，“五三”“五四”大轰炸亲历者。

3. 钱大海，男，50 岁，地下共产党员，钮卫国的下线之一，小店老板。

## 目录 Contents

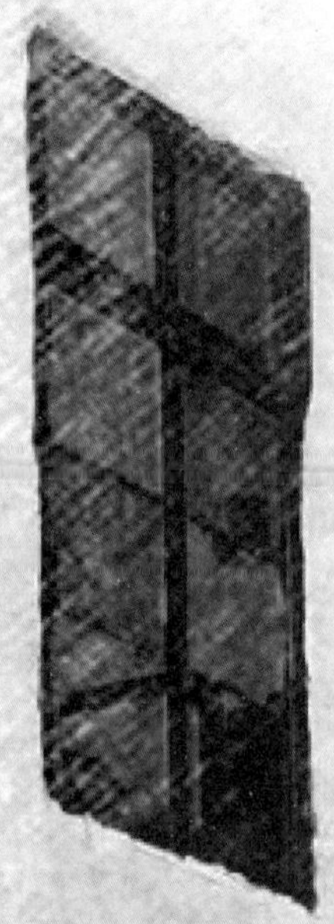

# Introduction
# 引　子　小西街在等待

“我回来了，终于回来了。”钮佳悦迈着沉重的步子，走在小西街上，不由感叹起来，“变化太大了，变得我都不认识这里了。”

虽然已经九十二岁了，但钮佳悦又像回到了她年少的那段时光，感觉到她那个犹如少女般的心“怦怦”跳个不停。她一直在告诉自己：这不是梦，这不是梦。因为街道两旁的店里正在直播着朱日和大阅兵，习近平总书记那铿锵有力的声音在街道上空久久回荡。

“我们的国家已经今非昔比，我们的军队也今非昔比。”钮佳悦不由停住脚步，在一家小店门前，看着电视里正直播的朱日和大阅兵：陆军、火箭军、战略支援部队、联勤保障部队……一个军队改革后崭新的军种或部队精彩登场，歼-16、歼-20歼击机，红旗-9B、红旗-22地空导弹，轻型全地型车、新型无人机……受阅装备有一半首次亮相；陆上作战、信息作战、特种作战、防空反导、海上作战、空中作战，综合保障、反恐维稳、战略打击……九个作战群按作战编组、以空地一体的形式接受检阅……

这个曾经在钮佳悦梦中出现过很多次的小西街，如今活生生地出现在她的视野里，让她除了感叹外，还是感叹。小西街是她出生的地方，如今却繁花似锦。钮佳悦高兴地抽泣起来："这里是中国湖州，这条街是湖州古老的小西街。"

钮佳悦在小西街走了好几个来回，一排排红灯笼映入她的眼帘。这是一片喜庆的红灯笼！

"红灯笼。快看，这里也有红灯笼。"钮佳悦像个小女孩似的忍不住喊了起来。

这一排排红灯笼在钮佳悦心中慢慢地堆积起来。然后，她仿佛听到了刺耳的防空警报声，所有的人都惊慌失措地跑动起来，中间还夹杂着喊声、哭声，那声音撕裂了钮佳悦的心。所有的人都在喊快跑，钮佳悦像一只断线的风筝，被人拽住往前跑、往前跑。待她跑得全身无力时，就听到了像夏日里打雷一样的声音，由远而近，接着火光冲天。钮佳悦随着奔跑的人群，不得不四处躲藏。特别是在那个满目疮痍的初夏，在几个小时的安静后，她不得不再一次躲避，因为身后的房屋在那个"雷声"中纷纷倒塌……

# CHAPTER 01
# 第一章　形影孤单的江南少女

1937 年初冬。

天空像伤心的人儿一样，连绵不断的阴雨，将湖州城包裹在了一片苦难之中。尽管雨已经下了很久，但还能闻见被轰炸过的气息，特别是空中弥漫的火药味，让人喘不过气来。虽然城中的焦土一点一点地被雨水淋熄，但让人能想象出被轰炸前，这里是多么安静与繁荣——小桥、流水、人家。这是江南特有的景象，如今只能看见断壁残垣，城内街道积尸、河道浮尸甚多；特别是城东二里桥陈尸遍野，城西横渚塘桥桥墩上摆满人头，桥面鲜血横流，桥下浮尸染红了溪水……

十二岁的钮佳悦背着一个被熏黑的包袱行走在湖州城的边缘，她的脸上除了忧伤之外还是忧伤，因为她清楚地记得前一天的事情。是的，就在前一天，她的父母都在这场突如其来的大轰炸中离她而去。现在，她要去上海找当兵的哥哥钮卫国，把这个消息告诉他。

哥哥钮卫国现在是她唯一的亲人。有好几年没见过哥哥了，钮佳悦不知道见到哥哥后，两人是否还能认识。

上海在哪一个方向，钮佳悦不是十分清楚。她只是听哥哥说过，上海很大，也很远。现在，从没出过远门的钮佳悦要一个人去很远的上海。虽然钮佳悦有些茫然，但不能因为路途遥远就放弃。因为只有找到哥哥，才会有希望替父母报仇。

钮佳悦听哥哥说过，城东有直达上海的船只。但钮佳悦来到城东时，连一条船的影子都没看到。一阵忧伤又忽然涌向钮佳悦心头，要是哥哥在，该多好。

“该死的日本鬼子，挨千刀的日本鬼子，把炸弹从天下丢下来，害得我们无家可归。”声音是从钮佳悦背后传过来的，钮佳悦惊恐万分。仅一会儿，钮佳悦就明白过来了，刚才说话的是个女人，慢慢转过头去，只见两个年龄比她大很多的女子一前一后朝她走来。钮佳悦一眼便看出，走在前面穿旗袍的女子是一个富贵人家的大小姐，跟在富家女子后面的那个是丫鬟。

“小妹妹，你也去上海吧？”走在前面的女子问道。

“嗯……不……”钮佳悦惊恐地点了点头，尔后又摇了摇头。

那个丫鬟模样的女孩似乎很热情，走上来拉住钮佳悦的手说：“你别害怕，这是我们家小姐……”

“谁让你多嘴了？别理她。她就是我家的一个下人，你叫她陈依然就行了。”富家小姐冷冰冰地看了丫鬟一眼，转过头对钮佳悦说，“小妹妹，我叫沈妍冰。你叫什么名字？”

“我叫钮佳悦。”钮佳悦怯生生地说。

“钮佳悦，这名字好听，也很文气。”沈妍冰说，“以后有什么事跟姐说，姐为你做主。”

沈妍冰的霸气让人不寒而栗，却又有点和蔼可亲的样子。钮佳悦总感觉她少了点什么，随后一想，这个富家大小姐与众不同的是，她虽然丝毫没有富家大小姐的脾气与娇生惯养的样子，但她那双锐利的眼睛，让人无法捉摸她到底在想什么。

沈妍冰说她去上海投靠她的未婚夫，他们原计划在这个春节完婚的，可现在日本人打过来了，家也被日本人炸没了。因为她的未婚夫还在前线当兵，他们结婚的计划很有可能要泡汤。她这次去上海找未婚夫，一是商量结婚之事，二是商量如何替家人报仇之事。

原来沈妍冰与自己有着同样的遭遇，钮佳悦突然有些同情沈妍冰了。但是,钮佳悦觉得陈依然是一个很有故事的人。虽然钮佳悦年龄不大,但在湖州城里认识的人不少。

“去上海走亲戚,还是……”沈妍冰问道。

“是……不……”钮佳悦不知道该如何回答沈妍冰。面对陌生的沈妍冰,钮佳悦多了一分戒备。在这个世上,只有哥哥才是她最信赖的人。

“你不在家好好待着,跑去上海干吗?你不知道上海已经沦陷了吗?”陈依然看出了钮佳悦的窘态,赶紧把上海沦陷的消息告诉她。

“谁让你多嘴的?”沈妍冰恶狠狠地看了一眼陈依然,又对钮佳悦说,“不要听她胡说。她一个丫鬟哪里知道那么多的事情。”

钮佳悦一直不明白,沈妍冰看上去不是一个很凶狠的人,却很霸道。她的长相,虽不是非常出众,但在湖州城里绝对是一个美女。丫鬟陈依然的长相也不逊色,在湖州城里也很难找到像她这样漂亮的女子。

“船来了!”陈依然突然兴奋地喊了一声。钮佳悦和沈妍冰顺着陈依然的手指的方向望去,一条小船由远而近,最后在钮佳悦前的岸边停了下来,令钮佳悦和沈妍冰喜出望外。

船上已有一个年轻的女子。如果说江南是水乡,那么,江南的女子犹如一盒水粉,只要想勾画成什么,那女子就会美成什么。如果说沈妍冰是“纤指若兰透骨香,凝眸似水剪心愁”之美,那船上女子却浑身散发出一种亲切,有一种似曾相识的感觉。

“你们也是去上海?我叫李思瑶,是一名外科医生。”李思瑶自我介绍后,又说,“这条船是我花了高价雇来的,我去上海行医。如果你们也要去上海,正好顺路,一起前行,也好有个伴。”

钮佳悦没想到李思瑶会邀请她上船,虽然有些犹豫,但看到沈妍冰和陈依然已经快步向船只走去,也就跟着走了过去。

“上船吧,小妹妹。”李思瑶看出了钮佳悦的犹豫,又朝她喊了一声,“我们一起去上海吧。”

李思瑶亲切的声音,让钮佳悦有了一种安全感。李思瑶说,我们在一起,总比一个人独自行走好,万一碰上日本鬼子,大家相互有个照应。在钮佳悦的脑海里,日本鬼子是畜生,更是恶魔。他们杀人不眨眼，他们吃人不吐骨头。

“你们也介绍一下自己，相互认识一下。”待钮佳悦上了船后，李思瑶就笑着说，“小妹妹，从你开始。”

李思瑶的语气很亲切，却透露出一股威严，让人不敢拒绝。这种语气是沈妍冰所没有的。为什么同样是年轻女子，她们之间的差别就这么大？钮佳悦不敢多想，也不敢多问，便轻轻地回答李思瑶：“我叫钮佳悦，湖州人。”

钮佳悦说完，坐下后把头放在双臂上，一个人静静地看着河水，像一个局外人一样，再也没有听沈妍冰与陈依然的介绍，因为她已经知道这两个女子的名字，还知道她们是主仆，且二人的关系不怎么样，她还隐约地看出这主仆二人之间有着一些不可捉摸的信息。钮佳悦弄不清楚。钮佳悦还想，既然她们之间的关系不那么好，为什么还会在一起，难道陈依然是因为生活所迫？这不能怪钮佳悦，她还只是一个十二岁的孩子，有些事情似懂非懂。在这个战争的岁月里，很多人都在想如何保住性命，但有一个人绝对不会不顾自己的性命，那就是哥哥钮卫国。想到哥哥，钮佳悦的思绪早已飞到了上海，只是她不知道上海早就沦陷了，钮卫国已随部队撤到后方去了。

船顺着水往前走，河两岸的芦苇有些泛黄了，远处偶尔传来几声枪响，让人胆战心惊。钮佳悦脸上的忧伤此时全无，瞬间变换成了一脸的愤怒。

这时，船老大突然停下船，说现在顺着运河走，肯定能碰上日本鬼子；前面有一条岔河，虽然绕一点，但相对安全些。李思瑶和沈妍冰异口同声地说绕路就绕路，安全第一。

钮佳悦这才发现，摆在她面前的是一条布满荆棘的道路，稍有不慎就会落入日本人手里。至于落入日本人手里是什么后果，钮佳悦不清楚，但她知道自己绝不能落入日本人手里。如果真有那么一天，她情愿自杀。为了防止有这么一天，她在离开湖州城时，特意带上了一把剪刀，一是防身用；二是万一落入日本人手里，她就用这把剪刀结束自己的生命。生命诚可贵，但她明白死也不能落入日本人手里的这个道理。

走小河，一路上倒相安无事，在船快出湖州地界时，就听见了枪声，而且枪声越来越近，越来越密集。钮佳悦有些麻木，在她的脑海里闪现出的是一群日本鬼子在追一个中国人的情景。钮佳悦之所以这么想，因为她已经听出还击的枪声十分脆弱，是东一枪西一枪，完全不同于后面那密集的枪声。

“遇上麻烦了。我们都是女人，身上又没有武器，不能让鬼子发现我们。”李思瑶突然叫住了船家，喊道，“船家，能否掉头，或者找个隐蔽处躲一躲？”

“掉头？运河那边的日本鬼子更多。”船家是一个五十多岁的男子，饱经风霜的脸上有几道疤，虽然不是很吓人，但能想象出是被人用刀砍的。船家看了看岸边的芦苇，当即分析道，“这些芦苇都泛黄了，即便把船摇进去，外面来往船只上的人也能看见我们，能往哪里躲？”

“我们不能坐以待毙。前面拐弯处的芦苇较多，只要你能把船摇进去，就没人能发现我们。”李思瑶的沉着与冷静，让钮佳悦几乎产生了幻觉，这不是一个年轻女子，而更像一个久经沙场的男人。

“不就是几个日本鬼子吗？我们虽然是女人也用不着怕他们。”一直没有说话的沈妍冰突然冒出这句话来，让船上的其他人都大吃一惊，纷纷转眼看向她。只见沈妍冰手里多了一支手枪，但她拿着枪的手抖个不停。

“沈小姐，只有你一个人有枪，而且还是一支手枪，能抵挡住敌人的攻击吗？从现在的枪声可以判断出，敌人不少于二三十个。我们怎么对付他们？”李思瑶的分析让钮佳悦又觉得她是一个非同寻常的人。

枪声越来越近，钮佳悦的心都提到嗓子眼上了。她没有上过战场，但她看到过日本鬼子提着枪四处烧杀抢掠，那枪里射出的子弹“嗖嗖”的，让人头皮发凉。

“怕什么？大不了与他们拼了，鹿死谁手还不一定呢。”沈妍冰十分笨拙地将手枪子弹上了膛，颤抖地走到了船头。

“你这是要干什么？要我们的命吗？”李思瑶阻止了沈妍冰，又对船家说，“快，把船划到芦苇丛里去。”

在大家的齐心协力下，很快将船划进了芦苇荡里。刚隐蔽好，突然从水里冒出一个女子来，把大家都吓了一跳。这个女子手里还拿着一支手枪，十分敏捷地翻身上了船。

"册那①，憋死老娘了。"女人说完长长地吐了一口气。

"你是谁？为什么要上我们的船？"尽管李思瑶有了思想准备，但还是被这个女子的举动吓了一跳。

"对，你是干什么的？"沈妍冰有些慌了，拿在手中的枪不由晃了起来，好一会儿才对准了女子，"你……你……是不是日本鬼子派来的奸细？"

"册那，什么奸细不奸细？老娘是堂堂正正的中国人。"女子淡淡地说，"我叫朱佩玉，日本鬼子在追杀我，刚才那边的枪声是我朋友在引开日本鬼子。"

朱佩玉的意外出现，众人有些不知所措。但钮佳悦差点叫了出来，这个叫朱佩玉的女子不是她的嫂子吗？自从哥哥钮卫国去上海当兵后，嫂子朱佩玉从此杳无音信。哥哥在家书里也从未提到过她。她今天怎么出现在这里？手里还有枪。钮佳悦一激动，差点喊出声来，但想着那边还有枪声响个不停，赶紧用手捂住了嘴，两眼直盯着朱佩玉。

"册那，有二十多个日本鬼子。我们不能硬碰硬，只能躲起来。"朱佩玉像一个发号施令的司令官，吩咐船家赶紧把船藏得隐蔽些。

"二十多个日本鬼子追你，你就狼狈成这个样子；假如有两百个日本鬼子追你，你岂不是要投降？这玩意儿也不是吃素的。只要他们敢来，我让他们有来无回。"沈妍冰指了指手中的手枪，突然又问道，"他们为什么要追你？"

"不要逞强了，安全第一。我们只是普通老百姓，只想过平淡的日子。只是这场战争不是我们能左右的。"李思瑶见沈妍冰与朱佩玉起了争执，赶紧劝说道。

三个女人的举动，让钮佳悦害怕不已，她只想平平安安地到达上

---

① 册那，吴越方言，是骂人的话。

海，找到哥哥，然后把家里的情况告诉他。

“实话告诉你们，我与日本鬼子有着不共戴天的仇。册那，这次不小心被他们盯上了，逃命要紧。”朱佩玉不屑地看了看沈妍冰，又问道，“像你这样的富家小姐，你知道战争有多残酷吗？你只不过仗着家里有钱，就以为这世界上所有的人都欠你们似的，你敢像我们一样提着脑袋做事吗？”

此时的朱佩玉与以前判若两人，令钮佳悦有些不知所措。她不知道嫂子为什么被日本鬼子追杀，他们之间有什么仇恨，她只知道朱佩玉是自己的嫂子，如果她死了，哥哥肯定会很伤心的。钮佳悦从朱佩玉的话里听出来，她现在是一个了不起的人物。难怪哥哥当初不顾父母的反对，非要与她结婚。但婚后的第二天，朱佩玉就离开了钮家，哥哥当时痛苦了很久。有一天，哥哥突然像变了一个人似的，他说他要去当兵，还说当兵是他保家卫国的唯一途径。尽管父母很不愿意，但还是经不起哥哥的苦苦哀求，终于答应下来。哥哥走的那天，钮佳悦想送送哥哥，可哥哥说什么也不要她送，还说他很快会回家的。哥哥这一走，就再也没有回过家。

“不要说话了，那边的枪声好像停了。”李思瑶一边听朱佩玉说话，一边在观察外面的动静。刚才前面还有回击的枪声，随着一阵密集的枪声后，再也没听到回击的枪声了，估计回击的人已经死了。李思瑶表情凝重起来。

“他肯定死了，这日本鬼子又欠我一条人命。”朱佩玉说这话时，脸上虽然没有表情，但船上的人还是听出了她悲伤的声音。众人也不再说话，因为一个活生生的生命就这样消失了。很多同胞为了抵抗侵略者，不惜付出生命。虽然他们的生命很短暂，却在人生最后像一盏明灯照亮了所有人。

日本鬼子显然没有放弃追击，正朝这边走来，边走边用日语说话，还有日本兵不时放两枪。日本鬼子在中国的土地上就像在他们自家的后花园一样，无耻、放肆，让人憎恨。

“近了，近了。”朱佩玉小声说，手枪也不由自主地对准岸边。突然几发子弹从船尾射过。接着，几个日本鬼子叽里咕噜说了好一阵话，才转身走了。

“好险啊。”钮佳悦不由在心里暗暗地叹了一口气。回头一看，船家已经吓得面如土色，朱佩玉和李思瑶虽然面不改色，可脸上的汗珠如雨滴般掉了下来。最害怕的是陈依然，她吓得几乎要哭出来了。沈妍冰像什么事都没有发生一样，摆弄了一下手枪，又把手枪放回包里。

日本鬼子终于走远了，岸上又恢复了往日的平静。躲过了一劫，大家长长地出了一口气，又为去处争论不休。

“从目前的状况来看，我们不能去上海，得直接去重庆。”沈妍冰突然开口说话了，“大家晓不晓得上海已经沦陷了，我们此行去上海的目的又是什么呢？到了上海，即使侥幸躲过日本人的追查，也难以在上海立足。”

“我要去上海。”一直没有说话的陈依然突然站了起来，“我一定要去上海。”

“一边去，这里有你说话的分吗？”沈妍冰又开始训斥陈依然，“我们在商量大事，你一个丫鬟懂什么？再插嘴，我定饶不了你。”

沈妍冰的话很管用，陈依然马上闭上了嘴。

“沈小姐，不要这样嘛。她毕竟是你的丫鬟，怎么说我们都是中国人，她也有发言的权利。我们现在是五个女人在一起，只有团结一心，才能渡过难关。”李思瑶很不理解沈妍冰为什么对陈依然那么凶，虽然陈依然只是一个丫鬟，但也是中国人。

“你们别争了，船漏水了。”船家惊叫起来，指着船说，“刚刚大家只顾躲子弹，没想到子弹把船底打穿了，水已经浸满了船舱。我们还是想办法靠岸吧，不然大家都要洗澡了。”

众人这才发现船里的水已经淹过脚背，如果船再不靠岸，大家真要在河里洗澡了。

上岸后，李思瑶拿出一些钱给船家，说是赔偿他的船钱，并让他早点回去。随后，几个女子找了一个隐蔽的地方坐了下来，互不说话，都显得心事重重。各自盘算如何离开这个地方。可这里前不着村，后不着店，不远处偶尔传来几声枪声，让人惶恐不安。

朱佩玉靠在一棵落光了叶子的树下，十分警惕地看着另外四个女子。作为力行社特工的朱佩玉此次显得十分狼狈。十天前，在南京的朱佩玉接到一个秘密任务，有一个叫花野真衣的日本女间谍已经秘密从南京出发去上海了。她的任务就是与一个同事前往上海除掉花野真衣，可是她与同事刚到湖州地界，就被人跟踪，还被一大队日本鬼子追杀。刚才要不是同事引开了日本鬼子，她现在恐怕与同事一样永远地睡了过去。朱佩玉怎么也想不通，这次的秘密行动怎么就暴露了呢？

据可靠消息，花野真衣是特高课的高级特工，为攻占上海立下了汗马功劳。她从小在中国长大，不但精通中文，还能说好几个地方的方言，特别是吴越方言，没人辨得清她是本地人还是外地人，更不知道她是个日本人。上面之所以派朱佩玉，是因为朱佩玉也是江南人，无论是日语还是吴越方言，这方面的能力是其他人所不能比拟的。虽说朱佩玉进入特务处只有几个月时间，但她的身手和功绩都是有目共睹的。所以，她的上司谷海山极力推荐她去完成这个任务。谷海山还告诉朱佩玉，花野真衣身上有一套特别的密码。只要抓住花野真衣，弄清楚这套密码就可以准确地知道日本人下一次的任务是什么。

就在朱佩玉发愣之际，钮佳悦一直注视着她，心里一直思考一个问题：朱佩玉为什么装作不认识自己呢？钮佳悦有好几次想开口叫她，可话到嘴边又咽了回去。钮佳悦清楚地记得三年前，哥哥钮卫国突然带回来一个女子，这个女子就是朱佩玉。钮卫国让她以后叫朱佩玉“嫂子”。面对突然冒出来的嫂子，钮佳悦虽然有些不适应，但朱佩玉的大方，做事雷厉风行，让钮佳悦感到十分亲切。只是钮卫国与朱佩玉说结婚就结婚了，先前没有一点征兆，这让只有九岁的钮佳悦感到十分意外。更意外的是，朱佩玉与哥哥钮卫国的婚礼十分简单，除了一家人吃了个便饭外，没有亲朋好友，也没有举行结婚仪式，他们就住在了一起。但第二天早上，钮佳悦起床后就再也没有见过朱佩玉，父母也铁青着脸，直骂哥哥钮卫国是个不孝子。钮佳悦从父母的谈话中大概知道了朱佩玉离开钮家的原因：朱佩玉嫌钮卫国没有给她一个像样的婚礼，所以，她选择了离开。但钮佳悦总觉得不是这么回事。因为她看得出，朱佩玉是爱哥哥的，哥哥也非常爱朱佩玉。

为了结婚，哥哥钮卫国承受了巨大的压力。因为父亲非常反对他与朱佩玉结婚，理由是钮家人祖祖辈辈都是老实本分的人，不能娶一个来历不明的女子为儿媳。

其实，朱佩玉一上船就认出了钮佳悦。朱佩玉不知道钮佳悦为何在这条船上。她之所以装作不认识钮佳悦，是不想给钮佳悦太多的负担，更不想让钮佳悦把她的消息告诉她的丈夫钮卫国。三年前，朱佩玉离开了钮家，她有难言的苦衷。每当想起这个苦衷，朱佩玉就心痛不已。那晚，朱佩玉与钮卫国刚刚进入洞房，就听到窗外有响动，那是她的上司谷海山来了。谷海山命令她立即到重庆去参加一个秘密培训。几个月的急训，让朱佩玉喘不过气来，刚回到江南，又接到了特别任务。每次任务刚完成，又会接到新任务。朱佩玉只能在梦里回到江南这座小城，与心爱的人行走在小城里，去太湖南岸看风景。如今，这一切都不复存在。因为心爱的人已经不在小城里，熟悉的江南小城已是一片狼藉。虽然这座江南小城能引起她无数的回忆，可那只是回忆，但现实又不能让她陷入回忆里。家已不存在，国已破碎，要拯救爱情，得先拯救国家。朱佩玉明白这个道理，可她仅凭一己之力，又如何能做到？但是，朱佩玉深知，力量是由少积多，一点一点汇聚起来的。

朱佩玉这次回到江南，并不是来找丈夫钮卫国花前月下的，除了刺杀花野真衣外，还有更重要的任务：寻找密码高手红灯笼。关于红灯笼的线索全在同事那里。可如今同事已经死了，朱佩玉只得到关于红灯笼的一点点线索。

已是江南的初冬时节，又下过多天的雨，却在此时，天突然放晴了，西下的斜阳让人感到了一股暖意。

自从上岸后，李思瑶一直在观察其他四个人。作为中共地下党员，李思瑶这次去上海要完成组织上交给她的一个特别重要的任务：寻找一个代号叫红灯笼的密码高手。上级组织给予李思瑶的线索也非常有限。因为在上海潜伏的同志得到详细的消息后，还没来得及把消息传出来就暴露了，在转移过程中牺牲了。潜伏的同志在临终前只说了这个叫红灯笼的密码高手是个年轻女子，刚从德国留学回来，江南人。接头暗号是白居易的诗歌《忆江南》：“江南好，风景旧曾谙。日出江花红胜火，春来江水绿如蓝。能不忆江南？”而对方的回答暗号是戴表元的诗歌《湖州》后两句：“行遍江南清丽地，人生只合住湖州。”

仅凭这点线索又到哪里去找她呢？但组织交给的任务，就是天塌下来也要完成。在江南土生土长的李思瑶是完成这次任务的重要人选。李思瑶没想到遇到了朱佩玉。世上哪有这么巧的事？她肯定朱佩玉是国民党特工，虽然现在不能肯定她的身份，但从朱佩玉的处事作风来看，完全吻合特工的要求。只是她去上海的目的又是什么呢？如果她也是来寻找密码专家红灯笼的话，那么这件事就相当棘手了。这么隐秘的消息，连力行社都知道了，那么日本特高课也肯定早就知道了。李思瑶深知遍地都是力行社特务处的特工，但不能让他们抢到前面，把红灯笼抢走。这个红灯笼对党组织来说太重要了。

突然出现的沈妍冰和她的丫鬟陈依然，打乱了李思瑶的计划。令李思瑶不解的是，沈妍冰是她未来的嫂子，她为什么也装作不认识自己呢？沈妍冰与哥哥李思源很早就订了婚，只是因为家中的变故，她与哥哥至今未完婚。但这也不能怪沈妍冰不认识自己。李思瑶在三岁时就被远房亲戚抱养，如果不是父母过世，养父母家穷，哥哥李思源也不会把她接回家来，送她去读书。虽然李思瑶与沈妍冰没见过面，但哥哥李思源多次在沈妍冰面前提起过自己的名字，难道沈妍冰连李思瑶的名字都忘了？还是有其他原因，装作不认识自己？或者是同名同姓的人？可她明明说了她家的地址，这个不能假啊。

听哥哥说，沈妍冰在五年前被她父亲送到德国去读书了，她怎么突然出现在江南？这个沈妍冰与哥哥李思源描述的相差太远。哥哥说沈妍冰温柔、多情、知书达礼。现实中的沈妍冰一直在耍大小姐脾气。红灯笼是从德国留学回来的，沈妍冰也是从德国留学回来的，难道她就是自己要寻找的红灯笼？事情会这么巧？李思瑶怎么看，都觉得沈妍冰不像自己要寻找的那个人。

倒是沈妍冰的丫鬟陈依然引起了李思瑶的注意。陈依然看上去文文静静的，倒像个知书达理的人，可她偏偏又是一个丫鬟。如果她是心甘情愿地当丫鬟，那么她身上肯定有许多秘密。陈依然的每一次说话都被沈妍冰给打断了，好像沈妍冰害怕陈依然把什么秘密说出来一样。她俩又像两个不相干的人，看起来完全是两个世界的人。她们是怎么走到一起的？李思瑶决定试探一下沈妍冰，便问她："沈小姐，以前在哪里高就啊？"

"在德国读书，刚回国。"沈妍冰回答后，又问李思瑶，"李小姐，你是干什么的？去上海又干什么？"

"我啊，一名外科医生，去上海工作。上海有一个亲戚开了个诊所，需要外科医生。我去他那里正好发挥自己的特长。"李思瑶说完，又问，"那你去上海干什么？"

"寻找未婚夫。"

"他叫什么名字？"

"李思源，在上海当兵。"

"原来是这样啊。"

她还真是自己的嫂子，那她为什么不知道自己的名字呢？李思瑶突然觉得这个沈妍冰有些不对劲。

黑夜对于女人来说是孤独与害怕，特别是在这荒郊野岭。这里前不着村后不着店，加上大家已经饿了一整天，黑夜即将降临，到时寒冷会直逼她们，还要防着随时出现的日本鬼子。

五个女子的心绷得紧紧的，都不说话。李思瑶明白，现在无论是走水路还是走陆路，都将是一条布满荆棘的道路，于是便率先提了个建议："我们天黑后马上出发。"

沈妍冰抬头看了看西下的夕阳，问李思瑶："喂，那个叫李思瑶的，你说我们天黑就出发。天都黑了，连路都看不见，又怎么出发？"

李思瑶心里"咯噔"了一下，从沈妍冰刚才的问话中，她是真不认识自己，难道她去国外的时间太长了都把自己的名字忘了，或者根本就不认识自己？于是，李思瑶淡淡地说："沈小姐，现在日本鬼子这么多，我们只能趁天黑出发。如果沈小姐想自己先走，我不会拦你。"

大家在一起，虽然可以掩护自己的身份，可人多眼杂，也容易出事。李思瑶深知这个道理。现在，这些来自不同地方的人聚在一起，又摸不清对方的底细，对执行任务来说也是一个麻烦。除了沈妍冰外，还有朱佩玉。朱佩玉是从河里冒出来的女子，除了有枪外，还有一股干练劲。李思瑶也看出来了，朱佩玉是受过特殊训练的人，可以肯定的是朱佩玉与自己不是同一路人。还有年龄最小的钮佳悦，她总是一副伤感的样子。她与沈妍冰又是什么关系呢？又是怎么走到一起的呢？

沈妍冰没想到李思瑶会这样回答，心中窝火，说道："你是怎么说话的？问问还有错吗？你也想不出什么主意，我们还是自己走吧。"说完拉起陈依然就要离开。

其实，沈妍冰现在也没有主意，说要走是气话，她想用这个激将法来让李思瑶说出下一步的想法。可李思瑶不说话，朱佩玉也不说话，更没有要留下她与陈依然的意思。于是，她又对钮佳悦说："小妹妹，你留在这里，还是与我一起离开？"

"这……"钮佳悦不知道是否该跟着沈妍冰离开，转头看了朱佩玉，朱佩玉仍然不说话。钮佳悦又转头看向李思瑶。

"算了，也别说气话了，留下来大家一起想办法离开这里吧。"李思瑶看到钮佳悦那忧伤的脸色，有些不忍心，便对朱佩玉说："朱小姐，你看是不是和大家一起去上海，路上也好有个伴，以免节外生枝。"

"这里到上海一百多里地，没船，又不能走水路，就凭我们几个人步行，至少也得走三天时间。"朱佩玉淡淡地说，"她说的没有错，上海已经沦陷了，已经是日本人的天下了，到处都是日本鬼子，我们全都是女子，去上海不方便，大家看看能不能乔装一下？"

"上海沦陷了？什么叫沦陷？"钮佳悦今天听她们好几次说这个词语，她不知道"沦陷"是什么意思，现在朱佩玉又提到这个词语，不由问起来。

"唉，你没读过书吗？上海沦陷就是上海被日本人占领了。"沈妍冰刚刚在李思瑶面前输了一次，赶紧抢先回答了钮佳悦的问话，心想，现在终于可以扬眉吐气一回了。

"对了。小妹妹，你去上海做什么？"李思瑶问道。

"我也不知道做什么。"钮佳悦本来是去上海寻找哥哥，可现在上海已经沦陷了，哥哥是当兵的，他还会在上海吗？朱佩玉是自己的嫂子，见了自己却当作不认识的人一样，自己是否把去上海寻哥哥的目的说出来呢？

“那你又去上海做什么？”说话的人是朱佩玉，她反问李思瑶，“李小姐既然是去上海投奔亲戚，问别人去上海干什么，是不是有点多管闲事？”

“对啊，你真的是去上海投奔亲戚吗？”沈妍冰见朱佩玉问李思瑶，不由高兴起来，也反问李思瑶。

“当然是投奔亲戚，我是外科医生，我的职责就是救死扶伤。”李思瑶绝不会透露自己此行上海的真正目的。

“那你又去干什么？”朱佩玉对沈妍冰发问，“你真的是去寻找你的未婚夫？没有那么简单吧？”

“我去上海啊，真的是为了寻找我的未婚夫。”沈妍冰没想到朱佩玉突然问她，但马上镇静下来。

“算了，既然大家一起去上海，各有各的目的，在这乱世中，大家保住性命要紧。”李思瑶也看出了朱佩玉不是一个寻常人，沈妍冰与她的丫鬟也不同寻常，倒是钮佳悦这个小姑娘十分单纯，不能让她落入坏人的手里。自己现在又没有好办法，唯一的办法就是让她一直跟着自己；可她跟着自己，又如何完成任务？

又是一阵沉默。五个女子各怀心思，不知道等待她们的将是什么。

**CHAPTER 02**

# 第二章　绚丽旗袍上的惊天秘密

上海是女人的世界,也是女人的天下。是女人就喜欢旗袍,从旗袍的档次高低就能分出女人社会地位的高低。在百乐门前,那些摆弄着风姿的女人,哪怕是不吃饭,定会少不了一件像样的旗袍。也可以说,没有这些色彩斑斓的女人,整个上海的娱乐场所便会黯然失色。那些穿着旗袍的女子,风情万种,尽显温柔,即使岁月荏苒,她们身着旗袍的倩影依然萦绕在人们心间,经久不散。

途中虽然经历千辛万苦,钮佳悦总算来到了上海这个陌生的城市。对于上海这个大城市,钮佳悦想不出词语来形容它的繁华,但上海的高楼大厦着实让钮佳悦看得直发愣。以前哥哥钮卫国写信回来说过上海是如何的繁华,钮佳悦对上海的繁华充满了无限的想象,渴望去上海目睹一下。现在,钮佳悦的愿望终于实现了,然而在见到真正繁华的上海时,她还是免不了发出惊叹。尽管上海如此繁华,但钮佳悦还是看出这繁华的上海同样透着一股凄凉。特别是走过百乐门时,钮佳悦看到那些穿着旗袍的女子,除了婀娜多姿外,更多的是妩媚。在湖州城里,钮佳悦见过穿旗袍的女人,却从没见过这么多亮丽、鲜艳的旗袍。沈妍冰也穿了一件旗袍,但她与上海这些女子穿的旗袍相比，却有着天壤之别。

“我们就此别过吧。”在一条小弄堂前，李思瑶对沈妍冰和朱佩玉说，“如果有缘，相信大家还会再见面的。”

“你准备去哪里？”朱佩玉突然指着钮佳悦问，虽然声音冰冷，却让钮佳悦感到了温暖，她终于开口和自己说话了。

“我也不知道。”上海这么大，钮佳悦真不知道去哪里找哥哥钮卫国。

“让她跟着我吧。”李思瑶已看出钮佳悦来上海的盲目性。路上，钮佳悦很少说话，加上她一脸的忧伤，李思瑶觉得她一定是一个有故事的人。李思瑶也发现钮佳悦虽然单纯，却是一个非常聪明的人。如果加以培养，她将来一定会是一个十分称职的中共地下党员。朱佩玉绝对与自己不是一路人，李思瑶不愿意把钮佳悦让给朱佩玉。至于沈妍冰，李思瑶觉得她看上去是一个富家大小姐，又好像在极力隐藏着什么，因为她的丫鬟陈依然除了对她有畏惧、不安外，还隐约隐藏着一种仇恨。

“我跟着李姐姐。”这一路，钮佳悦也在观察每个人，从她年少的心里看出了李思瑶是对她最好的人，而嫂子朱佩玉像换了一个人似的。钮佳悦捉摸不透朱佩玉，而且朱佩玉让人觉得有些压抑，还有些害怕。沈妍冰对她的丫鬟都不好，又怎能对自己好呢？

“你真要跟着她？”朱佩玉的声音还是很冷，好像她从来就没有笑过一样。

“嗯。”三年前，钮佳悦却真看过朱佩玉的笑容，她与哥哥在一起，那幸福的笑容让人羡慕，那温柔的声音如小鸟在歌唱。可如今，她变得让钮佳悦有些不认识了。是什么事情使朱佩玉变成这样的呢？钮佳悦竭力让自己不去想，可往事不断地闪现在眼前。朱佩玉的笑，可以吸引很多人，哥哥就是其中的一个。就连邻居都说朱佩玉是一个讨人喜欢的人，可父母却始终不同意哥哥与她的婚事。父母说朱佩玉的笑容太迷人了，万一以后她对别的男人一笑，还不把别的男人的魂勾走了？哥哥却不顾父母的反对，非要与朱佩玉结婚。最终，父母还是屈服了，同意了他们的婚事。但朱佩玉只住了一个晚上就走了，这不但令哥哥没想到，就连父母也没想到。如今这个站在眼前的朱佩玉不但没有笑容，也没有一点温柔的样子，只有一张冰冷到让人透不过气来的脸。相反，李思瑶开朗、温柔大方、遇事沉着冷静，还有安全感，所以，钮佳悦选择了李思瑶。

“既然大家到了上海各有各的事，就此分开也好。”沈妍冰突然发了话，又对钮佳悦说，“小妹妹，你还是跟我走吧。我的盘缠多，在上海这个城市，如果没有钱，你会寸步难行。再说，有陈依然在，你可以跟着她做事，也算是养活你自己。怎么样？”

“沈小姐，既然她已经答应跟着李思瑶了，你就不必争了吧？”朱佩玉说这话时，仍然是一脸的冰冷。

“你是什么意思？”沈妍冰终于有些火了，“这一路都是你与我唱对台戏，你对我有什么不满就直接说出来，何必处处针对我呢？”

“册那，老娘说你不行就不行。再说她跟着谁，让她自己选择，你没有权利干涉她的自由和选择。”朱佩玉说着把目光投向了钮佳悦。

“我跟着李姐姐。”钮佳悦看到朱佩玉的目光，身子突然抖了一下。这次朱佩玉的眼光和三年前一样。难道说朱佩玉有什么难言之隐，在路上不方便告诉她？可她已经决定跟着李思瑶走，现在突然改口跟着朱佩玉走，李思瑶又会怎么想？但钮佳悦绝对不会跟着沈妍冰走，在找到哥哥前，她不想欠沈妍冰任何人情。

“沈小姐，你就不要争了，就让这个小妹妹跟着我吧。”李思瑶不知道沈妍冰为什么要钮佳悦跟着她走。李思瑶也弄不清楚这位自己未来的嫂子为什么性情大变，而且还装作不认识自己。她去外国留学才几年时间，虽说时间可以改变一个人，也可以改变许多事物，但很难改变一个人的性格。这个沈妍冰看上去十分别扭。以前，自己一直想不通，哥哥为什么突然当兵了，难道说他去当兵与沈妍冰的性格变化有关系？也不可能啊。沈妍冰有好些年都没有回国，哥哥与她也没有联系过，他怎么知道沈妍冰的性格会变？

“我只跟李姐姐走。”钮佳悦只相信李思瑶。因此，她抱定了必须跟着李思瑶走的决心。

“既然你心意已定，我也就不勉强了，就此别过。”朱佩玉的声音仍然很冷，说完，转身消失在大上海的某个角落里。

“陈——依——然，我们也走。”沈妍冰好像有些生气，说话的语气特重，刚走出一步又回过头来对钮佳悦说，“钮小妹，万一想姐姐了，就来爱多亚酒店找我。”

“嗯。”钮佳悦点了点头。

三个女子离开后，李思瑶拉住钮佳悦的手，说：“我们也赶紧走。”

在日本飞机轰炸过的上海，除了穿旗袍的女人外，仍没有多少生机。钮佳悦在李思瑶的带领下，转过了好几条弄堂，才在一个不起眼的房子前停住了脚步。

“到了。”李思瑶说完，然后轻轻地，又很有节奏地敲了三下门，门里传出一个老妇人的声音：“谁啊？”

“阿婆，是我。”李思瑶回答。

接着门开了。老妇人朝门外看了看，立即让李思瑶进了屋，却把钮佳悦挡在门外。

“阿婆，她是我在路上遇到的小妹妹，你让她进来。”李思瑶解释说，“她是湖州城逃难的小女孩，我看她可怜，又无家可归，才带她来这里。”

“哦……”老妇人仔细打量了钮佳悦后，才让她进屋。

房间里摆设简单却又高雅。钮佳悦心想，这家屋主在上海肯定也算是上层人士了。因为在湖州城，钮佳悦就去过小西街回龙桥边的凌宅，也去过著名的“丝业大王”莫觞清的莫宅，他们家的高雅让人生畏。

进了房间后，老妇人的脸色很冷，让钮佳悦不要随意走动。这到底是什么地方？显得这么神神秘秘的。钮佳悦正在思考时，李思瑶对她说：“你到我房间里来。”

钮佳悦被李思瑶带到她的房间。虽然是冬天了，但床上的棉被很单薄，被折得整整齐齐的，一尘不染。

在这个时候，一声冬雷响了，又要下雨了。钮佳悦不由想起以前湖州城里的冬天来。那是江南特有的冬天，有时候会有雪花飞舞，飘飘洒洒地把江南的冬天染成白茫茫的一片。而今年冬天的天空却是灰蒙蒙的，还那么漫长。

三天时间很快就过去了，钮佳悦有些坐不住了，她不是来上海玩的，她是来寻找哥哥钮卫国的。钮佳悦几次想出门，都被人劝了回来。钮佳悦实在想不明白，她的人身自由好像被限制了一样。她只是一个小女孩，她只想过平平安安的日子，从没想过大富大贵的日子，可就这么一点愿望也已经成了奢望。

这天，李思瑶被阿婆匆忙地叫到后面的房子里说事去了。钮佳悦心想，现在不走，更待何时？她迅速拉开了门，拼命朝大街上跑去。

饱受战火洗礼的上海，大街小巷仍然是满目疮痍，很难令人想起往日的繁华。上海那么大，到哪里去找哥哥呢？钮佳悦漫无目的地走大街穿小巷，时不时地看到一队队日本兵走过，街上的行人纷纷避让。一辆有轨电车疾速驶过，那铃铛声让钮佳悦吓了一大跳。远处的几个黄包车夫无聊地等着客人。即使路人走过，也不看那些黄包车夫一眼，就急匆匆地消失在大街小巷里。

突然，钮佳悦被人从背后拉住了。钮佳悦大惊，回头一看，是朱佩玉，刚想说话，朱佩玉就用手放在嘴边"嘘"的一声，示意不要说话。朱佩玉拉着钮佳悦顺着一条小巷子往前跑，边跑边问道："佳悦，你一个人出来干什么？"

"我找我哥哥。"朱佩玉终于认自己了，钮佳悦心里不知是高兴，还是伤感。朱佩玉的神神秘秘，让钮佳悦不知道该不该把家中的变故告诉她。

"到处都是日本鬼子，你不要命啊。走，先到我住处再说。"钮佳悦不顾个人安危到沦陷的上海来，家中肯定发生了大事。朱佩玉在来的路上就听说了湖州城也遭到日本飞机轰炸，以她一个特工的能力判断，钮家肯定被炸了。在路上，她之所以不愿意与钮佳悦相认，也是有原因的。包括她在内的五个女子，都各怀心思。只是她一直弄不清李思瑶与沈妍冰是哪一路人。李思瑶遇事时的冷静与沉着，朱佩玉初步判断她很有可能是共产党员，而沈妍冰让她有些捉摸不透，这个女子看上去是一个富家大小姐，可她举手投足间与一般的大小姐有所不同，对丫鬟也那么厉害。沈妍冰还会开枪，虽说现在是战乱时期，很多富贵人家都购买了枪支，可像沈妍冰这样的富家小姐，把手枪使用得那么熟练，朱佩玉还是第一次见到。倒是那个小丫头陈依然，让人觉得她很有故事，但她处处受到沈妍冰的压制。

在一处十分偏僻的低矮院落前，朱佩玉停了下来，朝四处看了看，迅速打开门，拉着钮佳悦进了院子，然后把门关上。房子三间三进，偌大的正房里除了一张八仙桌和两把椅子外，没有其他东西，卧室里除了一张床外，也没有其他东西了。只是这间卧室后墙上还有一扇小门，如果不注意还发现不了。

“嫂子……”钮佳悦有些不知所措，但心里觉得朱佩玉又多了几分神秘感。

“你现在暂时就住在这里，除了我以外，任何人在外面叫门，你都不要答应，更不能开门。万一发生意外，你可以从这扇小门出去。”朱佩玉似乎早就安排好了这一切，这令钮佳悦又一次感到意外。

“嫂子……”钮佳悦欲言又止，她很想问问朱佩玉当时为什么要离开哥哥。如果朱佩玉不离开，哥哥也不会去当兵，他们现在肯定过着很幸福的日子，说不定他们还有了孩子。日本鬼子飞机来轰炸时，哥哥和朱佩玉一定会带着父母一起躲避轰炸。虽然一家人会过着很艰苦的日子，但至少父母不会因轰炸而离开了他们。只要日本鬼子离开了，他们又可以回到湖州城里、回到小西街，重建家园。可这一切的一切都不可能重来。钮佳悦不知道朱佩玉到底给哥哥吃了什么迷魂药，让哥哥义无反顾地离开了一个本就很幸福的家庭，毅然去参军。钮佳悦突然对朱佩玉有了些许憎恨。

“你什么都不要问，什么也不要说。我知道你现在想说什么，到时候我自然会告诉你的。”朱佩玉说这话时，脸上已有了泪痕。

一阵沉默。钮佳悦不知该说什么了。朱佩玉为什么见面不问哥哥的事，也不问家中的事，难道她真的与哥哥恩断义绝了？不可能，他们结婚前的那种甜蜜是谁都无法比的，她怎么会这样绝情？朱佩玉不是一个绝情的人。如果真是这样，刚才她就不会把自己拉到这里来了。

朱佩玉对于钮佳悦来说就是一个谜。钮佳悦要解开这个谜，除了向朱佩玉问清楚事情的原委外，几乎没有别的办法。毕竟上海对于钮佳悦来说是一个陌生的地方。

“你不该来上海。”许久，朱佩玉才开口说话。

“为什么？”

“因为上海已经沦陷了，对于你来说不但不是一件好事，更是一个噩耗。”朱佩玉说这话时，心情十分沉重。几个月前，上海守军与日军经过激烈的奋战，却没能保住上海，以至于日军全面进攻南京。南京一旦守不住，那日军就会直驱郑州、武汉。这样下去，整个中国就保不住了。

“又是沦陷？”尽管沈妍冰告诉过钮佳悦什么是沦陷，但对于一个十二岁的小女孩来说，再次听到这个词时，还是不知道该如何是好。自从到上海以后，到处都是日本兵，稍不留意就会被日本兵抓走；只要稍微抗拒的，都会被当场打死。如果说前些日子，钮佳悦在家乡湖州城里看到被日本人的飞机轰炸致死的人时，她心里都会滴血，可到上海后，到处都能看到死人，只要走在街上，随时都会被日本人打死。钮佳悦已经麻木了。

“一定要找到哥哥，替父母报仇。”这是钮佳悦最大的心愿，可如今上海到处都是日本人，又到哪里去找哥哥呢？

“你也看到了，日本人已经占领了上海。你哥哥或许早已离开了上海。”朱佩玉淡淡地说，“或许他已经……”

“他会去哪里？”钮佳悦听说哥哥不在上海了，那她岂不白来上海一遭？什么时候才能为父母报仇？

“要么战死了，要么随部队后撤了。”朱佩玉的语气仍然很淡然，好像钮卫国的生死与她没有多大关联一样。

“你……”钮佳悦的话还没有说完，眼泪就流了出来。朱佩玉怎么变得这么没有人情味了呢？哥哥是她的丈夫，俗话说一日夫妻百日恩，他们是拜过堂的正式夫妻，虽然只有一夜的夫妻之情，但也应当有百日恩啊。只三年的光景，朱佩玉变得有些不可理喻了。

“不要说了。”朱佩玉转过身去，其实她眼里也噙满了泪水。在淞沪战场上，有多少国人战死沙场。钮卫国只是一个普通的士兵，阻止侵略者入侵是他应尽的义务。这么多次战斗中，又有谁能保证他在战场上每次都那么好运？

“哥哥，你到底在哪里？”钮佳悦的思念如潮水般涌上心头。哥哥是她在世上唯一的亲人，如果哥哥也离开了人世，以她单薄之力如何为父母报仇雪恨？嫂子朱佩玉是靠不住了。一瞬间，钮佳悦感觉到有一股无形的压力向她压来,小小年纪的她就要承担起一个巨大的重任。

“我有事要出去了。”朱佩玉看了看手表,对钮佳悦说,“这里相对安全些。你就在这里待着,哪里都不要去。外面到处都是日本兵,千万不能被他们抓住。吃的我会送过来。另外,对谁都不要说我们认识,不然,你我都有性命之忧。”

“嗯。”钮佳悦答应了一声,泪水已经模糊了她的双眼。

待朱佩玉出门后,钮佳悦终于控制不住自己的情绪,掩面大哭起来。

这是一个难得没有听见枪声的夜晚。说是难得没有听到枪声,因为在爱多亚酒店里根本就听不到外面的枪声。沈妍冰坐在床前沉思了许久,起身脱掉了身上的旗袍,拿起那件她一直舍不得穿的新旗袍穿上,对着她在镜子里的身影狂笑起来:“花野真衣啊,花野真衣,你可是日本特高课的高级特工,居然要冒充一个支那女人。如果你不是为了到重庆去潜伏,能花这么大的心思吗?真是愧对了特高课对你的栽培。”

笑完,花野真衣理了理身上的旗袍,这是一件江南丝绸做的旗袍。一看这旗袍就出自名家之手,在江南有这样一说,一块丝绸只能做一件旗袍,单是制作连肩袖的旗袍,这就是一刀的事情,一刀下去,整件衣服就浑然一体。这样的旗袍经裁缝师傅一针一线亲手缝制,有的裁缝师傅会根据不同的客人加入不同的元素,使穿旗袍的人走起路来时,显现出来的隐约美感最自然。只是这件旗袍上除了各种花和线条之外,在袖口不起眼的地方还绣有它主人的名字:沈妍冰。

花野真衣潜伏到南京,为日军在攻打南京刺探情报时,被特高课急召回上海,是因为特高课将派给她另外的任务。在日军攻战南京前,她为了掩人耳目,在湖州城耽误了几天,却发现朱佩玉是力行社的人。作为特高课的高级特工,首先想到的不是自己如何打入敌人内部,而是如何先把敌人的特工挖出来。通过内线,花野真衣还得知朱佩玉和另外一名男特工正准备去上海寻找她。朱佩玉寻找她的目的肯定是清除自己。要想生存下来,只有自己先下手为强。因此,花野真衣立即联系了当地驻地日军，让他们去追杀朱佩玉，只是没想到朱佩玉比她想象中厉害得多了，以一个声东击西的方法就摆脱了日军的追杀。在到上海的这段路途中，她有很多次机会击毙朱佩玉，可朱佩玉处处防着她，因而她又临时改变了主意。一定要让朱佩玉顺着她设计的路线走。没想到朱佩玉到了上海后，很轻松地就消失在她的视线之外。

“这个朱佩玉果真不是一般的特工。讨厌，真是讨厌。”花野真衣站起来，狠狠地朝茶几拍了一巴掌。让她实在没有想到的是，她安排的这一出戏，让钮佳悦相信自己，半路上却杀出了个李思瑶。对于李思瑶，花野真衣目前还不知道她的身份，派出去的特工跟踪了好几次，都无功而返。像李思瑶这样狡猾的人，绝对是共产党员。

对于钮佳悦，花野真衣相信自己一定会再找到她，而且有办法控制她。只有控制了钮佳悦，才能利用她为自己办事。只是钮佳悦被李思瑶带走了，要把她找回来得费一番周折。控制钮佳悦，这也是去重庆的最好礼物。

花野真衣一直认为自己是一个最优秀的特工，可最优秀的特工也有失手的时候。比如，钮佳悦被李思瑶带走一事。她一直以为，自己最先认识钮佳悦。为了让钮佳悦相信自己，她一路表现出特别憎恨日本人，但是，忧伤的钮佳悦竟然选择跟着李思瑶。这是钮佳悦对自己智商的侮辱。

“这个小姑娘好单纯啊。”花野真衣叹了一口气，觉得自己与钮佳悦相比，少了一份单纯，多了一份心机。对于单纯的人就要用单纯的办法来应付。

“陈依然，你过来，我有话要问你。”花野真衣拉开门，对旁边的房间喊了一声。

“小姐，请问你有什么事？”陈依然急匆匆地来到花野真衣的房间里，问道。

“你知道我是什么人，在这里，你就不用装了，跟我说说那个钮佳悦的事情。”花野真衣从没正眼看过陈依然，更没有把她当成一个人看，今天破例让陈依然进她的房间，只因她确实想不通在她们几个女子中，钮佳悦为什么只认定李思瑶。

"钮佳悦？她怎么啦?"陈依然第一次走进花野真衣的房间里，各种东西应有尽有，心里不由一惊，但在一瞬间她恢复了原来的神态。

"你说说她为什么那么相信李思瑶，以你们中国人的思维来分析一下。"这是花野真衣第一次遇到这样的事。她以为钮佳悦只是一个小女孩，要对付她非常容易；而且钮佳悦还是一个从小地方来、从未出过远门的小女孩，没有见过大世面，更不懂得特工们的事。

"她……"陈依然欲言又止，她不知道钮佳悦为什么要选择李思瑶，但陈依然觉得钮佳悦年纪虽小，却是一个聪明的人。特别是像钮佳悦这样涉世未深的小女孩，一眼就能辨别得出谁是好人、谁是坏人。可自己怎么就没有辨别出好人与坏人呢？陈依然心里不由伤感起来。

"她什么她，说实话，不然……后果你是知道的。"花野真衣口气很严厉。她之所以能管住陈依然，手里自然有她的"撒手锏"。

"你除了关心她外，还要帮助她，让她觉得你是这个世界上最好的人。"陈依然果然说到花野真衣的痛处。陈依然思考了一会儿，又说："她只是一个小女孩，一个无辜的孩子。战争是大人的事，与她无关。她不应该被卷进来。"

"无辜？战争没有无辜可言。无论是大人还是小孩子，只要战争来了，他们就要拿起枪来战斗。"花野真衣一巴掌拍在桌子上，"不用你来教训我。我们来这里是大东亚共荣，是为你们好。比如你，如果不是我，你这一辈子都只是个丫鬟命，没有美好的前途，更没有爱情。只有我们来了，才能给予你这些。就像我现在给你的生活，比你以前好一百倍。"

"是。"陈依然像一个做错了事的孩子一样，马上承认错误，改口说，"是大东亚共荣给我带来了幸福生活。"

"知道就好。再想想，钮佳悦来上海的目的。她一个小女孩，不可能无缘无故地来上海。再说，我们的军队已经占领了上海，马上就要攻下南京了。"花野真衣不想在陈依然身上多费口舌，她要向陈依然讨要拉拢钮佳悦的主意。花野真衣觉得她的计划如果缺少钮佳悦，就算完成了任务，也不完美。她的计划一定要完美，只有这样，她才算胜利。

“她好像是来上海找她哥哥。”陈依然猛然记起钮佳悦自言自语地说过，她哥哥一定在上海。

“哦?”花野真衣突然想起，那天，钮佳悦对李思瑶说她到上海是寻找哥哥钮卫国的，于是她对陈依然说：“这里没你的事了，出去吧。”

在花野真衣的眼里，要战胜中国人，首先就得战胜他们的小孩。花野真衣深深知道中国有一句谚语，叫“星星之火，可以燎原”，年轻人与小孩都是那些充满希望的星星之火。如果不扑灭这些星星之火，他们会永远找麻烦。既然钮佳悦是来上海寻找哥哥的，还得在钮佳悦身上做文章，一定要把她找回来。于是，花野真衣拿起桌上的电话，拨通后说：“马上给我查清楚关于钮卫国的一切资料，越详细越好。”

窗外，寒风一扫而过，花野真衣放下电话，冷笑了一声：“钮佳悦，我们的战斗才刚刚开始。”

陈依然回到房间里，想起刚才看到花野真衣身上的旗袍，不由叹了一口气，尔后又神秘地笑了笑，往事如烟一样飘荡在她的心头。

江南小镇，这里自古以来出过不少名人，也出过不少富豪，沈妍冰就出生在这个江南小镇上。虽然沈家不能与其他富家相比，但比一般人家是绰绰有余；而且沈老爷是老来得女，自然把沈妍冰当成了掌上明珠。从小不但给她找了丫鬟，还请了先生，让她学习文化。陈依然是沈妍冰的第一个丫鬟，也是她的最后一个丫鬟。陈依然是一个乡下女孩，但活泼可爱，在她八岁这年，就到沈家做了沈妍冰的贴身丫鬟。虽说是主仆关系，但两人从小到大形影不离，比亲姐妹还亲，亲得谁都愿意为对方去死。

沈妍冰从小就像个男孩子一样，天不怕地不怕，又爱贪玩。有时候为了出去玩，就让陈依然装作她的模样在书房里待着，如果不进去看正面，很难看出这个沈妍冰是假的。这个方法沈妍冰屡试不爽。有一天，沈妍冰又出去玩了，沈老爷一老友来沈家做客。沈老爷让沈妍冰来这拜见这位老友，结果穿帮了。沈老爷大发脾气，让沈妍冰在天井里跪了八个小时才原谅她。此后，沈妍冰再也不敢出去玩了。

陈依然从小就陪着沈妍冰，自然在气质上也不是一般丫鬟能比的。有时候，两人一同出去，很难分清谁是小姐、谁是丫鬟。为此还闹过不少笑话。

五年前，沈老爷朋友的儿子去德国留学了。沈老爷心动了，在江南这个小镇，很多富家子弟都出国留学。沈老爷也希望沈妍冰将来有一个好的前程，于是一咬牙，也让沈妍冰出国留学。去这么远的地方，沈老爷根本不放心她，就让陈依然陪着她一同前往。本来沈老爷让沈妍冰去日本留学，沈妍冰却阴差阳错地去了德国，而且还选择了军事学校，专业是军事密码学。

陈依然陪着沈妍冰在德国的几年学习生涯中，思乡心切；然而，沈妍冰的学业未完成，她不可能独自回国，更不能丢下小姐沈妍冰不管。沈妍冰的学习成绩很好，又像个男孩子一样，但毕竟是大小姐，对于生活却不能自理，连洗衣服都不会。归根结底是沈妍冰家庭优越，从小就是衣来伸手、饭来张口。

在德国，沈妍冰受到一些爱国人士的感染，决定提前完成学业回国。然而，令沈妍冰没想到的是，她与陈依然刚回到家乡的那一刻，她们的命运从此就被改变了。

秋日的傍晚，随着扑鼻而来的桂花香味，沈妍冰感觉到故乡的气息越来越浓。江南特有的气息也勾起了沈妍冰儿时的回忆，每年秋天，她都带着陈依然从乡下的小镇到湖州城里玩，特别是莲花庄的景色让她流连忘返。

"小姐，该下船了。"陈依然的喊声把沈妍冰从回忆中惊醒过来。沈妍冰像一个小女孩一样，刚下船，便从空中抓了把空气，放到鼻子底下轻轻地闻了闻，轻轻地喊道："祖国啊，故乡啊，我回来了。我又可以吃到久违的千张包子和诸老大粽子了。"

"恐怕你们没有这个机会了。"花野真衣带领一队日本特工出现在沈妍冰与陈依然的视野里。花野真衣不但说得一口流利的国语，就连江南吴语也说得让人难辨真假，不知道底细的人还以为她就是一个地地道道的中国人呢。

"你们是什么人？"沈妍冰和陈依然异口同声地问道。她们显然被突如其来的花野真衣与日本特工吓了一大跳。

"沈小姐，你回来得太不是时候了。"花野真衣的话音还未落下，手中的枪就响了，子弹正中穿着旗袍的沈妍冰眉心，一股鲜血喷了出来。

“小……姐……”陈依然似乎被这场面吓傻了，许久才喊出声来。两人刚才还在船上十分高兴地交谈着，说是到家后一定给父母一个惊喜。离家好几年了，离家越近越兴奋，一切都还是那么熟悉。可是她们的高兴劲儿就在花野真衣与日本特工队出现后化为泡影。她们刚才还在船上约定，回家后一定要到湖州城吃千张包子和诸老大粽子，这个不太大的愿望，就在这一瞬间化为乌有。

“陈依然，告诉你，我是大日本帝国的花野真衣特工。”花野真衣一挥手，几个日本特工从旁边的船上押了两位老人走了过来。

“你们……”看着两位老人被日本特工五花大绑，陈依然差点晕了过去。

“他们是你的亲生父母吧？如果你不听话，沈妍冰就是他们的下场。”花野真衣冷笑着，“只要你肯听我的话，他们就能活命。”

“你们这帮该死的畜生……”陈依然父母看到倒在地上的沈妍冰，还没有骂完就晕死了过去。

“把他们带走。”花野真衣对特工下了命令后，又回过头来对陈依然说，“只要你好好地配合我们，好处自然会有的。”

“你们要我做什么？”陈依然还在惊恐万分，问道，“我只是一个丫鬟，能帮你们什么忙？”

“你仍然做你的丫鬟，只不过从现在起，我就是沈妍冰。也就是说，你现在就是我的丫鬟，不管见了谁，你都要叫我小姐，万一露馅，你想想后果吧。”花野真衣说完，把沈妍冰掉在地上的皮箱打开，翻到那件印有沈妍冰名字的旗袍，拿到手里看了看，得意扬扬地说：“这件旗袍穿在我身上挺合适的。”

“这件旗袍你不能穿……”陈依然想去拿回那件旗袍，却被两个特工按倒在地上。

“穿旗袍是中国女子特有的象征，我现在是沈妍冰，一个留学回来的富家大小姐，为什么不能穿旗袍？”花野真衣迫不及待地脱下外套，把那件旗袍穿上，然后转了一个圈，“我很喜欢这件旗袍，也很喜欢大家叫我沈妍冰。从今天起，我就是江南小镇的大家闺秀沈妍冰。”

“是。”几个特工马上立正，喊道，“沈大小姐好。”

在这种情况下，陈依然只能跟着花野真衣走。她们从江南小镇到了上海，然后又到了南京，最后到了湖州城。如今，又回到了上海。

每一天，陈依然都在痛苦中度过，但她一直没有忘记从花野真衣那里把那件印有“沈妍冰”名字的旗袍拿回来。

这不是一件普通的旗袍，除了有纪念意义外，还有一个重大的秘密：沈妍冰研创的独特密码全在这件旗袍上。那些花纹和线条就是一个密码。如果花野真衣一旦识破了这些密码，后果不堪设想。要怎样才能拿回那件旗袍呢？陈依然已经想了很多种办法，但都没成功。花野真衣把这件旗袍看得太重了，毕竟她是一个日本高级特工，做什么事都会留一手；而且她从不允许任何人进入她的卧室。哪怕是她手下的那些特工，也只能站在门外，但今天，她也许是急于想知道如何突破钮佳悦，才破例让自己进了她的卧室，也只是一小会儿。

这个日本女人还挺臭美的，在自己的卧室里居然把那件旗袍穿在了身上。如果花野真衣一直将旗袍穿在身上，要拿回来便是难上加难了。

窗外，一阵风吹过，陈依然不禁打了个寒战，突然思念起她的父母来，不知他们的身体可好？

# CHAPTER 03
# 第三章　刻在牢房墙上的一句话

钮佳悦走了,李思瑶突然有些伤感起来。钮佳悦还是一个小女孩,她没有来过大城市,涉世也不深,万一被人骗了,自己的罪过可就大了。这都不是主要的,李思瑶就怕钮佳悦被日本人抓去了,那钮佳悦的一生就被毁了。

“思瑶,你不要着急,她的底细你摸清了吗? 说不定她是日本人派来的奸细呢?”阿婆见李思瑶心神不定,劝说道,“她在我们这里住得好好的,为什么要逃走? 另外,你得马上转移,这里不能住了。”

“阿婆,她只是个小女孩,绝不会是奸细,我们一路从湖州城过来,她几乎一言不发,心事特别重。如果一个人没有遇到特别大的困难,像她这样年纪的小女孩,哪里会是这样的?”李思瑶凭着女人的直觉,钮佳悦绝对遇到了令她一生都无法忘记的事情。再加上日军的飞机轰炸了湖州城,难道说她的家人在那次轰炸中丧生了?

“思瑶,你不要固执,服从命令。关于她的事我已经向组织汇报了,组织上同意你马上转移,我也要马上转移。”阿婆是上海中共地下党组织成员,也是李思瑶的上级。她的话就是命令。

“我还是想打听一下她的消息再转移。”李思瑶固执地说,“她只是一个小女孩，不可能是日本奸细。”

“做我们这行的，不怕一万就怕万一。再说，你这次大摇大摆地来上海，还与好几个女子一起来，你就不怕她们之中有国民党和日本特工？特别是遇上了国民党力行社特务处的特工，你将如何完成任务？”阿婆不愧是老党员，把事情分析得头头是道。

“阿婆，你说得对，我会注意的。这次我来上海是以投亲为由头。即使她们是特工，也不可能怀疑我。”李思瑶虽然嘴上这样说，但心里还是嘀咕起来，本来这次来上海执行秘密任务，自己与几个女子同行，谁知道她们中有没有特工？便向阿婆分析起来，说与她同行那个叫朱佩玉的，从她的处事作风来看，她有可能是国民党力行社特务处的人。沈妍冰与陈依然虽然是主仆关系，可怎么看沈妍冰都不像哥哥的未婚妻。特别是陈依然好像有很多话要说，但她处处被压制，每次都被沈妍冰有意打断。既然朱佩玉是力行社特务处的人，那沈妍冰肯定是日本特工了。看来，这次任务的艰巨性就不说了，万一红灯笼被这两人抢先接走了，自己不但没完成任务，还有可能被日本特工盯上，上海现在又是日本人占领区，处处都要小心。

“你看看，你现在相信自己的判断了吧？世上哪有那么巧的事？”阿婆又说，“我们在敌人眼皮子底下工作，稍不注意就会前功尽弃。”

“阿婆，你说得对，我们现在就撤离这个地方。”尽管李思瑶有些舍不得，可命令就是命令，就得执行。

“你赶紧收拾好东西马上走，我去通知后面的人，文件该销毁的就销毁，能带走的都带走。”阿婆说完便去了后院。

李思瑶只得去房间收拾东西。其实李思瑶根本没有多少东西要收拾，除了一些衣服等物件外，就是钮佳悦留下的一个背包。李思瑶想打开背包看看，又觉得钮佳悦不在，随便翻看别人的东西是不道德的行为。于是，她把钮佳悦的背包拿了起来，刚背上，外面响起了枪声。

“快从后门走。”阿婆快步跑了进来，同时手里多了一支手枪，“我掩护你和其他同志撤离。”

“不行，要走也是你先走，我来掩护。”面对突如其来的变故，李思瑶有些慌乱，但马上镇静下来，她不能让阿婆出事。

“你赶紧撤离，这是命令。”阿婆严厉地说，“你还有重要任务没完成呢。快走，一定要去找那个叫红灯笼的密码专家。”

枪声越来越近，不容李思瑶多说，阿婆已经把她推向后门。李思瑶别无办法，她身上背负着重担，她不能这样死去，她要去完成该她完成的任务。李思瑶含泪跑向后门，几个同志正背着东西准备离开。李思瑶顺着院墙往前跑，跑着跑着，后面的枪声停止了。她的泪水如雨点般落了下来，不用说，阿婆已经牺牲了。

李思瑶从小巷穿过小巷，再准备穿大街时，几个日本便衣特工突然出现在她面前。

朱佩玉收到了消息，南京也失陷了，可恶的日本鬼子在这场战争中屠杀了数以万计的中国人，包括老百姓和国民党士兵。军队为什么抵挡不了日寇的进攻呢？朱佩玉不愿意去想这个问题，她只是一个特工，打仗是军队的事，特工就要干好特工的事。南京被攻破，武汉也岌岌可危，那么重庆也许是最后一道屏障了，毕竟从武汉到重庆还有天险可拒日寇。

任务还没有完成，南京就失陷了，该何去何从呢？朱佩玉有些茫然，谷海山说是来上海，结果连人影都没见。没有上级的指挥，朱佩玉突然感觉自己像一只无头的苍蝇。此次任务以失败告终，该如何挽救？想到此，朱佩玉就头痛不已。特别是来上海的路上，她发现沈妍冰对钮佳悦好像特别感兴趣，李思瑶更是如此。朱佩玉与共产党特工打过交道，也与日本特工打过交道，这两个女人都不简单，她们不是共产党的人就是日本特高课的人。沈妍冰看上去是一个大小姐的模样，但她装得太天真了，动不动就要拿枪与日寇拼命，仅凭这一点，她绝不会是共产党的人。在这战争年代，富家大小姐保命都来不及，又何苦卷入战争中来呢？当然，她也不是自己所在力行社特务处的人，更不会是“中统”的人。所以，从这些事情上推测：沈妍冰肯定是日本特高课的人。如果沈妍冰真是特高课的人，她这次的目的是什么？她接近钮佳悦的目的又是什么？再说李思瑶，她处事很冷静，这是共产党的处事作风，这说明李思瑶是共产党的特工。共产党特工与日本特工都聚在一起，她们的目的是什么？难道说与自己的目的一样？她们是怎么走到一块儿的呢？像自己一样，与她们偶遇？这好像说不通。李思瑶也极力把钮佳悦带往自己身边，难道说她对钮佳悦也有什么企图？

“唉，真是看走眼了。”朱佩玉叹了一口气道。现在她细细回想，只怪自己太粗心大意，暴露了自己的本性，这是特工的大忌。无论在什么时候都要沉着冷静，自从遇到李思瑶的那一刻起，自己就没有办法冷静，自己的命是战友用生命换来的。那可是自己最亲密的战友，因为自己而与敌人周旋，最后连尸首都不见了。虽然自己在进入这行时，就知道会有这么一天，可这一天真正来到时，朱佩玉还是有些害怕。人生自古谁无死？可死要有死的价值。虽然每个人不能预料自己是怎么个死法，但在这个战争年代，一定要死得其所。战友的死给朱佩玉打击很大，他是为了国家的命运而死的。这时候，朱佩玉真想上战场，与日本鬼子真刀真枪决一死战。可自己有使命，有任务，不能由着性子胡来。

此时此刻，朱佩玉最放心不下的还是钮佳悦。好在自己已经把钮佳悦带了回来，把她留在租来的房子里。虽然那地方比较隐蔽，但谁能保证不会被日本人发现？

“一定要把钮佳悦送到安全的地方，只有这样才能对得起她的哥哥钮卫国。”朱佩玉想到钮卫国，心中又多了几分伤感。钮卫国杳无音信，生死不明，朱佩玉只能把对他的爱深深地埋在心底。

晚上，朱佩玉终于与谷海山取得了联系，谷海山让她等待。等待是一种煎熬。好几次，朱佩玉都觉得自己快要疯了，其间，她也去小屋给钮佳悦送过一次吃的。当看到钮佳悦那伤感的样子，朱佩玉心里就像在滴血。在她的印象中，钮佳悦是一个阳光可爱的小女孩。朱佩玉清楚地记得，她随钮卫国来到钮家的那一刻，她就被钮佳悦的活泼、阳光的性格所吸引，在心里不停地夸赞钮佳悦长大一定是漂亮又懂事的好女孩。可现在，她幼小的心灵却饱受战争带来的痛苦。

这天，朱佩玉再次接到了谷海山的命令，让她马上撤往重庆，择日再来上海。

“撤往重庆？”这是朱佩玉没有想到的。即使要走，一定要把钮佳悦带走，不能把她单独留在上海。

收拾好行李，朱佩玉戴了一顶毡帽，把自己装扮成一个时髦女郎，穿过小巷径直往她留钮佳悦的小屋走去。

来到那间小屋前，发现屋门大开着，朱佩玉赶紧掏出手枪，警惕地朝屋里走，发现钮佳悦不见了。屋里的东西被翻得乱七八糟，朱佩玉立即奔出了小屋，发现不远处有人正朝她张望。

“册那，坏了，钮佳悦被人抓走了。”朱佩玉转身就跑，在小巷子里，耳边除了风声外，还有枪声。转过了好几条小巷子，朱佩玉才摆脱后面的跟踪。

“册那，好险。”在确定没有危险后，朱佩玉瘫了下来，想着自己把钮佳悦弄丢了，不由得双眼发红。万一钮佳悦被日本人抓去，自己单枪匹马又怎能把她救出来？上级让自己撤往重庆，可现在如果不走，上级怪罪下来了，自己又岂能担当得起？

朱佩玉左右为难。

大桥监狱四号牢房是木结构，每间面积一般在十五平方米。这是专门用来关押女犯人的牢房。牢房的一角有一个半米见方的凸出部分，那里是一个便坑；另外一面有一扇很矮的木门，平时锁着。踏进牢房一步，就是一个用砖头砌墙半米来高的通铺，上面铺一层木板。关押人员每天的活动，包括吃喝拉撒都在这个通铺上面。通铺下面仅有一条窄窄的走道，在押人员在牢房内走路都很困难。原本只能关押十余人的牢房，一下子关了二十多人。

钮佳悦醒来后，发现自己就在四号牢房里，她在这里见到了李思瑶和“沈妍冰”。晚上，钮佳悦发现自己与李思瑶、“沈妍冰”等其他犯人一样，盖的是一层薄薄的破旧棉布毡。

第二天清晨起床后，大家集中围着两个旧木桶洗漱，一瞬间，牢房里便拥挤不堪，但谁也不说话，一批洗漱完，马上让开，另一批又上前，直到所有人洗漱完毕。早饭是薄薄的照得见人影的稀饭，吃饭用的是肮脏的筷子和脱了瓷块的搪瓷碗。或许是好几天没吃过饱饭的缘故，钮佳悦将一大碗稀饭喝完，觉得好像没吃一样，转过脸去看李思瑶。李思瑶端着碗没有下筷子，一直注视着钮佳悦。

“没吃饱吧？把我这碗也端去吧。”李思瑶把碗递到了钮佳悦面前,“你正长身体,不吃饱又怎么能行?”

“把我这碗也吃了吧。”“沈妍冰”也把那碗稀饭递到了钮佳悦面前,“你多点一吃。谁知道我们会在这里待多长时间?是十天,还是一个月,或者三年、五年。”

钮佳悦看了看李思瑶,又看了看“沈妍冰”,不知道该接谁的稀饭,只是觉得有点对不住李思瑶。昨晚李思瑶对钮佳悦说过,她出来找钮佳悦时,碰见了日本兵,被抓到这里来的。李思瑶之所以这样说,不想让钮佳悦知道了她的身份,更不能让四号牢房里的任何人知道她的真实身份。关押在这里的女子不是共产党员,就是国民党力行社特务处的人。别小看这个四号牢房,里面的人除了钮佳悦,其他都是干过“大事”的人。

钮佳悦不知道,李思瑶发现她走了后,一直很自责。钮佳悦只是一个涉世未深的小女孩,不懂人情世故,特别是在这日本鬼子占领的上海,稍有不慎就会落入日本人手里。

阿婆说钮佳悦有可能是日本特工派来的奸细,李思瑶对阿婆的话有意见,没有当场反驳,心里仍然惦记着钮佳悦的安全。事情却又那么巧,钮佳悦走了没几天,李思瑶与阿婆的落脚点就被日本特工发现了,阿婆掩护她撤退时牺牲了。如果不是阿婆的掩护,牺牲的也许是李思瑶。李思瑶凭着多年的直觉,站在面前的钮佳悦怎么都不像是日本奸细。直觉归直觉,真相要用事实来证明。因此,李思瑶此时要做的事,就是一定要弄清楚钮佳悦到底是什么人,于是便轻声问道:“钮佳悦,你是怎么被抓到这里来的?”

“我也不知道怎么被抓到这里来的。”钮佳悦在朱佩玉给她安排的住处,一待就好几天。其间,朱佩玉只来过一次,这是她给钮佳悦送吃的,走时还吩咐她不要出小院子。可是待在房间里特闷,钮佳悦又禁不住想去找哥哥,便打开了房间门来透口气,就闻到了一股清香,然后就啥也不知道了,醒来时已经在监狱里了。

“原来是这样。”李思瑶突然发现,她们来上海,好像有一双眼睛在暗处监视着她们的一举一动。钮佳悦只是一个小女孩,他们这样对她的目的又是什么?“真有那么巧的事?”“沈妍冰”好像不相信钮佳悦说的是真话。

“沈小姐，你又是怎么进来的？”李思瑶一直想问“沈妍冰”是怎么进了大桥监狱，她根本不知道眼前的这个沈妍冰，其实是日本特高课的高级特工花野真衣。

“一言难尽。”“沈妍冰”说，“我和丫鬟陈依然为了一点小事吵了起来，引来了日本兵，陈依然跑了，而我被日本兵抓住了。”

“就因为吵架……”李思瑶觉得“沈妍冰”的理由太简单了，也有些牵强，但她无法辨别“沈妍冰”话的真假。

“你们就不要说话了。如果被外面的看守听到了，我们又要挨打了。”一个年长的女囚轻声说。那个年长女囚告诉李思瑶，这是一座特殊的监狱，刚被关押进来的人都不知道日本人有一个规矩，不准在押人员说话。如果谁说话，按照日本看守的逻辑就是触犯了他们的法律，是要受严刑拷打的。其实这是日本特高课的主意，他们怕监狱里的囚犯商量对策，或者说同一批抓进来的人串供，因为看守都是日本兵，他们听不懂中文。只要不让囚犯说话，他们就无法串供或商量对策。

有一天，日本看守发现二号牢房有人说话，他们走进牢房去找说话的人，但是没有人承认，他们也找不到具体的人员，就采取“连坐法”。看守用枪托猛击每个人的头部、脸上、身上，有的人当场被打得鲜血直流，有的人牙齿也被打落，有的人被打倒在地爬都爬不起来。日本看守并不罢休，还要找说话的人。有两位难友看不下去，毅然站出来，日本看守就把这两个人拉出去，脱光他们的上衣，让他们跪在地上，解下身上的皮带进行抽打。

从此，无论白天还是晚上，牢房里听不到一点声音，如同一座黑暗的坟墓。但是，在这座黑暗的坟墓里，却有很多火种在燃烧。

第二天早上，大家刚吃好饭，远处的铁门响了，传来一阵沉重的脚步声，紧接着传来一声犀利的哨子声，异常刺耳。突然，角落里有人说：“今天该轮到我了。”

钮佳悦不知道为什么该轮到她了，便看了那人一眼，发现她是早上把稀饭全部给了自己的那个阿姨。早上她还对钮佳悦说，你正是长身体的时候，就应该多吃点。她那慈祥的目光，让钮佳悦想起了母亲。母亲也用那样的眼光看着她吃饭,也说过同样的话。钮佳悦清楚地记得,她与母亲吃的最后一顿饭是丁莲芳千张包子。丁莲芳千张包子是钮佳悦的最爱。母亲时不时买几只回来,有时候单独烧给钮佳悦吃,说钮佳悦正是长身体的时候,要多吃点肉。那天,母亲特地买了好些千张包子。吃完饭后,母亲让钮佳悦去乡下亲戚家里玩。钮佳悦没想到,她这一走,成了与父母的诀别。她刚到乡下亲戚家里,日本飞机就开始对湖州城进行轰炸。钮佳悦躲在远远的乡下,听到城里巨大的爆炸声惊得她喊不出声来,接着城里火光冲天,她顾不上亲戚的叫喊,转身向城里跑去。城里一片混乱,哭喊声、叫喊声,连成了一片。钮佳悦顾不了太多,径直往家里跑去,却发现家已经被大火包围,房屋倒塌一地……大火持续燃烧了很久,虽然有许多人跑来救火,那大火却好像永远浇不灭一样。在熊熊大火中,钮佳悦仿佛看到父母紧紧地抱在一起……

"轮到她了。"钮佳悦几乎已经听出这话的意思,顿时有些紧张起来,忍不住朝李思瑶和"沈妍冰"看去。然而,李思瑶好像在思考着什么,"沈妍冰"却一脸无所谓的表情。

果然,牢门被打开了,进来两个日本宪兵,径直走到那个女子面前,不由分说,架起她就走。牢里的其他人尽管怒目圆睁,却又无可奈何。她们只是一群女子,且手无寸铁,只能眼睁睁地看着自己的同胞被拉走。

钮佳悦害怕极了,她觉得被日本宪兵拉走的不是一个阿姨,而是她的母亲。尽管她也知道这两个日本宪兵听不懂她的话,但她还是冲着这两个日本宪兵喊道:"你们拉她去干什么……"

但钮佳悦的话还没说完,一个日本宪兵举起警棍朝钮佳悦的头上打了下来,瞬间钮佳悦鲜血直流。李思瑶见状,急忙扑在了钮佳悦身上,替钮佳悦又挨了好几警棍。日本宪兵见李思瑶来挡,又挥起警棍朝她身上打了下去,嘴里说着她们听不懂的日本话。

突然,"沈妍冰"在这个时候站出来,对着日本宪兵喝道:"你们不要为难她们,有本事冲着我来。"

"一群支那猪。"日本宪兵用日语骂道,举起警棍朝"沈妍冰"打去。"沈妍冰"却顺手夺下了警棍,另一个宪兵正上前来抓"沈妍冰",

却被他们准备带走的那个女子死死抱住了，她大声骂道："畜生，你们两个畜生，有什么招数都往我身上使，又何必对一个小姑娘和无辜的人下手呢？"

日本宪兵似乎还没解气，又举起警棍打人，四号牢房里的所有人都朝这两个日本宪兵扑了过来。日本宪兵见势不妙，只好把那个女子打了两警棍，然后架起她往门口走。

"孩子，你要好好地活着，活到有光明的那一天。"在出门的那一瞬间，那个女子又回过头来对钮佳悦说，"孩子，你是我们祖国的未来，你一定要好好地活下去……"

女子的话还没有说完，门就被关上了。钮佳悦看到地上的鲜血，想哭，可已经没有眼泪了。这是她又一次看到鲜血，是那样地刺眼。

那个女子被带走后，再也没回来。钮佳悦很是希望她回来，她那慈祥的目光总在钮佳悦的脑海里闪现。钮佳悦实在弄不清楚这些日本人为什么来中国，还要杀人放火。

"她是一个共产党员。"有人在小声议论。

"不一定，她也许是国民政府的人。"也有人反对说。

在钮佳悦的印象里，那个女子就是一个人，一个中国母亲，也许她的孩子与自己年龄差不多。这位母亲一去不复返，留下了她的孩子，就像自己的母亲丢下了自己一样。只是这位母亲让自己无论如何都要活下去。钮佳悦也知道自己一定要活下去，她活下去的理由只有一个：找到哥哥，一起为父母报仇。虽然经过李思瑶的包扎，钮佳悦头上的鲜血还在流。

钮佳悦真不知道什么是共产党和国民政府，不禁问李思瑶："姐姐，什么是共产党？什么是国民政府？"

"在这里不要问什么问题。"李思瑶被日本宪兵打了几警棍，背上还隐隐作痛，说话很吃力，但她还是忍不住劝钮佳悦，"那个阿姨说得对，你要好好活下去，我们所有人都要好好活下去。要想活下去，在这里就不要随便说话。"

"谢谢姐姐。"这是钮佳悦第一次对李思瑶说谢谢，在从湖州城到上海的这些日子里，她一直一脸的忧伤，因为在她的心里，就从来没有快乐过。如果时间能回到过去，她情愿代替父母亲去死。可时间不可能回到过去，钮佳悦不禁又想起哥哥钮卫国来。

“哥哥，你在哪里？”钮佳悦在心里默念着，然后轻轻地叹了一口气，叹息声在四号牢房里飘荡开来，久久不肯散去。

在四号牢房里，几乎每天都会有一个人被拉出去，以后再也见不到她们回来。虽然每天都有人被拉走，牢房里的人却不减反增，因为每天又有新的人被送进来。

这天早饭后，宪兵进来把李思瑶面前的“沈妍冰”拉走了。在被带出门的那一刻，“沈妍冰”幽幽地看了李思瑶一眼，然后大声喊了一句：“打倒日本帝国主义……”但随即她的嘴就被堵上了。

“她也回不来了。”一个年纪不大的女囚小声问李思瑶，“你们认识？”

“算认识，也算不认识。”李思瑶的回答模棱两可。因为李思瑶至今还不知道她认识的沈妍冰是一个十足的日本特工。在李思瑶眼里，这位江南富家小姐霸气十足，但总觉得少了点什么。作为江南土生土长的李思瑶，非常了解江南富家小姐的个性，她们不但温文尔雅，还有一种富贵的气质。李思瑶猛地想起来，她认识的这个沈妍冰始终少了一种富贵的气质。有的人的气质是与生俱来的，有的人是后来才形成的，但一个人突然要想改变一种气质是非常难的。

“姐姐，她真的不会回来了吗？”钮佳悦看着“沈妍冰”被拉走，心里有了一种莫名的心酸。这些天，钮佳悦看到很多人被拉出去，再也没有回来。牢房里的其他人都心照不宣，被拉出去的人不是被枪毙了，就是被扔在黄浦江里了，反正，从牢房里拉出去的人，没有一个还活在世上的。当然不只是四号牢房，其他牢房里也天天有人被拉了出去。因为其他牢房被拉出去的人都要经过四号牢房，被带走的人有的垂头丧气，有的大义凛然，还有的一路唱着歌，然后听到一声枪响，便再也没有然后了。

“我也不知道。”李思瑶是真不知道，同时她也抱着一丝幻想，如果她认识的沈妍冰能回来最好，如果不回来，那明天将是她了，在后天或许就是钮佳悦了。李思瑶在入党前就有了这个思想准备，无论在哪里，只要是革命需要，哪怕是抛头颅、洒热血，也在所不辞。只是可惜了钮佳悦，她还是一个小女孩，像她这样年纪的人应该在学堂里念书，而不是待在牢房里。当然，钮佳悦还不懂什么是抛头颅、洒热血，战争是大人之间的事，与小孩子无关。可从日本帝国主义入侵中国的那一天起，就不仅仅是大人之间的战争，而是全民族的战争。只有全民族团结起来，才会赢得最终的胜利。

“我真希望她能回来。”毕竟这个“沈妍冰”与钮佳悦她们一起从湖州城到上海，路途中经历众多的危险和曲折，她们都挺过来了。她们几乎成了生死之交。其实每次从四号牢房里带走一个人，钮佳悦的心都在滴血。因为这些年纪大一点的女子，都像她的母亲一样，她们和蔼、慈祥，年纪如李思瑶一般的都是她的姐姐。钮佳悦很想有个姐姐，可她只有哥哥。想到姐姐，钮佳悦想起了嫂子朱佩玉，不知道她现在怎么样了，是否知道自己被关在这里。

“她会回来的。”李思瑶心里明白，“沈妍冰”这一去也是有去无回，但她不能对钮佳悦说，只能安慰她，“说不定一会儿，她就回来了。”

快到中午，四号牢房门被打开了，两个宪兵抬着“沈妍冰”进来。“沈妍冰”身上几乎找不到一块好肉，鲜血已经将破了的衣服染得鲜红，头发也被烧焦了好多，特别是大腿上的几道鞭印，让人看着就心痛。她是四号牢房里有史以来，第一个被带出去又活着回来的人。

两个宪兵把“沈妍冰”扔在四号牢房的地上就走了。大伙马上围了过来，合力把“沈妍冰”抬上铺，李思瑶的眼泪忍不住流了下来，问道：“沈小姐，他们真够毒的，把你打成这个样子。”

“该死的法西斯，该死的日本人。无论他们怎样打我的身体，但我的灵魂绝不会受到摧残，我一定要为真理讨个公道。”“沈妍冰”一下子说了好几句，不住地咳嗽起来，还想要说话，被李思瑶劝住了：“沈小姐，你好好休息吧。等你伤好后再说吧。”

大家都说“沈妍冰”的运气好，没有被打死，也没有被枪毙，更没有被丢进黄浦江里，能够活着再次回到四号牢房是奇迹，不知该庆幸，还是该说悲哀。如果说这次是运气好，那么下次呢？

第二天，又一个人被拉走了，但不是李思瑶，也不是钮佳悦，是后面进来的与李思瑶年纪差不多的女子，也被打得遍体鳞伤后抬了回来。

第三天，又有人被带出去，然后遍体鳞伤地被抬回来。李思瑶几乎习以为常了，她在想，终会有一天轮到她的。她不知道自己会不会像眼前的"沈妍冰"一样坚强，她只是一个柔弱的女人，她做不了巾帼英雄，但她可以为自己的信仰抛头颅、洒热血。

傍晚时分，"沈妍冰"开始发高烧，是伤口化脓引起的。钮佳悦急得不知道怎么办，毕竟她与自己一起来到上海的，她不能见死不救。从湖州城到上海这一路，她已经看到很多的死亡，如果"沈妍冰"也死了，她的心会滴血的。于是，钮佳悦走到门口要叫守卫，却被"沈妍冰"拉住了："你们不要管我的死活。为了自己的信仰，我就是死了也值得。"

"你不能死，我们都需要你。"钮佳悦不知道哪来的勇气，说出这样的话来。

"你的好意我心领了。作为一个中国人，是绝不会怕痛的，哪怕是流血牺牲也值得。"

"姐姐，不能让你死。"钮佳悦哭了，她不愿意见到一个活生生的人就这样在眼前死去。

"傻妹妹，你哭什么？我受的不就是点皮外伤吗？怕什么？姐姐挺得住。倒是你，要好好地活着。""沈妍冰"倒安慰起钮佳悦来。

钮佳悦不知道该说什么了，她又不能眼睁睁地看着"沈妍冰"这样痛苦下去，轻声喊了声："姐姐……"

李思瑶见钮佳悦十分担心"沈妍冰"，安慰她说："佳悦，你不要担心。她的伤化脓了，正如她说的，都是皮外伤，会好起来的。"

"小妹妹，别哭。小日本早晚会完蛋的，我们都有见到曙光的那一天。""沈妍冰"说着忍不住呻吟起来。她实在是太痛了。作为一个日本特高课高级特工，这点痛苦又算得了什么，她一定要表演得夸张些。"沈妍冰"之所以这样做，是要引起四号牢房里所有人对她的同情。她是四号牢房里受刑最厉害的人，这是"沈妍冰"的主意。四号牢房里的其他人被带去拷问，只是象征性地拷打一下，而且都是些皮肉伤，稍微忍一忍就过去了。"沈妍冰"住进四号牢房里，自有她的目的。

不久前，共产党代号红灯笼的密码专家已经到了上海。特高课得到这个消息后，立即命令花野真衣寻找红灯笼。但唯一知道的线索的人被其他特工一枪毙命，"沈妍冰"只得四处寻找，当她从湖州城到上海的路上，发现李思瑶不但沉着冷静，对事物的分析也头头是道，只有共产党人才会如此沉着冷静。李思瑶即使不是红灯笼，也是共产党的人，只要接近她，又何愁找不到红灯笼？要接近李思瑶，首先得接近钮佳悦。因此，李思瑶与钮佳悦一进上海，就已经进入了"沈妍冰"的监视范围里，把钮佳悦与李思瑶抓进四号牢房也是"沈妍冰"的主意。

据特高课的最新消息，日军攻下中国是迟早的事，南京已经被攻下了。重庆虽作为国民政府的陪都，要断掉国民政府的后路，就要对重庆进行大轰炸，只有轰炸才能迫使国民政府臣服于大日本帝国。虽然特高课早些年就派了许多特工以商人的身份前往成都和重庆收集情报，但随着战事吃紧，国民政府对于日本特工的侦破任务也加重了，很多日本特工还没来得及完成任务就被抓了。

重庆虽然属于亚热带季风性湿润气候，但无霜期长、雨量充沛、常年降雨量多，特别是春夏之交夜雨尤甚，因而，重庆又有"巴山夜雨"之说。最主要的重庆多雾，又有"雾都"之称。其北部、东部及南部分别有大巴山、巫山、武陵山、大娄山环绕。地貌以丘陵、山地为主，坡地面积较大，有"山城"之称。有俗语为证："山高路不平，好个重庆城。"

用飞机轰炸重庆，如果没有地面人员引导，不但浪费许多炸弹，说不定还会损失许多飞机。这离日本帝国战胜中国又远了一步。因此，作为特高课的高级特工，花野真衣有义务前往重庆做一个名副其实的卧底。如何打入国民党内部这是最重要的第一步。这次被打成重伤，是花野真衣在中国多年学到的三十六计中的苦肉计。这四号牢房里的犯人不是共产党特工就是国民党特工，只有用苦肉计才能打入她们内部。只要打入她们内部，就成功了一半，到时自然会有办法摸清重庆的防空部署，可以准确地向日本帝国的轰炸机提供情报。

如果能成功打入共产党内部，取得李思瑶的信任，那么查找代号红灯笼的共产党密码高手，就是一件易事了。

对于四号牢房里的其他人的底细，花野真衣不是太清楚，但李思瑶绝对不是一般人，她隐藏得太深了。越是有挑战性的，花野真衣越是喜欢。就像一个明知攻不下的堡垒，就越要想办法去攻下它，要的就是那种成功的欲望和喜悦。凭女人的直觉，花野真衣要想攻下李思瑶，就得选择一个突破口，这个突破口就是钮佳悦。花野真衣选择钮佳悦作为突破口，一是因为钮佳悦年纪小，不谙世事。二是钮佳悦与李思瑶、朱佩玉走得比较近，她们之间的关系非同一般。如果把钮佳悦拉到自己身边，以后办事就方便得多。三是自己已经冒充了沈妍冰，又有陈依然做身份掩护，自己在别人眼里俨然是一个江南富家小姐，对外声称自己刚从国外留学归来，目的是报效祖国。

要想使钮佳悦相信自己，除了让自己受苦以外，还要以亲情去拉拢这个小女孩。所以在湖州城，钮佳悦正准备去上海时，她与陈依然的出现就是一个精心的安排。

现在，钮佳悦更加相信自己了，想到这里，花野真衣不由得笑了，却因不小心碰到伤口，号叫起来。

这是一个难得的大晴天，午后的阳光从窗口洒进了四号牢房，使人昏昏欲睡。钮佳悦突然大叫起来："快来看，这是什么？"

大家随着钮佳悦手指的方向看去，在四号牢房里的墙角里有一行字："我可以没有美貌、也可以没有爱情，但我不能没有信仰。"

"好像是用鲜血写下的。"一个女子说。

"是谁写的这句话？好有深度。"另一个女子说。

"大家别看了，也别议论了。"李思瑶见大家对这句话很惊奇，心里也不由大惊，写这句话的人明明就是自己人。但这句话是什么时候写上去的呢？又是谁写的呢？

"这句话是什么意思？什么又是信仰？"钮佳悦觉得这句话很深奥，一个女人最在意的就是她的外貌，获得爱情也是每个女人的权利，而写这句话的人居然把这两样都抛弃了，只要自己的信仰。信仰是什么？难道说信仰比这两样东西都重要？

"小妹妹,你年纪还小,很多事情都不懂。但是,有的事情不是可以随便问的。"李思瑶轻轻地说,"记住,以后有什么事可以放在心里,不要随便乱问。"

"知道了。"在四号牢房里经历了这些事,钮佳悦似乎也成长了一些,但她毕竟只有十二岁,孩子的天性就是不懂就问。

"对了,大家别看了,赶紧擦掉。""沈妍冰"瘸着腿走过来,不动声色地观察每一个人的表情。但大家木然的表情让"沈妍冰"很是失望,她见没人说话,又说,"我知道这个人写这句话的意思。"

"沈妍冰"见没人理她,便自言自语地说,这是一个女共产党员留下的,又说她被日本宪兵拉去拷问时,无意中听到的。

"你怎么听得懂他们的话?"一个女子问道,"你又不是日本人。"

"我在日本留过一年学,学习过日语,当然听得懂他们的话。""沈妍冰"撒谎的技术是一流的,又说,"家父是江南小镇上的生意人,家里有些剩余的钱财。父母看到镇上有钱人都把子女送到外国去学习,于是把我也送到日本去学习。但我不喜欢日本,就与丫鬟陈依然偷偷地回国,结果被父亲知道后,断了我的生活费。没办法,我只得回家央求父亲,说这次出国去学习,肯定不会偷懒了,一定好好学习。父母只有我这么一个女儿,没有办法,于是让我去了德国学习。"

钮佳悦没想到"沈妍冰"有这么多的经历,还去过日本,虽然她恨日本鬼子,但对日本一无所知,对"沈妍冰"很是羡慕,况且她不但在德国留过学,还在日本留过学,肯定知道很多,又不由好奇起来,问道:"姐姐,你说说墙上那句话是什么意思。"

"就像我,为了自己的信仰,不惜抛弃在国外的学业回国,目的是报效国家。""沈妍冰"一边说一边观察四号牢房的女犯的表情,揣测她们的内心变化,可大家有的干脆走开,有的倒在床上睡觉,好像"沈妍冰"的解释与她们毫不相干。

"她们怎么会这样呢?"这些女子的反应,让"沈妍冰"始料未及,不能让这些女子对自己熟视无睹,得想办法让她们相信自己,特别是李思瑶,一定要让她相信自己。于是,"沈妍冰"又给钮佳悦讲她在日本的故事,说日本是一个很美的地方,可就是人多地少,他们要生存下去,只能发动战争。

“你是日本人吧?”一个女子突然发话了。

“我是堂堂正正的中国人,乃江南名镇上的如假包换的沈家大小姐,怎能是日本人?”“沈妍冰”没想到她刚才的话弄巧成拙,急忙解释说,“我去日本和德国留学,都是为了学习知识,回来报效国家。这不,我与你们一样被抓了进来。”

“算了,你们也不要争了,被外面的日本兵听到了,大家都不会有好日子过。”李思瑶怕事情闹大,赶紧劝阻她们,又说,“大家都在一个牢房里吃饭,请相互体谅一下。”

钮佳悦还想问,看到李思瑶的目光后,又低下了头,回到铺位上坐着发呆。其他人也回到铺上,有的睡觉,有的发呆,其实她们并不关心“沈妍冰”是日本人还是中国人,因为她们知道她们不可能活着离开四号牢房,更别说还她们自由了。她们早就听说过四号牢房自建牢以来,所有的犯人都是活着进来,死后才能出去。她们在这里除了绝望,还是绝望,能活着一天就是一天。

活着总比死了好。但李思瑶的想法与她们完全两样,是因为墙上的那句话:“我可以没有美貌、也可以没有爱情,但我不能没有信仰。”肯定是自己人留下的,只是不知道这个人是谁。也许她这一辈子都不知道她是谁,但她是一个非常有胆量的人,她的这种气魄和精神是多么令人动容,她的精神是多么高尚。

时间过得真快,钮佳悦在四号牢房里待了大半年时间了。发现最近日本宪兵很少到四号牢房提人审问,倒是其他牢房时不时有人被带出去,然后就是几声枪响。在这大半年里,大家好像都习惯了,在这里一直待着,除了等死外,也没有别的办法。这座监狱有重兵把守,外面的人要进来营救,只能是有来无回;如果自行组织逃出去,那是根本不可能的事。

花野真衣有时候也很讨厌战争,她很想回到家乡福冈,这可是日本岛樱花最早开放的地方之一。每逢花期,盛大的樱花祭都会在福冈城举行,摇曳的樱花和亮丽的彩灯交相呼应,染井吉野与大岛樱等多个品种的樱花都可以看见,全天开放的舞鹤公园让观看“朝樱”和“夜樱”成为可能。福冈三面环海,海上有很多风景。有时候,花野真衣就坐在海边看海，她的思想在这个时候就放松了许多。

是命令就要执行。要让大家逃出去，“沈妍冰”有些为难。在这个铜墙铁壁的地方把几十个人全部带出去，还要神不知鬼不觉，更是难上加难。

机会是创造出来的。“沈妍冰”想。

这天，又一个女子被提出去审问了，遍体鳞伤的她在天黑时才被拖回来。放下女子后，两个宪兵并没有离开，而是一把抓住钮佳悦，一个要脱她的衣服，一个在她的脸上乱啃。

“姐妹们，这两个畜生连小女孩都不放过，我们与他们拼了。”最先说话的是“沈妍冰”，说完，她拿起脸盆朝一个宪兵头上砸去。另一个宪兵见状，拿起警棍朝“沈妍冰”头上砸去。李思瑶此时抱住了这个宪兵。其他女子见“沈妍冰”和李思瑶已经在对抗宪兵了，也纷纷加入了战斗。门外两个宪兵听到动静，也开门进来，还没等他们明白是怎么回事，头上也被盆子砸了个正着，当场晕了过去。

在放倒四个宪兵后，“沈妍冰”说：“姐妹们，我们不能这样一味地任人宰割，我们的命运必须掌握在自己的手里。趁现在没有人，我们赶紧离开这个鬼地方。”

有人反对：“我们是逃不出去的。”

“逃不出去也要逃。在这里只有死路一条，如果能逃出去，就可以活命。”“沈妍冰”说，“要走要留，随你们便。”

“沈妍冰”的话不无道理，于是大家跟着她走出四号牢房。这是她们第一次自愿走出牢房。这是一次轻松且愉快的逃亡。因为按照往日的情形，牢房外到处都是宪兵，今天却格外地安静。就连监狱门口也少了许多日本士兵，仅仅只有两三人，而且还在打瞌睡。逃跑似乎很顺利。有的人还不甘心，用捡的枪砸开了所有牢房的钥匙。顿时，所有牢房里的犯人都蜂拥而出。

“难道这是精心策划的阴谋？”李思瑶突然觉得这是一个阴谋，正要喊人往回撤的时候，枪声响了起来。这时，一个男子从一个女子手中抢过枪，立即还击。

不断有人倒下，不断有人冲上去，抢枪的，肉搏的，几乎乱成了一锅粥。李思瑶趁乱拉着钮佳悦躲避、逃跑。在门口时，一小队日本士兵跑了过来。

“完了。”李思瑶虽然明白这个监狱不是那么好逃跑的，但事已至此，她又不得不逃跑。她的任务还没有完成，不能死在监狱里。

随着几枚手榴弹炸响，前面那队日本士兵已经在爆炸声中倒下。这时“沈妍冰”与几个男子从倒下的日本士兵那里捡了手榴弹扔了过去。

“快走。”“沈妍冰”愈战愈猛，随着几个男子的加入，李思瑶拉着钮佳悦逃跑的步伐顺利多了。

这是一场真正的战斗。钮佳悦是第一次经历，只觉得子弹“嗖嗖”地从耳边划过，被打中的人鲜血瞬间如水柱般喷射出来，有的人虽然中弹了，在挣扎着起来，但这一切都是徒劳，因为当他们再次倒下时，身上又多挨了几颗子弹。四号牢房那个长得非常漂亮的大姐姐在钮佳悦面前倒下，她用哀求的眼光看了钮佳悦一眼便永远地闭上了眼睛。这一切都让钮佳悦心里在滴血，她多么希望这场战斗马上就结束，让所有人都能好好地活下去。可是这场战斗，或者说战争，不是她所能阻止的，她只希望为结束战斗或战争贡献一分力量。正如四号牢房里的那句话：“我可以没有美貌、也可以没有爱情，但我不能没有信仰。”

随着枪声渐行渐远，李思瑶长长地出了一口气，回过头来才发现与她逃出来的除了钮佳悦和“沈妍冰”外，再也没看到其他人。

“谢谢你，如果不是你果断处理，我想我们现在还在监狱里。但是，现在到处都是日本兵，我们还是分开走安全些。”李思瑶对“沈妍冰”说，“我们就此别过。”

“我们什么时候再见面？”“沈妍冰”问道，“如今上海和南京都沦陷了，我准备去重庆。你们呢？”

“我准备带她回老家去。”李思瑶回答说，“小妹妹，我带你回湖州城。”

“她不是来找她的哥哥吗？我进监狱之前，打听到她的哥哥钮卫国已经到重庆了。我们何不一起去重庆找她哥哥？”“沈妍冰”是真的打听到钮卫国去了重庆。

“李姐姐，我们去重庆吧，我要去找我哥哥。”钮佳悦听到哥哥在重庆，决定要跟着“沈妍冰”去重庆。

“让我想想吧。现在得想办法出上海城，然后想办法弄几张去重庆的船票。”李思瑶知道现在去重庆根本不是一件易事，不说现在日本人查得这么紧，又到哪里去弄船票呢？

“办法肯定有的。”“沈妍冰”说，“我们先找个落脚点，我去想办法。还有，我得先回住处去把我丫鬟陈依然带上。”

“好吧。我们到时候在哪里碰头？”李思瑶问道。

“明晚七时，在十六铺客运码头碰头。”“沈妍冰”回答。

“好。”李思瑶带着钮佳悦往前走了一会儿，在确定没有人跟踪后，悄悄地回到以前的接头点，那儿已经换了一家人。

李思瑶突然感觉脸上有了热乎乎的东西流下，那是她的泪水。

# CHAPTER 04
# 第四章　惨绝人寰的大轰炸

人间最美四月天！四月正是桃红柳绿、莺歌燕舞的时候，但1939年饱受轰炸的重庆令人迷茫。朱佩玉就在这个时候来到了朝天门码头。她的眼里除了一丝伤感外，更多的是忧郁。重庆这个熟悉而又陌生的地方，承载了她的梦想，也破灭了她的梦想。

站在朝天门码头，朱佩玉的思念如潮水般涌上心头。多少个日日夜夜她都在泪水与痛苦中度过，多少个不眠之夜因为谁？是因为那个叫钮卫国的男人。可这个叫钮卫国的男人如今不知所终。

那个叫钮卫国的男人不但人长得有如江南三月的帅气，光他那一口浓浓的吴语就会迷倒不少怀春的少女。同样作为江南女子，朱佩玉也逃不掉怀春的日子。自从在江南老家见到钮卫国的那天起，朱佩玉的魂魄就被钮卫国勾走了。如果说一个女人被男人勾走了魂，那她这一辈子也就只认定这个男人。因此，她对钮卫国说："钮卫国，你这辈子都逃脱不了我的手掌心，我一定要你当我的男人。"

"你这个女人啊，我就喜欢你的个性。走，去我家，我这就娶了你。"面对如此表白的女子，钮卫国也没含糊，便问朱佩玉："佩玉，我至今也不清楚，你到底看中了我哪一点？"

“你直爽,是个汉子。”朱佩玉说的是实情。尽管力行社有特别的纪律,尤其是对女人更有一条特别规定:不准与力行社以外的人结婚。特别是朱佩玉在上海未完成任务,被谷海山召回后,并经他推荐,加入了戴笠的“军统”组织。在“军统”里有一条铁的纪律,即如果进入“军统”已经订了婚的,必须毁约,找“军统”的人另嫁。否则也要关起来,弄不好,连在外边的未婚夫也要受牵连。但朱佩玉已经被爱情冲昏了头脑。尽管钮卫国杳无音信,但她对钮卫国的爱情是真情实意。她只想与钮卫国花前月下,卿卿我我,然后白头到老。可爱情来得很快,去得也很快。

俗话说,一个女人一旦恋爱了,她的智商为零。自从见到钮卫国后,朱佩玉的智商不只是零,而且成了负数。在五年前,她就觉得自己属于钮卫国了,虽然她与钮卫国的婚事很隐秘,但最终逃不过力行社特务处的眼睛。她与钮卫国结婚的那天晚上,谷海山就找上门了。

朱佩玉仍能清楚地记得那天晚上,她与钮卫国刚熄灯准备亲热时,窗口轻轻地响了三声,这是她与上司谷海山联系的暗号。她穿上衣服走出屋外,只见一个黑影纵身一跃,消失在围墙外。她不得不跟了出去。

那个黑影在城郊停了下来,慢慢地转过身来。朱佩玉看清了来人,正是她的上司谷海山。谷海山对朱佩玉说:“朱佩玉,你坏了我们的规矩,你知道该怎么做。”

仅仅这一句话,就让朱佩玉的身子颤抖不已。她清楚地记得,息烽四期有一个叫钱藏珍的女生,是上海青年,受忠义救国军的欺骗,送到息烽班受训。她早已与一个搞新闻工作的人订了婚约。在集体去息烽受训的途中,不知她从何处听到了息烽特训班的实况,就伺机逃离集体不肯去受训了。但她没能逃脱力行社特务处的耳目,不久就被抓到班里关进禁闭室,直到她肯接受训练才把她放出来编入女生队,毕业后还把她留在班里做图书管理员。对她的婚约问题,力行社多次对男女双方施加压力,强迫退婚,直到取消了他们的婚约才算了事。

如今这个故事又在朱佩玉身上上演。

“规矩是人定的,可以改变。”朱佩玉想据理力争。毕竟她是谷海山的救命恩人。就在几个月前，谷海山奉命去上海办事，突然被日本特务跟踪，就在日本特务举枪朝他开枪时，朱佩玉从后面打掉了他的枪，并一刀结束了他的性命。谷海山只淡淡地说了一句："尽管我们力行社的特工早已把个人生死置之度外，但我谷海山欠你一条命。"

"我知道，我欠你一条命。可你现在的事如果让上头知道了，不是我能救得了你的。"谷海山淡淡地说，好像他说话从来不会给人笑脸一样。

"可我是真心爱他，离开他我就活不下去。"朱佩玉几乎是带着哭声，如果谷海山不答应，她知道事情的后果。她可以死，但钮卫国不能死，她这一生只爱钮卫国一个人。如果因为她，而让钮卫国丢掉了性命，她一辈子都不会原谅自己。

"既然你救了我一命，我也不是那么无情的人，给你指一条明路。"谷海山的声音还是老样子，"我可以让你今晚与他过，但你必须劝他马上去参军，然后进入我们力行社，这样你们就可以名正言顺地在一起了。否则，你是知道规矩的。"

"谢谢你，非常感谢你指了一条明路。"朱佩玉不知道该如何感谢谷海山。

"不要谢我。是你救了自己，我不想国民政府失去你这样一个优秀特工。你现在回去，跟我见面的事不能对任何人讲。"谷海山又说，"对于钮卫国，我不管你用什么办法都要让他去参军。至于军队那边，我会去打点……"

如何让钮卫国去参军，这也是一个难题。婚礼很简单，钮卫国父母显然很不高兴，对于自己这个突然冒出来的儿媳妇不是那么欢迎。如果自己把真相和盘托出，又违反了力行社的纪律；如果不说，她又觉得对不起钮卫国。可事情到了这一步，又该如何走？

朱佩玉第一次为了爱情伤透了脑筋，直到谷海山走了，她都浑然不知。朱佩玉不知道是如何回到钮家的，看到钮卫国坐在床边等她，没有问她。看着如此大度的丈夫，朱佩玉的眼泪忍不住流了下来。

"你就不问问我出去干什么了？"朱佩玉忍不住问。

"你出去自有你的道理，如果你要告诉我你就会说的。如果你不说，就算我问了，你也不会说的。"钮卫国又说，"我知道你不是一般人，你嫁给我是我的福气。”

“你……”朱佩玉现在才真正看清眼前的这个男人，怪不得他会让自己如此喜爱、如此牵挂。因为他是那样的善解人意，自己这辈子嫁给他是一个正确的选择。自己的选择虽然正确，可自己却害了他。

“天不早了，早点休息吧。”钮卫国说着就要关灯。

“不，就这样让我好好地看看你。”朱佩玉固执地说。她走过去轻轻地将钮卫国搂在怀里，肆意地任眼泪流下来。

许久，朱佩玉才松开钮卫国，轻轻地说：“卫国，你去当兵吧。”

“为什么？我们现在不是好好的吗？一旦当兵，我就要离开你。我舍不得离开你。”钮卫国已经看出了朱佩玉让他去当兵是另有用意。

“只有你听我的话去当兵，我们才会有未来；如果你不去当兵，我们的缘分已尽。”朱佩玉说出这话时，心里已很不是滋味，却又不敢把实情说出来。也许像谷海山说的那样，只有钮卫国去当兵了，他才会有机会把钮卫国招到力行社特务处，那样他们就可以正大光明地在一起了。朱佩玉太不想失去钮卫国了。

就是这样一个男人，让朱佩玉牵肠挂肚。

“卫国，你现在哪里，我好想你。”朱佩玉打听到钮卫国已经来到重庆。在过去的一年里，朱佩玉来过重庆很多次，像她这样的高级特工，居然查不出钮卫国所在之处。看来谷海山把钮卫国藏得太深了。难道谷海山还不相信自己？把自己绑架在爱情的这个十字架上？

“佩玉，真的是你?”声音是从朱佩玉身后传来的，是那么熟悉又那么陌生。

“卫国，真的是你。”当朱佩玉转过身来看到此人正是她日思夜想的钮卫国时，眼泪又一次忍不住掉了下来。仿佛这一切都是在梦里，可钮卫国又活生生地站在她眼前。几年不见，身着军装的钮卫国更加英俊潇洒了，也比在湖州城时更有气质了。

“佩玉，我是负责来接你的。”钮卫国朝朱佩玉行了个军礼。

“册那，你来重庆了？也不告诉我一声。我来重庆找过你好几次，都没有你的消息。”朱佩玉很想知道钮卫国这几年的事情。

“走吧，我会慢慢告诉你。”钮卫国接过朱佩玉的行李，走到一辆车前，让她上了车，然后吩咐司机开车。

车子刚启动，就传来了刺耳的警报声。

“小日本的飞机来轰炸了，赶快到最近的防空洞躲避。”钮卫国吩咐司机把车子开到距离最近的防空洞前。

钮佳悦清楚地记得，她随着李思瑶花了半年多时间，历尽了千辛万苦，才来到重庆，此时已经是 1939 年暮春了。钮佳悦与李思瑶刚踏上重庆的土地，防空警报就响了起来，她们还没有找到藏身之地时，爆炸声就在她们不远处响起了。李思瑶拉着钮佳悦没命地奔跑，远处人群的哭喊声和房屋的倒塌声随之而来。

多么相像的景象。钮佳悦惊呆了，仿佛又回到了湖州城，她在城郊看到湖州城里浓烟滚滚，父母就在那惨绝人寰的大轰炸中丧生。

“佳悦，快跑。再不跑，就没命了。”李思瑶见钮佳悦吓得直发呆，拉着她拼命往前面的防空洞跑。李思瑶以前也没有见过像这样的大轰炸，但她知道如果跑慢一步，危险就多一分。前面很多人都在往防空洞里跑，只要跑到防空洞里就安全了。

“嗯。”钮佳悦这才醒悟过来，这里不是湖州城，而是重庆。她是来这里寻找哥哥的。因为“沈妍冰”对她说过，如果她要找到哥哥，必须去重庆，因此，她才跟着李思瑶千辛万苦地来到重庆。可重庆比湖州城好不到哪里去，已经被轰炸得满目疮痍，几乎找不到一间完好的房子。日本人似乎对重庆情有独钟，连轰炸的方式都不一样，一群飞机丢下一批炸弹后，紧接着又一批飞机飞过来，扔下许多炸弹飞走了，然后又来一批飞机，似乎有着扔不完的炸弹。这令钮佳悦恨得咬牙切齿，飞机飞得那么高，她除了对着飞机怒吼外，别无他法。

跑到防空洞里，李思瑶不停地喘气，回头才发现刚才拉错了人。钮佳悦不见了！李思瑶急得像热锅上的蚂蚁。李思瑶来重庆还有一个重要的任务：一是继续寻找那个叫红灯笼的密码高手。上级组织说，有情报显示，红灯笼有可能前往重庆，“军统”和日本间谍也在寻找她。二是破坏日本间谍组织，重庆连续遭到轰炸，与进入重庆的日本间谍有着密不可分的关系。虽然“军统”也一直在暗中调查日本间谍，可他们收效甚微。

“一定要找到她，愿上天保佑她没有事。”李思瑶在心中默默地念道。李思瑶不能没有钮佳悦，一来她是自己身份的掩护；二来自己答应过她，一定帮她找到她哥哥钮卫国。

李思瑶转身往外跑，外面的轰炸声渐渐远去。李思瑶不要命地奔跑，一边大声喊，一边四处寻看，终于在一处倒塌的房屋前看到了钮佳悦，她木然地站在那里看着还在燃烧的房屋，眼里噙满了泪水。李思瑶长长地舒了一口气，厉声质问道：“我刚刚明明拉着你，你怎么挣脱了我的手？”

“刚才轰炸太突然，太厉害了，我非常害怕。”钮佳悦嗫嚅着说。钮佳悦没有说实话，其实她先前听到轰炸声，便情不自禁地想起家乡湖州城遭轰炸的情景。这房屋与湖州城的家太像了，她看着熊熊燃烧的大火，就想到父母也是在这样的大火中失去了生命的。有几次，她都差点跑进火里去寻找父母。尽管她一直控制自己的情绪，这里不是湖州城，这里是重庆城，不要停下脚步，快跑，找一个能躲避炸弹的地方，可她的脚步还是不听话地停了下来。

“下次听到警报声，不能乱跑。一定要听话，找个地方躲起来。”李思瑶再三叮嘱钮佳悦，害怕这突如其来的轰炸，一不留心，害了钮佳悦。她一定要保护好钮佳悦的生命安全。

“嗯。”钮佳悦有些木然地回答。尽管她对轰炸已经麻木，可这次轰炸给予了她太多的回忆。虽然距离那次轰炸相隔一年多了，可她记忆犹新。

“你知不知道外面的轰炸多危险？你来重庆的目的是什么？你是来这里找你哥哥的，找到你哥哥后，你们还要一起为你们父母报仇。”李思瑶害怕钮佳悦再次做出傻事来，规劝她道，“你知道日本鬼子为什么有这么大的胆子吗？因为他们不是人，是畜生。这些畜生到处残害我们的同胞，所以我们必须把这些畜生赶出我们的国土。我们用什么赶走他们？就是力量。如果没有了生命，我们又怎么把他们赶走？”

“嗯……”对于李思瑶的话，钮佳悦似懂非懂。她不知道什么是国仇，但知道什么是家恨。她的父母死在日本鬼子的轰炸中，仅凭这一点，她就有责任把日本鬼子赶出中国。

"你知道日本鬼子为什么来轰炸重庆？就是因为我们很多同胞不知道日本鬼子是畜生，忍让他们来这里。所以，我们要坚强地活下来，与这些日本鬼子斗争下去。走，我们找个地方住下。"李思瑶说完又拉住钮佳悦的手，害怕自己一松手，钮佳悦又不见了。

李思瑶这次来重庆的身份仍然是医生，她要先去找哥哥李思源。李思源在重庆当兵有好几年了，以前是一名团长的警卫，后来听说团长高升后，把他提升为连长。只是不知道哥哥在重庆干什么。李思源是李思瑶在重庆唯一的亲人。因此，李思瑶决定带着钮佳悦先去找哥哥，然后找个地方安顿下来，再执行任务。

找到李思源时，他正带着人巡视。在交接班后，李思源把李思瑶和钮佳悦带到他的宿舍。听了李思瑶的来意后，李思源有些为难地说，日本飞机轰炸重庆是有好些日子了，这里也急需医生。但要把她安排到大医院里，如果不是团级以上级别的军官，是相当困难的。因为现在重庆的日本间谍十分猖狂，他们一口流利的中国话，很难让人辨别真假。医院是一个重要的地方，为了防止日本间谍混进来，所以查得特别严。另一方面，国民党也暗中调查医生中是否有共产党员。所以，对进医院的医生的审查特别严。但到处都是伤员，李思源觉得李思瑶可以先去一些小医院帮忙护理；至于钮佳悦，可以跟着李思瑶，做她的副手，做一名护士。

对于李思源，李思瑶一直隐瞒着自己的身份，她不想给哥哥带来很多压力。一旦哥哥知道自己是共产党员，肯定会把他吓坏的，也会给他带来不必要的麻烦。

无论怎么说，既然来到重庆，得先安顿下来。要开展工作，首先得有一份正式工作来做掩护。

第二天，李思源通过关系，在仁爱堂医院里给李思瑶谋到了一份差事。仁爱堂医院是法国人建造，1902 年竣工投入使用。这是重庆的第一所西医院，占地面积 8000 多平方米，砖木结构，一楼一底，呈"工"字形结构，厢房前后有宽敞的通道，屋前有小花园及亭阁。初期仅设门诊部，由教区聘请特约医生应诊。1934 年设住院部。法国人以仁爱堂命名修建教堂、医院、神父住房，其实是为经营管理医院的方济各会修女修建修道院。教堂右侧房屋供方济各会修女使用，左侧全部房屋办医院,取名仁爱堂医院。

虽然仁爱堂医院是法国人建造的,但这里接待的病人都是在轰炸中受伤的普通百姓,伤员多,医生人手不够,正缺医务人员。听说李思瑶是外科医生,院长马上让她上班。钮佳悦年龄小,但院长看在李思瑶的面子上,也答应让钮佳悦做一名护士。

有了工作,李思瑶又让李思源帮助钮佳悦打听她哥哥钮卫国的下落,李思源满口答应。

花野真衣在四号牢房里待了大半年的时间,目的是接近李思瑶和钮佳悦,原以为李思瑶会到她指定的地方集结,结果李思瑶与钮佳悦却不见了踪影。精心策划的这一切都打了水漂,到嘴的肥肉就这样没了,这令花野真衣很是不爽,认为这是李思瑶对她的羞辱。

作为日本特高课的高级特工,这是花野真衣的第一次失败,而且败得一塌糊涂。作为早年日本特工埋在中国的一颗棋子,花野真衣无论是语言,还是生活习惯都与中国人并无差别,怎么就轻易地失手了呢?

"钮卫国在重庆,李思瑶与钮佳悦肯定会去重庆,一定要在重庆找到她们。如果朱佩玉与她们在一起,那朱佩玉也肯定去了重庆。"花野真衣想着,随即命令手下去查李思瑶和钮佳悦的下落。很快,花野真衣得到了消息:朱佩玉出现在朝天门码头,被一个军官接走了。李思瑶和钮佳悦也出现在重庆,几天后,李思瑶便在仁爱堂医院里当了一名外科医生。

"她们果然到了重庆。"花野真衣不由暗暗得意,这与她的判断一样。

"去重庆。"花野真衣对陈依然说,"我们马上就出发。"

"去重庆?"陈依然对花野真衣的话有些吃惊,她以为听错了,迟疑了一下,又问道,"真的去重庆?"

"怎么?你不能去重庆了?重庆虽然是你们的陪都,可现在大半个中国已经是我们大日本帝国的了。重庆迟早也是我们大日本帝国的,我只不过先去重庆看看,有什么不妥?"花野真衣不屑地看了陈依然一眼,心想,同样是女人,命运差别却是那么大。比如,沈妍冰为什么会是大小姐的命，而陈依然天生就是做丫鬟的命？你说陈依然天生做丫鬟的命，可她做了这么多年的丫鬟，居然连衣服都不会洗，饭也不会做，这是何等的悲哀啊。

“是，小姐，我这就收拾东西出发。”陈依然得到了花野真衣的准确答案后，又问道，“小姐，我们带些什么东西好呢？”

“装什么装？在这里你就不要叫我小姐了。我堂堂大日本特高课的特工，现在居然要装一个富家大小姐。要不是为了大日本帝国的利益，你以为我真稀罕沈妍冰这个大小姐的名号吗？”花野真衣有些发怒了，说，“以后在屋里叫我花野，在外面或者有人来才叫我小姐。”

花野真衣的脸上现在终于有了笑容。她喜欢和高智商的对手过招。她一直没有看出来，看上去斯斯文文的李思瑶居然那么有心计。她不可能只是一个外科医生那么简单。如果她不是共产党员，那么就是“军统”的高级特工。医生虽然是救死扶伤的，但中国的医疗技术并不发达，李思瑶的医术却那么高超，超出常人，如果她做了特工，是不是也比别的特工更厉害？想到这里，花野真衣打了一个寒战。

几天后，花野真衣与陈依然也出现在重庆朝天门码头。在一个角落处，花野真衣看到了一株盛开的樱花。这个满目疮痍的城市居然有樱花，花野真衣仿佛回到了家乡福冈。花野真衣想起小时候，她围着盛开的樱花转啊转啊，希望这花永远这样盛开，但事实永远都不会按着她的想法而来。有一天，甲长领着一个男人来到她家里。那个男人上下打量了她一眼，说了一声，就她了。这个男人的一句话改变了她的一生。从那天起，她和几个小女孩集中在一起，学习中文，学习中国礼仪。等这一切学会了，她们又开始学习谍战知识。虽然学习很辛苦，但生活不错，天天都能吃上肉，这是花野真衣以前做梦都没有想到的。花野真衣爱上了这种学习和生活，然而好景不长，她们乘船来到了中国，然后按照那个男人的要求，她们潜伏下来。直到四年前，有人找到她，给了她任务。就这样，花野真衣开始了她的特工生活。

“你看着樱花，多像我们大日本的品种？”看到樱花，花野真衣喜上眉梢，便信口开河起来。

“小姐,你说错了。樱花起源于中国,原产于喜马拉雅山脉,被人工栽培后,这一物种才逐步传入中国长江流域、中国西南地区以及台湾岛。在中国秦汉时期,宫廷皇族就已开始种植樱花,距今已有两千多年的栽培历史。汉唐时期,已普遍栽种在私家花园中,至盛唐时期,从宫苑廊庑到民舍田间,随处可见绚烂绽放的樱花,烘托出一个盛世华夏的伟岸身影。当时万国来朝,日本深慕中华文化之璀璨,樱花随着建筑、服饰等一并被日本朝拜者带回。”陈依然淡淡地反驳说。

“你懂什么?这花是我们大日本帝国的。”花野真衣来到中国后想种植几棵樱花,但她的任务不允许。她偏爱樱花,也查过资料,陈依然的话没错,樱花的确是从中国传过去的。正是因为中国地大物博,日本才要占领中国。

“有白居易诗为证:‘亦知官舍非吾宅,且劚山樱满院栽。上佐近来多五考,少应四度见花开。’”说到樱花的起源,陈依然有些不依不饶,又说,“唐朝孟诜所著的《食疗本草》,对樱的定义为‘此乃樱非桃也,虽非桃类,以其形肖桃,故曰樱桃’。由此可见,中国早就种植樱花了,不只是你日本所独有的。有,也是从中国传过去的。”

“八嘎,你是怎么知道的?”陈依然今天好像与花野真衣作对似的,气得花野真衣骂出了日语,但她马上又改了口,“你只是一个丫鬟,怎么知道这么多?”

“我家小姐告诉我的。”陈依然说。

“你家小姐?我就是你家小姐,再说漏嘴,当心你父母……”花野真衣气急败坏地吼道,“我们不讨论这个了。走,去我们的住处。”

5 月 3 日,天晴得像一张蓝纸,几片薄薄的白云,像被阳光晒化了似的,随风缓缓浮游着。午后,初夏的阳光如音符一样灿烂地流动着,有了不同的妩媚和忧伤。这一天,是钮佳悦十四岁的生日。

早上,李思瑶很神秘地对钮佳悦说,今天一定给她一份惊喜。到了中午,李思瑶果然给了钮佳悦一份惊喜,她给钮佳悦买了一根簪子,并祝她生日快乐。

“姐,你是怎么知道今天是我的生日的?”对于自己的生日,钮佳悦几乎忘了。

“傻妞，是你在梦里说的。”李思瑶笑着回答，“你在梦里说了好几回了，我昨晚终于听清楚了，今天是你的生日，所以，我特地买了这个礼物给你。喜不喜欢？”

“喜欢……”钮佳悦拿着簪子，眼泪一下子就流了出来。去年这个时候还在四号牢房里，她没有说，也没有人知道，一个人在四号牢房里默默度过了自己的十三岁生日。以前过生日时，母亲在烧一碗长寿面的同时，还会烧很多很多好吃的。可惜父母已经看不到她过十四岁的生日了。想到此，钮佳悦的眼泪不争气地又流了出来。

“傻妞，乖，别哭，这不是有姐姐吗？晚上我多买些菜，给你做好吃的。”李思瑶安慰钮佳悦，心里也不由得一阵伤感起来。钮佳悦十二岁时，父母就与她阴阳相隔。这都是日本鬼子欠下的命债，总有一天会让他们还清的。

“姐，谢谢你。”钮佳悦知道在这个时候不该悲伤，因为悲伤是解决不了问题的。在四号牢房里，她以为自己这一辈子都出不来了，或许会死在那里。可是，自己受了那么多的苦难，受过那么多的刑罚，都挺过来了。虽然父母已经去世了，现在至少还有哥哥在，还有李思瑶这个好姐姐，为父母报仇就有希望。只要有希望，就应当好好地活着，活着就是对父母最大的慰藉。

“跟姐还客气啥？记住，我们今晚一定好好地庆祝一下。”虽然这些天伤员很多，也很忙，但李思瑶总会抽出一些时间安慰钮佳悦，也一直催促哥哥李思源打听钮卫国的下落。李思瑶每见到李思源时，发现他也特别忙。日军飞机来轰炸的次数也越来越多，李思源虽然在“军统”里工作，但他的工作性质又不一样，每天还出来帮助疏散老百姓，有时候还要去监督预警人员(即管理悬挂红灯笼的人员)的工作。悬红灯笼一个，是远在宜昌的监视哨发现日机，其航向可能是重庆，市民应预先准备或疏散；悬红灯笼两个，是万县(今万州)监视哨发现日机，其航向是重庆，敌机大约一小时内将空袭，要求市民全部躲入防空洞，警报解除前不许外出。当日本飞机飞到重庆市区上空，三个红灯笼同时被放下时，日本飞机的炸弹也就几乎同时往下丢了。

钮佳悦对李思瑶说她很理解李思源。李思源有他的工作，他也不可能放下工作专门去打听一个人的下落。只要知道哥哥在重庆就好，一定会与哥哥见面的，只是时间问题。但在私下里，钮佳悦又是多么希望马上见到哥哥，见到了哥哥，她就有了主心骨。偶尔，钮佳悦也会想起朱佩玉，也不知道那个十分神秘的嫂子在哪里。

午饭后，李思瑶带着钮佳悦来到医院病房里，发现几个伤员的腿发炎流脓水，另有几个伤员持续高烧不退，如果再不做手术，伤员的腿就保不住了。看着伤员流着脓水的腿，李思瑶心里在滴血，如果不是日本鬼子的疯狂轰炸，这些人又怎能受伤？于是，对钮佳悦说："佳悦，你赶紧去准备器械，我要为这几个伤员做手术。"

两人正说着话，一个医生急促地从外面跑进来大声喊："大家赶紧准备躲一下，校场口那边已经挂起三盏红灯笼了，日本鬼子的飞机马上就要飞来了……"

那个医生的话还没有说完，外面就响起了三长两短的空袭警报声，很多伤员开始慌乱起来，能走动的都站了起来，准备向医院外跑。钮佳悦没见过这阵势，待在那里不知该如何是好，尽管她经历过很多次大轰炸了，但在医院里，钮佳悦还是第一次。医院又在半山坡上，万一一发炮弹落下来，医院的房子岂能承受得住？可这么多伤员又怎能跑得过日本鬼子飞机扔炸弹的速度？这时，她听到李思瑶在喊："大家不要慌，我们要有秩序地撤离。"

正在众人乱哄哄的时候，外面的爆炸声已经响起。这下，大家更加慌乱。

"大家都不要跑了，这里是安全的。"院长不知什么时候来了，他说，"大家不要慌，我们这里是教堂，屋顶上有英国的国旗，日本人的飞机不敢轰炸我们医院的。"

有了院长的话，李思瑶长长地舒了一口气，她急忙喊正在发呆的钮佳悦："佳悦，快来帮忙，把伤员们扶到病床上去，我要立即给他们做手术。"

十二岁的李朝荣就是在这个时候被人抬进来的。他的后脑上有一个大口子，尽管已经包扎过了，但鲜血仍在不停地往外流。

"马上手术。佳悦，你把那边的器械都拿过来。"李思瑶来不及多想，急忙让抬担架的人把李朝荣放到了手术台上。她拆开李朝荣头上的包扎布，从钮佳悦手中拿过一把钳子，立即对李朝荣的伤口进行消毒。还好，李朝荣的伤口不是太严重，李思瑶替他缝了几针，然后用药敷上，便包扎起来。

刚包扎好的李朝荣就要下手术台，还大声喊起来："我要去救我的爸爸妈妈，他们还在屋里。"

"你不能出去。"钮佳悦按住了李朝荣，没想到这个比她小两岁的男孩，劲特大。钮佳悦好不容易才按住他，想让他镇定下来。

"我不能丢下他们……"李朝荣又哭又喊，没多久便又晕了过去。事后，钮佳悦才弄清楚是怎么回事。

自从校场口架子上的三盏红灯笼挂出后，街上的人都开始四处躲藏了。但是这次日本人的飞机来得太快了，一眨眼工夫，飞机已经飞到头上，飞得很低，黑压压的一大片，像老鸦一样，很快就响起了炸弹的尖啸声。顿时，街上的哭声、爆炸声、房屋倒塌声连成了一片。

在警报声响起的时候，李朝荣正在家里做饭，等着父母和在外玩耍的弟弟回来吃。他父亲刚挑了一担水走在十八梯的街上，母亲也还在当铺缝衣裳。他刚煮好饭，轰炸开始了，父亲搁下水桶高喊着母亲往家里跑。父母冲进屋里，像往常躲飞机一样，把吃饭用的大木桌抬到里屋，把家里所有的棉絮铺在桌子上。母亲急切地询问李朝荣弟弟在哪里。他说，弟弟还在外面玩。父亲说来不及了，赶紧躲起来。父亲拿了一张篾席，搭在桌上的棉絮上，然后拉着母亲往桌子下面钻。他却跑出去寻找弟弟了，谁知一枚炸弹落在他家的房子上，一块东西击中了他的后脑勺，便什么都不知道了……

这几乎是一个天方夜谭的故事，钮佳悦还没听完，眼里已经全是泪水，李朝荣只比她小两岁，但李朝荣经历的痛苦比自己要深重得多。李朝荣亲眼看到了自己的父母在爆炸中离他而去，而且他的弟弟到现在也没有消息，不知是死是活。自己的哥哥虽然现在还没找到，至少知道他还活着，而且就在重庆，两人见面是迟早的事。

一个又一个伤员被抬进来。不一会儿，仁爱堂医院每间屋子里、过道上都是伤员，有的缺腿有的断胳膊，到处都是血迹，哭叫声从没停过。有些受伤的，抬到医院不久就死了。医院停尸房里面的尸体从墙角的地上一直摞到屋顶。

这时，又一个伤员被防护团送了进来。这是一个小女孩，只有两三岁。她满肚子都是血，也不知伤在哪儿。钮佳悦与李思瑶给她救治时，她的眼睛睁得大大的，然后她的小手向上晃了晃，最后伸进了自己的嘴里。李思瑶赶紧准备给她做手术，刚把手术刀拿在手里，小女孩就永远地闭上了眼睛。

“姐姐，我真的受不了。”钮佳悦终于控制不住她的情感，扑在李思瑶的怀里哭了起来，“她还那么小，她还饿着肚子呢。她就这么走了……”

“佳悦，你已经是一个大人了，要振作起来，还有这么多的伤员等着我们做手术。我们要让他们继续活下来，只有活下来，他们才能为他们的亲人报仇雪恨。你一哭，其他人也会跟着哭的。佳悦，你说是不是？”其实李思瑶也无法控制住她的情感，作为一名共产党员，她的任务不是为小女孩的离世而悲伤，她有更重要的任务要去完成。她目前的任务虽然是救死扶伤，但不能因为自己一时的冲动而影响了计划，或者说是上级交给她的任务。

“姐，我听你的话。”在李思瑶的安慰下，钮佳悦好不容易才止住哭声。

等所有的手术做完，已经是翌日凌晨，钮佳悦已疲惫不堪，她看到李思瑶有些站立不稳，马上劝李思瑶休息一下：“姐姐，趁现在没什么手术做了，你休息一下。”

钮佳悦很是心疼李思瑶。李思瑶是目前唯一可以算得上亲人的人了。在她的眼里，两人一同去上海，一同待在四号牢房，从那时起，她们已经算是亲人了。钮佳悦不希望李思瑶累坏了身体，如果有一天，李思瑶也像伤员一样倒下了，那些伤员又该怎么办？

“你也休息一下吧。”李思瑶看着钮佳悦，心里也不是滋味，这个小姑娘现在仍然爱哭，但比以前坚强多了。只有在艰苦的环境中锻炼过的人，才会坚强起来。等她再大一岁，就可以传授她一些共产党的知识，以后把她发展成共产党员也未尝不可。

5 月 4 日，又是一个晴天。钮佳悦倚在医院的门口向天上望去，多么希望在此时能见到哥哥，诉说几年的离别之苦。此时，李思瑶在叫她给伤员换药了。直到下午,钮佳悦才把伤员的药换完。正准备休息时,外面又响起了凄厉的防空警报声。

钮佳悦知道,这里又将增添许多伤员,那种凄惨的景象将再一次出现。

5月5日,外面的轰炸声突然停了,李朝荣的伤口好多了,他不顾钮佳悦的劝说,要回家去看看,找他的家人。看着这个年纪比自己小两岁的小男孩,钮佳悦不知该说些什么。让他走,又怕他的伤口感染,不让他走,他怎么和他的家人取得联系?就像自己当初在亲戚家一样,如果不是自己在外面,也就不能逃过一劫。同样经历过大轰炸的钮佳悦深有体会。因此,她最终同意李朝荣回家,但有一个条件,就是她必须跟着他。钮佳悦把自己的想法对李思瑶说了,李思瑶认为钮佳悦年纪也不小了,不能老把她留在医院里,应当让她独立看看重庆被轰炸过的景象,让她养成独立辨别是非的能力。但李思瑶再三叮嘱钮佳悦,无论在哪里都要注意校场口的架子,只要挂出一盏红灯笼,就赶紧跑回来,或者到就近的防空洞里躲避。

从仁爱堂到十八梯,步行就十来分钟的路程。钮佳悦跟着李朝荣转来转去,转了好久,也没有找到李朝荣的家。十八梯呈现在钮佳悦眼前的是一片废墟,几乎没有一套完整的房子,即使没有全部倒塌下去的,熊熊的烈火还在肆无忌惮地燃烧着。李朝荣已经找不到家了。

李朝荣似乎还不敢相信,他又顺着十八梯往校场口方向爬,钮佳悦急忙跟了过去,只见石梯上到处都是尸体和残肢。右边的观音岩防空洞口,不少穿着灰制服的防护团成员在搬运尸体。走近一看,天啊,那尸体堆起了两座山!钮佳悦后来才晓得,那防空洞口被炸塌封死了,里面闷死、挤死、踩死了几千人,单是防护团从尸体上抹下的手表、金戒指、金项链就装了几箩筐!

"爸爸,妈妈,你们在哪里?"李朝荣朝着大火绝望地大声喊了起来,没有人回答。

"小弟弟,别喊了。"钮佳悦的眼泪一下子也跟着流了出来。这是一场惨绝人寰的大轰炸,几乎没有活口,这可是平民区。但钮佳悦此时好像明白了，日本鬼子不管你是老人还是孩子，只要你是中国人，他们就会扔下炸弹。在湖州城的老家，父母也只是一般的生意人，他们从来就没有与别人争执过，老老实实地守着自己的摊子，只想过平常的日子。他们不知道日本鬼子，也不知道日本在哪里，他们没有招惹谁，可炸弹就悄无声息地落在了他们的头上，房子被烧毁，他们也被大火吞噬。

“该死的日本鬼子，我要杀死你们！”李朝荣哭着就要往火里去找人。

“不用找了，他们都死了。我的爸爸妈妈也死了，我家只剩我一个了。”说话的人是李朝荣的邻居傅二娃。

“我见过你。那天，是你和另外的人把他抬进医院的。”钮佳悦对傅二娃说。

“你就是那个小护士。”傅二娃也认出了钮佳悦，说，“那天，日本飞机飞走后，我和另外几名防护团的成员回来找活着的人，看到李朝荣被炸弹爆炸时的巨大气浪掀到了七八十米远，落在了十八梯东面临街的一个铺面的软布棚上，是我把他送到医院里来的。”

傅二娃又说，他们住的那条街的人几乎全死光了，有的是被炸弹炸死的，有的是被气浪高高掀起摔死的，有的是被垮塌的房屋压死的，还有的是被火烧死的。

“该死的日本鬼子，我要杀死你们！”李朝荣再一次大骂日本鬼子。可日本鬼子的飞机在天上飞，他们只负责丢下炸弹，然后又飞走了。

“帮我去搬死人吧。”傅二娃说，“前面的防空洞里也死了很多人。”

“那走吧。”李朝荣说完就跟着傅二娃走，又对钮佳悦说，“护士姐姐，你回去吧。”

“我也要去。”钮佳悦答应李思瑶要她跟着李朝荣。

“你回去吧，那些活是我们男人做的。”傅二娃也说，“我怕你到时候看到那些死人，你会呕吐的。”

“我一定要去。”钮佳悦很倔强地说。

“就让她跟着我们去看看吧。”李朝荣不想拒绝一个救过他命的人。

“行吧。”傅二娃不再说什么，让钮佳悦跟在他们身后，又嘱咐说，万一看到死人想吐时就回去。

三人来到防空洞口，看到从洞子里拖出来的死人仿佛刚刚洗过澡，头发衣服全湿透了，只是面色青紫，钮佳悦知道那些人是被憋死、挤死和踩死的。尸体多得无法计数，傅二娃说已经拖了一天一夜还没拖完……

# CHAPTER 05

# 第五章　黯然失色的阴影

一个女人能有几次洞房花烛夜？也许和初夜一样，只有一次。如果说朱佩玉至今还为钮卫国保持着处女之身，很多人都不会相信，包括她的上级谷海山。那晚，谷海山特地恩准了朱佩玉与钮卫国成夫妻之实，可那晚他们除了拥抱什么事都没有做。但现在想来，朱佩玉觉得自己好傻，把良辰美景白白地浪费了。

在见到钮卫国的那一刻起，朱佩玉觉得她从此将成为一个完整的女人，想起那晚她与钮卫国的洞房花烛夜，两人穿着衣服相拥了一夜，然后就分开了。几年过去了，朱佩玉还能清楚地记得钮卫国身上的那一股男人味，那是一个真正男人的味道，那是一股迷倒女人的味道。那晚，朱佩玉有好几次差点把持不住自己，但最终为了钮卫国的安全着想，她痛苦地放弃与钮卫国的合欢之实。

这几天，钮卫国好像有着干不完的工作，偶尔抽出时间来她这里坐一小会儿，又匆匆忙忙地离开了。有好几次，朱佩玉都想与钮卫国亲热一下，还没等他们的激情燃烧起来，钮卫国又匆匆地离开了。几次下来，朱佩玉发现钮卫国好像刻意避开他们之间的亲热。难道是“军统”那边给钮卫国施加了什么压力？每次，朱佩玉都想问问钮卫国这是为什么，但话到嘴边又咽了回去。

自从日本的飞机来轰炸后，钮卫国更加忙了，连与朱佩玉相聚的时间都没有了。特别是“五三”“五四”大轰炸后，连钮卫国人影都见不到了，这令朱佩玉很是伤心。以前，见着自己相爱的人无法表达，那是为了保护他，如今他在为“军统”办事，自己也在为“军统”办事，按照纪律，他们可以正大光明地在一起了。可两人仍然不能在一起，如同陌生人一样。到底是哪里出了问题？难道几年不见，钮卫国变了心？

朱佩玉还在为这件事分神时，谷海山像幽灵一样出现在她的房间里。

“还住得习惯吧？这是我特意为你安排的。”谷海山的声音冷淡得像冬天的冰，他好像永远都不会笑一样，让人摸不透他那副墨镜后面的眼睛长得怎么样，为啥始终给人一股寒气？

“谢谢你为我安排这么好的地方。”朱佩玉的确很满意这个地方。作为“军统”的高级特工，朱佩玉不在意自己的住处，但总比以前东奔西走、没有固定的住处好。在上海时，睡觉都是睁着一只眼睛闭着一只眼睛，害怕一不小心，睡着后就永远醒不过来了。这个住处虽然只是半山腰的一个山洞，但外面伪装得很好，如果不是刻意寻找，很多人都会错过这个藏身之地。在这里，朱佩玉至少可以安心地睡觉，不用担惊受怕。

谷海山之所以把朱佩玉安排在这里住是有原因的。一是为了朱佩玉的安全着想，这里非常隐蔽，不会引起人注意。二是日军的飞机随时都会来轰炸，他不想失去像朱佩玉这样的高级特工。三是他要让朱佩玉完成更重要的任务，不想让任何人知道他手里还有朱佩玉这张王牌。

“只要你喜欢就好。”谷海山的声音仍然是冷冷的，又说，“你的任务来了。这次日军的‘五三’‘五四’大轰炸，出现了一个神秘的电波，不但戴老板不高兴，连老头子也发火了。老头子把戴老板骂得狗血淋头，限他在十天之内查出隐藏在重庆的日本间谍，戴老板向我下达了命令。我只给你七天时间，查出这事的幕后主使，一定要把他们揪出来。”

“不是有美国派来的专家在破译日本间谍的电码吗?”朱佩玉听钮卫国说过,日本军机每次都能准确地轰炸军事目标。重庆是一个雾都,如果没有地面人的指引,日本的军机来重庆,也只能是盲目地轰炸。特别是最近,每次飞机来轰炸时,重庆都是好天气。这说明了什么?说明了日本间谍非常猖狂。

“别提了,美国佬靠不住的,这些事还得靠我们自己。”谷海山把一叠资料丢给了朱佩玉,“据可靠消息,日本特高课派了一个代号叫麦子的高级特工来到重庆。但我们查不出这个叫麦子的特工是男是女,也找不到照片。上头的意思是让你去查。根据我们的分析,重庆这几天遭受的大轰炸,很可能是这个叫麦子的日本特工提供了天气预报。”

“明白。我一定会查出这个叫麦子的日本间谍。”朱佩玉心里十分窝火,自己与日本特工打过很多交道,除了前年在上海差点被日本特工端了之外,每次都是赢家。一想到前年在上海的事,朱佩玉就觉得自己非常窝囊。但凭着女人的直觉,那次与她同船去上海的人中一定有日本间谍,只怪自己一时大意。那另外四个女人中,钮佳悦肯定不是,她是自己的小姑子,一个从未出过远门的小女孩。想到钮佳悦,朱佩玉心里很不是滋味。自从上海一别,就没有了她的音讯。对于这件事,自己一直不敢跟钮卫国说。如果钮卫国知道这件事,肯定不会原谅自己。自己当时的确有苦衷,但尽到了当嫂子的责任,把她藏到自己的落脚点,谁知日本特工还是知道了她的藏身之所,钮佳悦多半是被日本特工抓走了。沈妍冰是一个富家大小姐,可她的行事很诡异,常常做出不符合常理的事来。李思瑶倒是一个知书达礼的人,可这个人有着超常人的冷静,总的来看,她不可能是日本间谍,倒像是共产党那边的人。沈妍冰的丫鬟陈依然,这人看上去傻傻的,却有着与众不同的气质,难道她就是日本间谍?

“你在发什么呆?那个叫红灯笼的密码专家有消息了吗?”谷海山见朱佩玉走神,又问道,“这个任务交给你一两年了,你都没有找到她。这也不怪你,日本人、共产党那边也没有找到此人。不过有消息传出,此人有可能来重庆了,你要赶紧把她查出来,免得被共产党和日本特务抢了先。”

“我一直没有放弃这个任务。如果她来重庆，我肯定有办法找到她。”朱佩玉最近把去上海的事前前后后想了一遍，总觉得这个密码专家隐藏得很深，又好像刻意隐藏自己的身份。

“如果她真来重庆，你一定要把她查出来，让她为我们所用，千万不能被日本人和共产党那边抢去了。”谷海山又说，“先把上级交给的任务完成，把隐藏在重庆的日本间谍揪出来。你不要让我失望，更不能让国民政府失望。”

“是。”朱佩玉感觉这次的任务非同一般，又隐约地感到了任务之艰难。但作为“军统”的高级特工，哪怕是上刀山下火海，甚至丢掉生命也要去完成任务。

朱佩玉突然觉得全身热血在沸腾。面对一个未知的挑战，朱佩玉也很兴奋。是的，她很兴奋，只有挑战陌生的对手，才有激情，不是在挑战中爆发，就是在挑战中死亡。青春需要激情、需要热血，但青春不能光有激情和热血，还要有较量的智慧。

因为朱佩玉没有别的选择，只能迎头而上。

在重庆一个繁华且临街的房子里，花野真衣正悠闲地喝着茶。虽然房子不起眼，但里面的家具非常有讲究，让人一下子就能想起这家的主人是一个很有品位的人。如今，房子却换了主人。主人就是花野真衣，此时，她正悠闲地看着大街的市民十分忙碌地清扫大轰炸带来的建筑垃圾。花野真衣觉得这是一种享受，一种惬意的享受。每次天空中飞来印有膏药标志的飞机，然后就像拉屎一样拉出许多炸弹来，花野真衣就掩饰不住心中的激动，像个教徒一样虔诚地举起右手向飞机行军礼。直到飞机全部消失在她的视野外，再也听不到爆炸声后，她才把右手放下来，然后脸上露出了得意的笑容。

“这一切都是我的功劳。”花野真衣的笑容掩饰不住内心的激动和高傲，在她的意识里，没有她办不到的事。“五三”“五四”大轰炸的效果远远超出了她的想象，炸弹是那样的凶猛，爆炸是那样的激烈，每一声爆炸她都会笑出声来。这是她到重庆后做的第一件事，也让她立下了一份大功劳。

花野真衣掩饰不住内心的得意。在这个时候，她很需要有人来分享她的战功。可这间屋子里除了她之外，就剩下陈依然。这喜悦只能对陈依然来分享："你说我的成绩如何?"

"小姐，你很厉害。"陈依然面无表情地说，"小姐，只是，只是……"

"只是什么？有话就说。"花野真衣还沉浸在她的喜悦当中，又问了一句，"你是不是很在意这次轰炸的效果?"

"小姐，只是你们日本人为什么要轰炸老百姓的房子？还有，重庆的天气这么复杂多变，你又是怎么知道那两天都是大晴天?"陈依然说这话，仍然面无表情，好像有什么心事一样。

"难怪你只能当丫鬟。用你们中国的一句话来说，你也只有当丫鬟的命，也活该你只有当丫鬟的命。"花野真衣没有注意到陈依然变化的表情。一个丫鬟问这样的问题显得十分幼稚，如果是一个特工问这些，那就值得警惕了。花野真衣还不能把实情告诉陈依然，那是日本无差别轰炸重庆的意图。

"老百姓又没招惹谁，他们只想过着平静的生活，一家人团团圆圆地生活在一起。可是，他们现在连这个小小的愿望都无法实现。"陈依然说到动情之处，眼泪不由流了下来。

"你哭什么？你还是想想你的爹妈，如果不是我们大日本帝国给予他们食物，他们早就饿死了。他们的命运他们能主宰吗？不能。只有我们大日本帝国才能给予他们无穷的力量，让他们自由地生活。"花野真衣很是得意，陈依然已经被她牢牢地抓在手里。陈依然既是她的护身符，又是她战斗力的保障。要不是陈依然，她不会为了接近钮佳悦与李思瑶，在大桥监狱的四号牢房里待了大半年，只不过最后无功而返；要是没有陈依然，她不可能完成任务，正是这次把重庆天气预报准确地送出去，才有了"五三""五四"的大轰炸。

花野真衣提到父母一事，陈依然浑身一震，仿佛又回到她从国外回到家乡时，花野真衣的突然出现，让她的一切梦想都化为乌有。有多少次，她想逃走，可每次想到特高课的特务用枪顶着两位老人的头时，她的心在滴血。她不能这样走了。可不走，她就只能眼睁睁地看着面前这个恶魔千方百计地屠杀中国人。

"怎么，不说话了？被我说中了吧。"花野真衣得意扬扬地说，"只要你老老实实地跟着我，等我任务完成了，自然少不了你的好处，你的父母也会被释放的。”

“我只想两位老人平安地活着，他们是这场战争的局外人。”陈依然几乎是咬牙切齿地说。

“只要你老实配合我，我也不会为难他们。”花野真衣说，“不过，从你现在的表现来看，很是令我满意。但这不代表我以后也会满意。只要你一直让我满意，你的要求我都会满足你。”

“我知道了。”陈依然回答说，“如果没有其他事，我就去做事了。”

“你去吧。”花野真衣还沉浸在她胜利的喜悦中。其实，在轰炸后，花野真衣也很想尽快结束战争，因为重庆的樱花让她想起了家乡福冈。很多年没有回家乡了，那里的一切可都好？在小时候，花野真衣从没想过来中国，更没有想过自己的这一生会为天皇陛下效力。如果没有这场战争，或许她已经为人妻为人母了。可是没有如果，时光也不可能回到过去。面对这样的大轰炸，花野真衣有时候在想，自己做的是对的，还是错的？

但花野真衣清楚地记得，她与陈依然刚到重庆落脚的那天，就收到了上海日本特高课发来的密电，让她迅速把重庆的气象资料发出去。作为雾都的重庆，天气半天一小变，一天三大变。要准确无误的天气预报，本身就是一件难事。但作为特工的花野真衣，在培训期间，花费了两年多的时间来研究中国天气。特别是重庆的天气，她花费的时间更多。有时候她在想，如果不是这场战争，自己学到的气候学，完全可以在家乡福冈当一名天气预报员，家乡每年都要遭受台风，如果有了自己准确的天气预报，可以减少很多损失。但战争让花野真衣走上了这条不归路。

特别是 5 月 3 日那天，花野真衣早早地起来，她走到窗口，朝天空看了看，又经过仔细地分析后，突然激动起来，这将是一个好天气，无论重庆的天气怎么变化，但今天，天气绝对变不了。于是，她将重庆的天气情况发了出去，接着日本的飞机就飞临了重庆上空……

终于有了难得的空闲时间，钮佳悦拖着疲惫的身体坐在仁爱堂医院大门口发呆。医院的位置有点高，从大门口望出去，可以看到很多人在忙着重建家园。钮佳悦仿佛看到了家乡湖州城的样子，唯一不同的是家乡湖州城是江南水乡，河港众多，不像重庆到处都是山。但钮佳悦对重庆有了一种特殊的感情，至于是什么感情，她自己也说不清楚，只觉得在这里有了一种期盼。其实，钮佳悦自己都不知道，她的这种期盼，是因为哥哥钮卫国在这里。有了哥哥，她就有了主心骨。

她期待着哥哥突然出现在她的视野里，那样，她又可以像小时候一样，扑在哥哥怀里撒娇，和哥哥说悄悄话。但钮佳悦这次又多了一个话题，那就是父母被日本鬼子的飞机炸死了，她要哥哥与自己一起为父母报仇。

“在想什么呢？是想家了还是想哥哥了？”钮佳悦浑然不知李思瑶来到了她身后。

“没什么。只是看到那些百姓重建家园，有了一些感慨罢了。”钮佳悦急忙站了起来，“姐，日本鬼子为什么打我们，他们又怎么打到重庆来了？”

“今天不说这些了。”李思瑶换了一身崭新的旗袍，整个人显得特高兴的样子，又笑着说，“佳悦，我带你去见一个人。”

钮佳悦看到李思瑶的旗袍，还没有反应过来。钮佳悦与李思瑶相处一两年了，今天李思瑶穿上旗袍，才是真正的李思瑶，大方得体，还有一种大家闺秀的模样。更主要的是李思瑶还烫了头发，额头上的刘海也微微卷起，很容易让人觉得李思瑶是一个电影明星，于是钮佳悦问道：“姐，你今天真漂亮，真像电影里的大明星。你带我去见什么人？不会是见你的男朋友吧？”

“小丫头，不要乱说话。”李思瑶抿嘴一笑，脸上的两个酒窝竟然让钮佳悦着了迷。

“还说不是，你今天打扮得这么漂亮，不是去见男朋友，还会见谁？”钮佳悦已经十四岁，对于男女之间的事也懂得了一些。特别是看到李思瑶也穿上旗袍时，不由想起了朱佩玉。那天，朱佩玉被哥哥带回家里时也穿着一身崭新的旗袍，头发也烫得卷卷的，额头前的那束刘海也微微卷起，与今天的李思瑶没有差别。

“走，不要乱猜，到时候你就知道是谁了。”李思瑶故意卖了个关子。

钮佳悦和李思瑶从仁爱堂医院出来，刚走到大街上，一辆黄包车停在了她们的面前，车夫很谨慎地看了看四周，然后说："小姐，要车吗？"

"要。"李思瑶说着就上了黄包车，也把钮佳悦拉上了车。

"姐，我们为啥坐车？"钮佳悦还没有弄明白是怎么回事，便问道。

"不要问太多。"李思瑶示意钮佳悦住口。

虽然重庆遭受了"五三""五四"大轰炸，人们重建家园的信心十足，到处都是忙碌的身影，但在这些人影中时不时会闪出一个与众不同的人来。李思瑶不用猜，就知道他们是"军统"派出的密探。早上，李思瑶发现窗帘下压着一张纸条，上面写着：下午五时朝天门码头悦来茶馆见。来重庆有好些日子了，今天终于有人来接头了。李思瑶除了兴奋外，还有些严肃。她来重庆不只是当医生，而是来完成任务的。

黄包车车夫跑得很快，好像明白李思瑶的心意一样，发现有可疑人员，他就会转几个弯，直到摆脱可疑人员。

来到悦来茶馆前，在确定没有可疑人员后，李思瑶拉着钮佳悦迅速走进了悦来茶馆。茶馆里没有客人，老板正靠着柜台打瞌睡。李思瑶走到柜台前，朝老板轻轻地问了一声："楼上有雅间吗？"

老板揉着惺忪的眼睛，问道："有，有的。小姐要喝什么茶？"

"花茶，盖碗花茶，但不要茉莉花。"李思瑶答道。

"小姐，我的店里只有茉莉花茶，还是从老家带过来的。"

"那我就喝一碗老家带来的茉莉花茶吧。"

"小姐，楼上请。"老板见李思瑶对上暗号，马上把她往里屋领，突然又站住了，指着钮佳悦问道，"你们是一起的？"

"一起的。"

"那两位随我来。"老板这才放下心来。

到了楼上的雅间，钮佳悦看到一个戴着帽子的男子正在屋里踱步。但当钮佳悦看到男子的脸时，差点叫了出来："这不是哥哥钮卫国吗？"男子正是钮卫国，当他看到钮佳悦时，也大吃一惊。

"哥哥，真的是你吗？"钮佳悦还是有些不敢相信自己的眼睛。

“佳悦，你怎么也来重庆了？”钮卫国也没想到会在这里遇到妹妹钮佳悦，更没想到妹妹是由与他接头的李思瑶带来的。

“他就是你哥哥？”李思瑶没想到跟她接头的人，竟是钮佳悦一直念叨的哥哥钮卫国。只是她不清楚钮佳悦是否知道钮卫国早已是一名共产党员了。

“李小姐，谢谢你，是你让我见到我久违的妹妹。”钮卫国朝李思瑶眨了一下眼睛。

李思瑶马上明白钮卫国的意思，便笑着说：“不客气。我跟佳悦说过，带她来重庆，一定能帮她找到哥哥。这不，你们兄妹今天终于见面了。”

“哥哥，我有很多话要说……”钮佳悦见到日夜思念的哥哥，眼泪不由流了出来，她有很多话要对哥哥说，又不知该从哪一句说起。

“佳悦，你先到屋外去，我与李医生有话要说。”钮卫国好像很在意李思瑶。

“哥……刚见面你就赶我走？”钮佳悦耍起小性子来。

“要不，你们兄妹先聊，我们等会儿再聊？”李思瑶的确不想打断钮佳悦，让他们先诉说兄妹情。

“佳悦，听话。我与李医生谈完话，就与你聊。”钮卫国又说，“佳悦，咱们兄妹现在见到了，以后聊天的机会多的是。”

钮佳悦翘起小嘴，赌气出了雅间，在走廊生闷气。

“李医生，从国外留学的密码高手红灯笼已经到达了重庆，上级的意思让我配合你，一定把她安全地送到延安。”钮卫国说，“与对方的接头暗号仍然不变，但‘军统’也知道了这个消息，正在派人寻找她。另外，日本特高课的高级特工代号麦子也来到了重庆，也在寻找红灯笼。所以，我们的时间很紧，一定要赶在他们前面找到红灯笼。”

“仍然没有她的其他线索吗？”要在茫茫人海中寻找一个人，是何等地难。但李思瑶知道这个任务必须完成，这是她来重庆的目的。

“是的。”钮卫国又说，“日本特高课高级特工麦子来重庆不只是寻找红灯笼这么简单，‘五三’‘五四’大轰炸与她有关联，上级也让我们查明她，找准时机干掉她。”

“明白。我一定把她找出来。卫国同志，佳悦一直不知道你是一名共产党员吗?"

"她还小,我只想她好好地活着。"

"我明白。我们下次接头的时间地点,还是这里吗?"

"下次见面,我会给你消息的。对了,你不能让佳悦来了,太危险了。她是我在这世上唯一的亲人了。"家乡湖州城遭轰炸,钮卫国又怎么会不知道呢?可是为了工作,他不得不把失去亲人的悲伤留在心里,多次托人寻找妹妹都无果,一直以为妹妹也在那次轰炸中身亡,没想到今天意外地见到了妹妹,他心里别提有多高兴了。

"好。把时间留给你和佳悦吧,她为寻找你,四处奔波。"李思瑶说,"我去把她叫进来,你们好好聊聊。"

钮佳悦进来后,满脸不高兴。她怎么也没想到,她在多年不见的哥哥眼里,竟不如一个外人。但她又从李思瑶出来时的脸上看出了一点端倪,哥哥可是娶了朱佩玉为妻的男人,他怎么能对李思瑶动心思呢?如果哥哥真的与李思瑶成一对未必不是件好事,可是朱佩玉怎么办?在上海时,朱佩玉虽然先装作不认识自己,但后来却把自己接走。她说与哥哥分开是暂时的,他们会有团聚的日子。这就说明朱佩玉与哥哥不是假结婚,他们的分开肯定有难言之隐。如今哥哥却变了心,难道哥哥真是一个花心的男人?

"佳悦,怎么满脸不高兴?"钮卫国看出钮佳悦正在生气,又开玩笑地说,"哥哥跟李医生说点要紧的事,你不会这么小气吧?"

"哥,不是我小气,而是你小气了。"钮佳悦还在生气中,"你说说,你怎么与李医生认识的?嫂子一直在找你呢?你怎么不去找她?"

"你啊,还是那个脾气。"钮卫国说,"你嫂子早来重庆了,还是我去朝天门码头接的她呢。"

"这么说,你与嫂子在一起?"钮佳悦虽然与朱佩玉相处的日子不多,但她站在女人的角度来看,朱佩玉是真心爱哥哥的,在她的心里,也早就把朱佩玉当成亲姐姐看待,至少她不是一个坏人。

"好啦。这是我和你嫂子之间的事,你当小妹的不会也要管哥哥夫妻之间的事吧?"钮卫国不想让钮佳悦知道他与朱佩玉之间太多的事。

"那你说说这些年为什么不回家?也不给家里捎封信。这些年你都去哪里了？你知道吗？咱爸咱妈都被日本鬼子的飞机炸死了，家中的房子也没了……”说到此，钮佳悦终于忍不住大哭起来。她憋在心里一年多的委屈要在这一瞬间爆发出来。

“佳悦，这些事我都知道了。但我不能……”钮佳悦说的，钮卫国又何尝不知道，他不能把事情全说给钮佳悦听。钮佳悦还小，他不能让她在年纪轻轻时就背上一个包袱。钮卫国清楚地记得，他在湖州老家时，就是一个进步青年，早早地加入了中国共产党。他与朱佩玉结婚，其实是为了打入国民党内部。果不其然，他一参军就被谷海山安排到力行社特务处任职，这是一项长期的潜伏工作。即使他得知家中父母被炸死，也只能把痛苦掩藏在心里。

“你是家中的长子，也是家中的顶梁柱，对家中的事不理不问。父母的仇也不报，你还算是一个男人吗?”钮佳悦一直以为与哥哥相见是一个欢喜的场面，这个场面在她心里演练过无数遍，却不知道真正与哥哥见面时，说出来的话竟是对哥哥的指责。

“佳悦，很多事我现在不能说，以后你会理解我的。”钮卫国此时是有苦说不出，何况他又不能向钮佳悦透露太多。钮佳悦是他现在唯一的亲人，他只想她好好地活着。

“你真不可理喻。父母的仇你都不报，你不是一个男人。”钮佳悦再也控制不住内心的情感，冲着钮卫国发火，然后拉开门跑了出去。

“怎么回事?”李思瑶看到钮佳悦急匆匆地跑了出来，急忙进屋问钮卫国。

“她啊，在发小孩子的脾气。李医生，你与她在一起，帮我好好劝劝她，让她不要太小孩子气。”钮卫国心里其实也很痛苦，但他只能装作没事人一样，又对李思瑶说，“另外，我们出来的时间有些长了，我得走了，你赶紧回去吧。对了，麻烦你帮我照顾好佳悦。她是我唯一的亲人了。”

“你放心，我一定把她当作自己的亲妹妹一样看待。”李思瑶理解钮卫国的心情。她也一样，不能把很多事告诉给哥哥李思源。

想到李思源，李思瑶有好些日子没有见到他了。

陈依然坐在酒馆里喝着一瓶又一瓶山城牌啤酒，显得醉意十足。

可她又要了几瓶，刚打开酒瓶，朱佩玉出现在她的桌前。

“你这是在买醉。”朱佩玉抢过陈依然的酒瓶，厉声问道，“你怎么来重庆了？你家小姐沈妍冰是不是也来重庆了？”

“你走开。”陈依然又要开酒，却被朱佩玉抢过酒瓶，重重地摔在地上。

“你有什么想不开的？你不就是一个丫鬟吗？你只知道侍候你的主子，国家成了什么样子了，你都不关心一下。”朱佩玉此时心里很痛，她实在想不出像陈依然这样的丫鬟也会买醉，但她的话一说出口，又自我解嘲地说，“你就是一个丫鬟的命，哪里知道国家大事。还有你家小姐沈妍冰，也不是什么好东西，在去上海的路上，成天阴阳怪气，根本不是一个干大事的主儿。”

在重庆能遇到一年多不见的陈依然，开始朱佩玉很意外，但她一想，上海毕竟已经成了敌占区，她跟随沈妍冰来重庆也是理所当然的事。朱佩玉根本没把沈妍冰放在眼里，但她对陈依然却另眼相待，如果陈依然是日本特工，那她装得也太逼真了；如果真只是一个丫鬟，也没什么可担心的。作为一个“军统”的高级特工，朱佩玉就是把简单的事情复杂化，把复杂的事情简单化，这也许是朱佩玉的短处。

“你不懂，你什么都不懂。”陈依然醉眼蒙胧地说，“你是什么人，你凭什么来教训我。你有本事去打日本人啊，把日本人赶尽杀绝啊。”

“你怎么知道我没有打日本人……”朱佩玉突然觉得陈依然话里有话，还差点把自己套进去了，于是急忙改口说，“你家小姐呢？她怎么放你出来的？”

“你说那个妖精啊。她现在正忙着呢，哪里顾得上我……”陈依然还没有说完就扑在桌上睡着了。

“嗯，几瓶啤酒就醉成这样，看来只有做丫鬟的命。”朱佩玉急忙叫上店小二，替陈依然付了酒钱。

这几天，朱佩玉跑遍了重庆的角角落落，执行谷海山交给她的任务，一是寻找密码专家；二是查出隐藏在重庆的日本间谍。好不容易查到化名沈妍冰的花野真衣带着陈依然来到重庆。朱佩玉通过分析，认为陈依然是间谍的可能性较大，好不容易才等到陈依然单独出门，一路跟踪过来，却发现陈依然除了买醉外，根本没有可用的信息，难道是自己分析错了？如果陈依然不是日本间谍，就不要在她身上浪费太多的时间。

朱佩玉前脚刚走，陈依然就从桌旁站了起来。陈依然并没有真醉，只是十分压抑。她想借酒来麻醉自己，区区几瓶啤酒不但没有把她喝醉，反而越来越清醒。眼前又清晰地浮现出“五三”“五四”大轰炸的情景。多少人在此次轰炸中丧生，多少间房屋在轰炸中倒塌，又有多少人无家可归，又有多少人家破人亡。每每想到此，陈依然眼里就噙满了泪水，她不停地自责，自己为了两个老人的生命而舍弃这么多人的生命，值得吗？正是基于这种痛苦，在花野真衣出去后，陈依然偷偷地跑了出来，来到酒馆里喝酒消解心中的苦闷。有时候，陈依然也想一死了之，可她又不愿意这么便宜了花野真衣。陈依然也真想找个人来诉说自己的苦闷，可偌大的一个重庆，她根本找不到一个可以说知心话的人。朱佩玉是万万不行的，她是“军统”的人，做事又十分莽撞。李思瑶和钮佳悦倒是可以说说知心话，这两人虽然也到了重庆，自己又到哪里去找她们呢？

此时，外面又响起了刺耳的防空警报声，陈依然赶紧跑了出去。

又一次大轰炸，旧伤员的伤还没好，又添新伤员，李思瑶有些忙不过来，偏偏在这个时候李思源来找她。

自从进了仁爱堂医院后，因伤员特别多，李思瑶与钮佳悦搬到医院里来住，有好些日子没见哥哥李思源。李思源在这个时候来找李思瑶，说明他有特别重要的事情。但现在正是做手术的关键时刻，因此，李思瑶让李思源在外面等她。

做完最后一例手术，李思瑶让钮佳悦看着刚做了手术的重伤员，并嘱咐她伤员一有什么情况，就去叫陈医生。

在仁爱堂医院门口，还能隐约闻到未散尽的硝烟，远处灰蒙蒙的，双眼通红的李思瑶取下口罩，显出一脸的疲惫，十几个小时的手术，她感到非常吃力。作为一名共产党员，就得减轻老百姓的痛苦；作为一名战士，就得奋不顾身地战斗在第一线；作为一名医生，就得救死扶伤。李思瑶每次手术都在争取最短的时间，以自己最好的医术救治每个伤员。但她是一个人，一个女人，不是铁打钢做的，她也需要休息。

“你累了，也瘦了。”李思源看到李思瑶疲劳的样子，不由心疼起来，“早知道你这么累，当初我就该阻止你学医，伤员没救完，你就先倒下了。”

“这是哪跟哪？作为一名医生，她的职责就是救死扶伤。”李思瑶知道哥哥在心疼她，但她又不能让哥哥担心，又说，“你们国军为什么不能提前预警呢？每次都这么晚，老百姓躲都来不及。他们被炸，我的心在滴血。我要尽我最大能力把他们医治好，受点苦又算得了什么！”

“好了，好了。每次与你说话，你都赢，好像我这个哥哥是外人一样。可最近日本鬼子的飞机老是来轰炸，我都没时间来找你。”李思源话锋一转，“今天，我真有一件特别重要的事与你谈谈。走，我们去找个安静的地方。”

“有什么重要的事找我谈的？就在这里谈吧。”李思瑶不知道李思源此行的目的，感到有些莫名其妙。

“还是去那边吧。”李思源说话的口气不容商量，走到那边僻静处，口气变得更加严厉，“前些日子你是不是去找钮卫国了？你为什么要去找他？你与他是什么关系？”

“你……你知道钮卫国在什么地方？”李思瑶突然发现站在面前的哥哥有些陌生，自己刚到重庆的时候就托他帮忙寻找钮卫国，可他总推说工作忙，等空下来就帮忙打听。从他刚才的话中得知，他早就知道钮卫国在哪里工作，而且似乎知道钮卫国的身份。

“我不但知道他，还知道他是干什么的。以前之所以没有告诉你，是因为他是个危险分子。我怕你与他接触时间长了，把你带坏了。”李思源说着长长地叹了一口气，“思瑶，你可是我唯一的亲人，我不想你有任何闪失。你知道爸妈当年是怎么死的吗？他们临终前让我一定好好照顾你。这么多年了，你要什么我就给你什么，你说你要去学医，我就让你学医。虽然医生在哪个年代都是吃香的，可你不学内科，偏偏学外科，我也没有反对。但这次你一定要听我的，不能与姓钮的再有来往了。”

钮卫国作为潜伏在重庆的"军统"内部的共产党员特工，很少有人知道。哥哥怎么就这么一清二楚呢？从目前情况来看，哥哥没有告发他，说明哥哥清楚大是大非。哥哥只是一个国民党众多士兵中的一员。从小，哥哥就是一个多一事不如少一事的人，但在大是大非面前，他从不含糊。今天哥哥前来说这番话，也是为了自己好。可惜，作为一名共产党员，李思瑶有自己的任务，不是哥哥所能左右的。但如今在哥哥面前，千万不能让他知道自己的身份，于是她对李思源说："哥哥，我是托人打听到钮卫国的，带着钮佳悦去见她哥哥，这好像没有什么错啊？"

"我知道你是带钮佳悦去见钮卫国。因此，我劝你以后少与他来往。他是一个很危险的人，只是他自己不知道而已。'军统'里早就有人怀疑他进入'军统'的动机了。"李思源淡淡地说，"妹妹，我不能让你有任何闪失，我们都是小人物，只想有一份稳定的工作，安安稳稳地过日子。太多的变故，我们承受不起啊。"

李思源并不知道自己的身份，李思瑶松了一口气，一语双关地答道："我以后会注意的。"

"这就好，你要听我的话。这世道太复杂了，你我都是小人物，没有权力左右世道。"李思源叹了一口气，又说，"在这战争年代，能保住命就是最大的幸运了。"

"哥，你说这话，我就不赞同了。日本鬼子已经占领我们大半个中国，现在飞机来重庆轰炸，如进入无人的境地，他们很可恶。只要是个中国人，都会想办法把日本鬼子赶出我们的国家。"李思瑶说这话时很是气愤。她气愤的是日本鬼子竟这样猖狂，偌大的中国怎么就被一个小小的国家侵略得民不聊生呢？

"你还是少说这些。城里到处都是'军统'的人，只要言论不对，他们就会把你抓起来，不问青红皂白地拷打和审问你。"李思源急忙打住李思瑶的话，又说，"这话就当对哥哥说了。哥哥也是一只耳朵听进去，另一只耳朵就出去了，以后在别的场所都不能说这样的话。"

"唉，不说这些了。谈谈你的事吧？前些年，父母还在世时，不是给你订了江南沈家大小姐的婚事吗？"李思瑶来重庆一直没有对哥哥说，她在上海遇到了沈妍冰的事。说实话，她不喜欢那个沈妍冰。如果哥哥还在意这事,她不知该不该把见到沈妍冰的事告诉他。

“别提了。她早年就出国了,加上父母去世后,沈家就与我们断绝了来往。即使沈家大小姐愿意,恐怕她父母也不愿意。”说到此,李思源颇有些伤感。

“哥哥……”说到李思源的痛处,李思瑶也有些难过,说,“她有可能来重庆了。如有机会见面,你问问她……”

“来重庆又怎样? 我就一个当兵的,她是富家大小姐,又留过学。我们能般配吗?”李思源打断李思瑶的话,非常伤感地说,“妹妹,我们好好地过日子吧,其他事就不要多想了。”

一提到沈妍冰,李思源的思绪就飞回过去。那时,两人你有情我有意,可自从李家双亲亡故、家庭衰落后,沈家老爷子就有意悔婚,让沈妍冰去国外留学,其实是让李思源断了这个念头。李思源有自知之明,便去当了兵,每月的津贴全存了下来,让妹妹李思瑶学习,然后又让妹妹当了医生。这些年,要说他不思念沈妍冰,那是假的。

“如果你对沈妍冰还有情谊,不妨去找找她,也许你们会有情人终成眷属的。哥哥,你要相信自己。”李思瑶以前没见过沈妍冰,但听哥哥描述过她是如何的漂亮,如何的温柔。可自己在去上海的路上和在大桥监狱四号牢房里见到的沈妍冰与哥哥说的差别很大。这到底是怎么回事?

“这事还是以后再说吧。”李思源又说,“我与她的事你最好不要掺和。这是哥哥仅有的私事,给哥哥留一个念想吧。”

李思源不愿提及此事,抱着消极的态度,李思瑶本想让他帮自己证实对沈妍冰的猜疑,看来,只得另想办法了,便对李思源说:“哥,时间不早了,我要回医院了。”

“走吧。千万要注意身体。”李思源再三嘱咐李思瑶注意安全,他不想因为战争失去世上唯一的亲人。

# CHAPTER 06
# 第六章　望穿秋水的红灯笼

好不容易与哥哥钮卫国见上面，却发现哥哥与李思瑶的关系非同一般，钮佳悦非常生气。赌气离开哥哥后，钮佳悦又非常后悔，多么希望与哥哥诉说衷肠，然后得到哥哥的安慰。赌气离开哥哥时，又忘了问他住哪里，现在去找他比登天还难。钮佳悦想过问李思瑶，她肯定知道哥哥的住址，但钮佳悦不想问她，又怕她与哥哥躲在房间里说一些她不知道的事情。

最近，钮佳悦发现李思瑶的行动十分神秘，常常一个人出去，很晚才回医院，每次回来时都显得疲惫不堪。钮佳悦隐隐觉得李思瑶与钮卫国幽会去了，决定悄悄跟踪她。

最近，日本鬼子的飞机来重庆轰炸的频率越来越高，伤员也越来越多。虽然李思瑶的手术越来越多，但她出去的频率也越来越高。

这天，抬来的伤员比往日多了许多，李思瑶做完伤员的手术已经是凌晨二时了，回到宿舍后，她却迟迟不肯睡觉，钮佳悦觉得她今晚肯定要出去。于是，钮佳悦假装熟睡的样子，等待李思瑶出门后悄悄地跟踪她。果然，李思瑶走到钮佳悦床前，轻轻叫了一声，钮佳悦不应声。李思瑶马上换了一身衣服，一个人悄悄地出了门。钮佳悦急忙从床上起来，也换了一身衣服，悄悄地跟了出去。走到医院大门口，钮佳悦看清李思瑶急匆匆地往城外走去了。

“换地方了？”钮佳悦“哼”了一声，便悄悄地跟了过去。钮佳悦边走边想，不知道哥哥为什么会看上李思瑶。以前，哥哥可是一个很稳重的人，做事从不含糊，为什么会在李思瑶身上花这么多的功夫呢？想当年，哥哥为了与朱佩玉结婚，差点与父母闹翻脸，最终还是父母妥协。但是，朱佩玉只住了一个晚上就不辞而别，他们之间到底发生了什么事，没人知道。父母没有问，哥哥也从不说。但朱佩玉出走后，哥哥表面看上去像没事人一样，其实内心还是很痛苦的。没多久，哥哥就去当兵了。但在上海时，钮佳悦发现嫂子朱佩玉对哥哥还是有感情的，难道他们之间的矛盾是哥哥引起的，还是因为李思瑶？可那时哥哥根本没有提到李思瑶啊。自己与李思瑶相处也有一年多了，她也从没有提到哥哥啊。

一定要弄清哥哥、朱佩玉和李思瑶三个人之间的事情。钮佳悦想着，就看到李思瑶已经停了下来，焦急地四处张望。看样子，她很心焦。钮佳悦也停了下来，找了个地方隐蔽起来，看看李思瑶到底在等什么人。

不一会儿，一个黑影也急匆匆地走了过来。看身影，那人正是哥哥钮卫国。李思瑶果然来与哥哥幽会了。钮佳悦十分生气，几乎想冲上去，大骂哥哥一顿，再指着李思瑶的鼻子也骂她一顿。但她转念一想，倒要听听这个无情的哥哥与李思瑶能说些什么。如果两人真有见不得人的事，自己一定要上前骂醒这个抛弃原配妻子、不替父母报仇的伪君子。

钮佳悦正想着，哥哥钮卫国开口了：“思瑶同志，让你久等了。出来时我好像被人盯梢了，好不容易才甩开他们。”

“卫国同志，现在安全吗？”

“甩开他们了。”

“这么晚了找我来有什么任务？”

“你查到那个日本特务了吗？”

“还没有。这几天伤员特别多，再加上我去寻找那个叫红灯笼的人，也杳无音讯。”

“组织上在问这件事，希望你尽快查清。”

“请组织再给我一点时间，我一定把他们都查清楚。”

“思瑶同志，组织上也知道这次任务特别难，你也要注意安全。另外要照顾好我的妹妹，我就她这么一个亲人了。”

“我好像被人跟踪了。”李思瑶小声说，“应当是熟人，而且是个新手，就隐藏在这附近。我们把他揪出来。”

“好，我们分开行动。”钮卫国说完，与李思瑶朝相反的方向分开走了。

原来他们在进行秘密行动。他们的行动又是什么呢？为什么他们之间称呼为同志？钮佳悦不是第一次听到“同志”这个词，去年在上海大桥监狱的四号牢房里也听到有人喊过这个词，当时她就问过李思瑶，李思瑶说她也不懂，还让她把这个词忘掉。李思瑶表面看上去是一个文静的女子，没想到她对自己竟然隐藏了这么多秘密。钮佳悦正想着时，突然一把手枪顶在了她的头上：“举起双手，转过身来。”

钮佳悦回头一看，拿着手枪顶她头的人正是哥哥，不由得生气了，“是我。你拿枪指着你的妹妹？我……”

“佳悦，是你啊。吓我一大跳，你什么时候学会跟踪人了？”李思瑶这时也出现在钮佳悦面前。

“你们偷偷约会，就不许我听听你们的谈话了？”钮佳悦嘴巴一噘，生气地说，“你们搞得这么神神秘秘的，好像有什么见不得人的事一样。”

“小孩子，别什么事都有好奇心。若不是思瑶同志知道是个新手在跟踪，你现在就不能站在这里说话了。”钮卫国没想到妹妹跟踪李思瑶，心里十分不高兴，火气特大，“你马上回去，把刚才听到的话全部忘掉。”

“你们的话我忘不掉。”钮佳悦还在生气，她不解的是哥哥与李思瑶两个同志，谈事情为什么要选择在晚上，而且还是深夜，如果不是听到他们之间的谈话，还真以为他们在幽会呢。他们之间没有什么私事了，可是哥哥与朱佩玉之间的事又是什么呢？哥哥为什么一直不提朱佩玉呢？朱佩玉却提到过哥哥，但也没有了婚前的那种热情。

他们之间到底发生了什么事？

“佳悦，你千万不要有好奇心。”李思瑶拍了拍钮佳悦的肩膀说，“你还小，很多事你还不懂。既然不懂就干脆什么也别问。你要理解你哥哥的一片苦心，都是为了你好。”

“我都十四岁了，不再是以前的那个小女孩了。日本人的监狱我都待了大半年，我什么事都不怕。”钮佳悦倔强地说，“你们别以为我什么都不懂，我在一天天长大，迟早会懂的。你们干的那些事，我迟早也会知道的。”

“佳悦，听话。我们做的事很危险，弄不好就要丢掉生命。你还小，还有很长的路要走。”钮卫国知道钮佳悦是个倔脾气，只能好好地跟她说。

“我已经是大人了。”钮佳悦说，“什么事该做，什么事不该做，我都清楚。我只想为死去的父母报仇雪恨，不能让他们白白地死了。”

“父母的仇我们会报的。”钮卫国又何尝忘记给父母报仇呢？他有使命在身，他所要做的不是只给父母报仇雪恨，而是给所有死去的中国人报仇雪恨。

“佳悦，要听话，天色不早了，我们先回去……”李思瑶的话还没说完就倒在地上。李思瑶出来这么久了，加上连续的手术，身体严重地透支，已经支撑不住了。

“你看，把李医生气病了。”钮卫国赶紧掐李思瑶的人中，好一会儿，李思瑶才醒过来。钮卫国对钮佳悦说，“赶紧回去，再在这里耽搁，被人发现了，我们都有危险。”

“你别怪佳悦，是我自己的身体不争气。”李思瑶说，“我们趁天还未亮，赶紧回去。再不回去，我们都有可能要暴露。”

钮佳悦没想到李思瑶病倒了，也着实吓了一大跳，点了点头，对钮卫国说：“哥，我听你们的话，现在就回医院。”

钮卫国背着李思瑶疾行，在仁爱堂医院门口，让钮佳悦扶李思瑶进去，他则消失在黑夜中。

朱佩玉最近有一种失意的感觉，不但没有完成上级交给的任务，而且连任务的一点影子都没有找着。唯一能让她欣慰的是钮卫国回到了她的身边，几年的相思之苦终于可以放下来了。虽然与钮卫国见面了，但两人仍没有行过周公之礼，更没有夫妻之实。

作为一个女人，她应当有爱情的权利，结婚生子是天经地义之事，与丈夫进行床笫之事更是她的权利。朱佩玉有了爱情，也结婚了，却没有与钮卫国的床笫之事，更别说生孩子了。虽然是在战争年代，但爱情与结婚是不分年代的。

工作上失意，但爱情上不能失意。因此，朱佩玉决定找钮卫国谈谈。可到钮卫国的房间一看，人不在。一直等到天亮，她才等到满脸疲惫的钮卫国。

“你怎么在我的房间里?”刚刚把李思瑶送回仁爱堂医院的钮卫国，见朱佩玉在他的房间里，不由一惊，但强作笑脸问道。

“册那，我是你老婆，我为什么不可以在你的房间里?”朱佩玉不高兴地，还带着怒气，又冷冷地问道，“昨晚到哪里去了?”

“我有工作要做嘛。”钮卫国只得撒谎。

“你有工作要做? 可我问过你的上级，他们都说你昨晚休息。”朱佩玉来这里问了好几个人，都说钮卫国晚上不值班。至于他去了哪里，他有他的私人空间，虽然“军统”对于每个特工都了如指掌，但像钮卫国这样的人，他们如果不派更高级的特工跟踪，是很难发现他的踪迹的。更何况，钮卫国不是“军统”最核心的人员，对于“军统”内部的核心消息是一概不知，也没必要二十四小时监视他。

“你调查我还是跟踪我?”想到昨晚与李思瑶接头时，李思瑶竟然被妹妹钮佳悦跟踪了。作为一名地下共产党员，万一跟踪他们的是日本特工或者“军统”的人，那后果不堪设想。想到这里，钮卫国不由自主把“跟踪”二字说了出来，但又十分后悔。朱佩玉是“军统”的人，自己的言语稍不慎就会有暴露的危险。

“我用得着跟踪你吗? 当年我们结婚时，我们相拥一个晚上，那晚你说了多少甜言蜜语，让我是如何的心动，又是如何心痛地离开你。想不到分离仅仅几年的时间，你就变了，变得我都不认识你了。”朱佩玉痴心地等待与钮卫国的重逢，等待他们过上正式夫妻的生活，可钮卫国前段时间推说工作忙，今天的态度又不冷不热，不得不令她有其他的想法。

“好了，佩玉，我累了，要休息了。”钮卫国背着李思瑶一路疾奔，又担心她的安危，几乎全身是汗，然后又疾奔回来，整个人几乎虚脱了。

“我看你有心事。”朱佩玉看出了钮卫国是很累，但也看出他今天的心事特重。

“我真的很累。佩玉，你看我都出虚汗了。”钮卫国身上、头上的汗还未干，他急忙掏出一块手帕擦拭脸上的汗水，以此掩饰心中的不安。

“这是谁的手帕?”朱佩玉看到钮卫国擦拭脸上汗水的手帕，觉得很熟悉，又一时想不起来。

“这是我的手帕啊。”钮卫国擦了一把汗，然后看了一眼手帕，心里也一惊。这不是自己的手帕啊！钮卫国突然想起来，自己背着李思瑶疾奔时，李思瑶曾为他擦拭过汗水。天啦，这是李思瑶的手帕！

“钮卫国，你这个骗子。我知道这是谁的手帕了。你说说，你与李思瑶是什么关系?”朱佩玉觉得这手帕非常熟悉，是因为她见过这块手帕。经过短暂的回忆和筛选，朱佩玉猛然想起自己与钮佳悦、李思瑶等人乘船去上海的途中，在躲过日本鬼子的追杀后，李思瑶曾拿一块手帕擦拭过。这块手帕一角有一个“李”字，旁边还有一朵红梅花，与众不同的是，这梅花与“李”字都是绣出来的，而且梅花中心的空白很大。当时，朱佩玉觉得这块手帕有点特别，没想到今天到了钮卫国手里，而且还用它来擦拭汗水。难道说钮卫国与李思瑶之间有什么不可告人的秘密？自己是充分了解钮卫国的，他绝不是一个拈花惹草之人，更不会是吃着碗里看着锅里的男人，要不然当初自己也不会冒着生命危险爱上他。可是，这块手帕又的的确确是李思瑶的。自己与李思瑶、钮佳悦去上海的途中，从没有听到李思瑶提起过钮卫国，而且自己也能判断，钮佳悦虽然与李思瑶在一起，她们以前不可能是熟人。难道是李思瑶与钮佳悦来到重庆，经过钮佳悦这条线，李思瑶勾搭上了钮卫国，然后两人就卿卿我我了？

“佩玉，不要胡闹，好不好?”钮卫国担心朱佩玉知道了他与李思瑶的关系。他相信他做错了事，朱佩玉可以原谅他，但她绝不能原谅李思瑶。一旦李思瑶的身份暴露，他们在重庆所做的地下工作就全白搭了。钮卫国来重庆经营了一年多,牵扯到很多地下组织,虽然他们之间是单线联系,但断了哪根线都不行。联系一旦断了就等于全部中断,以后什么事都办不了——上级的命令下不来,下面得到的情报传递不出去。

“我胡闹? 钮卫国,你别以为我什么都不知道。你这块手帕上面绣了一个‘李’字,边上还有一朵红梅花,梅花中心的空白很大,是不是?”朱佩玉指着手帕说,“这是李思瑶的手帕。当年,我与李思瑶还有钮佳悦去上海时,她就用这块手帕擦拭过汗。你敢不敢把手帕拿过来让我验证?”

“你……简直是胡闹。”钮卫国没想到朱佩玉知道这是李思瑶的手帕,而且说得这么详细,他还真不敢让她来验证这块手帕。因为这块手帕的确是李思瑶的。如果朱佩玉误会他与李思瑶之间的关系,这样至少不会暴露身份。以朱佩玉的个性,这事绝不会罢休,该如何是好?

“你不用回答,我也不用验证了。我明天直接去找李思瑶问个清楚。”朱佩玉从钮卫国的脸色中已经知道了答案,但她宁愿钮卫国撒一个谎,让她心里好受些。但她知道钮卫国从没对她撒过谎,也没有说过甜言蜜语。

“佩玉,你听我说……”钮卫国实在想不出用别的理由来解释,或者说来安抚朱佩玉。任何一个女人,见到自己的丈夫用别的女人给的手帕擦拭汗水,肯定都会有想法。从这个角度来想,钮卫国又理解朱佩玉。但在这个战争年代,两人的信仰不一样,很多事情又无法沟通。

“你也不用解释了,我有办法让你心服口服的。你也别把我当傻子,我是一个女人。女人除了凭直觉外,还有判断力。”朱佩玉不想听钮卫国的解释,她与钮卫国结婚几年了,至今还是一个处女之身,换作谁,都难以理解,也难以承受这种痛苦、折磨、煎熬,这是需要一种何等的毅力啊。

“佩玉……”钮卫国知道朱佩玉心意已定,多说也无益,只能早些通知李思瑶,让她早做准备,千万不能暴露了身份。

“你什么都不要说了,我走了。”朱佩玉出门时,又转过身来,狠狠地看了钮卫国一眼，眼里充满了迷茫、怨恨、痴情，还有些无奈。

看着朱佩玉的眼神，钮卫国心里除了难过，更多的是困扰和歉意。

日本鬼子的飞机有好几天没来重庆轰炸了，重庆也安静了许多。没有了新伤员，钮佳悦也落得个清闲，她把几个旧伤员安顿好，就倚在病房门口发呆。回想起几天前，李思瑶深更半夜与哥哥约会，原以为哥哥背叛了嫂子，可两人的谈话又让她大吃一惊，虽然她不知道什么是同志，但明白两人谈的都是大事。这事情到底大到什么程度，钮佳悦不知道，但钮佳悦知道哥哥是从不会做坏事的。从湖州到上海，再从上海到重庆，李思瑶一路帮着她，可以说李思瑶虽不是她的亲姐姐，却胜似亲姐姐，所以，李思瑶做的事也不会有错。

午后，雾还没有散去，在雾中看重庆，却有一种别致的美。钮佳悦被这种美所吸引，她想在雾中寻找新的美。于是，钮佳悦让另一位护士帮她照看伤员，决定去城里一趟。

出了医院，顺着那条路往下一直走，便是十八梯。在十八梯，有李思瑶的哥哥李思源。钮佳悦决定去问李思源，什么是同志。钮佳悦还没走到十八梯，便看到了一个女子，她的面相特别熟悉。女子刚与她擦肩而过，钮佳悦突然想起这个女子就是陈依然。尽管一年多没见了，但钮佳悦能清楚地记得她好像特别喜欢说话，可每次都被她的小姐打断。虽然那时钮佳悦刚失去双亲，心中藏满了悲伤，但还是很在意每个人，观察每个人。陈依然虽然没有直接与她说过话，但陈依然的声音总在她的耳边萦绕。陈依然的相貌在钮佳悦眼里总是那么的特别。同为江南人，钮佳悦总觉得陈依然不是一个丫鬟，而是一个富家小姐。在湖州城里有很多富家小姐与陈依然一个样，而那些富家小姐的丫鬟，从不敢在主子面前那样说话，也不敢那样放肆。最重要的是，陈依然有一种富家小姐的气质，这是所有丫鬟所不具备的。

钮佳悦见陈依然独自一人走在大街上，从她的脸上可以看出，她在想心事，以至于与自己擦身而过，都没有认出自己。或许她早就忘了自己，或者说不认识自己了。钮佳悦也怕认错了人，于是，她朝陈依然喊了一声:“陈依然。”

“你是谁?”陈依然回过头,默默地看着钮佳悦,“你认错人了吧?”

“果然是你。”钮佳悦见陈依然应了声,悬在心里的石头放了下来,“我是钮佳悦。前年我们一起坐船去上海的啊。后来就一直不见你,没想到在重庆又见到你,真的很高兴。”

“原来是你啊。那个一脸伤感的小丫头,现在都长这么高了。”陈依然好像猛然想起来一样,夸人也不带形容词,“走,找个地方说话去。”

钮佳悦跟着陈依然来到一个僻静的茶馆里,找了一个包间坐下来。陈依然问道:“你现在还好吧? 你是怎么来重庆的?”

“我与李姐姐李思瑶一起来重庆的。”钮佳悦又把她与李思瑶在上海的四号牢房里度过了大半年的时间,其间她被日本人拉去拷打,沈妍冰发动牢变的事告诉给了陈依然。又说,如果不是沈妍冰发动牢变,她们有可能还在四号牢房里,或者是已经被日本人拷打致死了。

“沈妍冰? 她救了你们?”陈依然若有所思地问道,“你们没觉得从四号牢房里出来非常顺利吗?

“什么顺不顺的? 我们可是冒着枪林弹雨跑出来的。”钮佳悦清楚地记得逃出四号牢房的情景,在枪林弹雨中逃生的那种孤寂、心惊胆战,她想她这辈子也忘不了。是的,她真的忘不了,因为很多人在逃跑中倒下,特别是看到四号牢房的那个长得非常漂亮的大姐姐也是在她面前倒下,用哀求的眼光看了她一眼,便永远地闭上了眼睛。这个场景在钮佳悦脑海闪现过无数次,到现在,钮佳悦还会在梦里梦到这事,每次做这个梦时,她浑身被冷汗湿透。

“你的李姐姐是做什么的?”陈依然觉得有很多话要说,可在她面前的钮佳悦还只是一个没长大的女孩,纵然话到嘴边,又变了味,“你们现在的生活还好吧?”

“我们去上海时,李姐姐不是说过吗? 她是一名外科医生啊。她现在为那些伤员做手术。”钮佳悦一想到日本的飞机来重庆轰炸,心里全是恨,当初要不是日本人的飞机轰炸湖州城,她的父母也不会死;父母没有双亡,她也不会逃难到上海找哥哥,更不会在四号牢房里被关了大半年,最后也不会随李思瑶来到重庆寻找哥哥。

“你的李姐姐是不是有个哥哥叫李思源?”陈依然突然问出这句话。

“你……”钮佳悦突然发现这个陈依然比她想象中要聪明得多,便问道,“你怎么问起这件事了?”

“随便问问,随便问问。”陈依然若有所思地说,“你是一个好女孩,我很羡慕你。”

“羡慕我什么?我父母在日本飞机轰炸中离开了。我来找我哥哥替他们报仇,我哥哥却整天不见踪影。”钮佳悦发现自己有些成熟了,再也不是一年多前的那个小女孩,她没有伤感,没有忧愁,对生活充满了希望。她好像逐渐明白一个人是无法为父母报仇的,只要大家合力齐心,世界上就没有办不了的事。特别是这段日子,钮佳悦在重庆经历了多次大轰炸,许多老百姓被炸死,许多房屋倒塌,但重建家园的人一拨又一拨。在这中间她看出了一些门道,如果一个人重建家园,不知要建到何年何月,但大家齐心协力,一家一家地重建,这样既方便又省心,速度还快。钮佳悦清楚地记得,那天她正望着那些重建家园的人发呆,李思瑶走到她身边,告诉了她这个道理。当时,钮佳悦不理解,但仔细一想,李思瑶说的话非常有道理,而且把这道理用在其他事情上也一样有效。别看李思瑶是一名外科医生,可她却是一个了不起的人。钮佳悦有时候想,如果自己有李思瑶一半聪明就好了。

“钮佳悦,你该回去了。今天见到我的事,千万不能告诉任何人,包括你的李姐姐。”陈依然突然严肃地说,把钮佳悦从回忆中拉了回来。

“为什么?”钮佳悦不知道陈依然为什么要这样做。她们是一起经历枪林弹雨、一起同甘共苦过,陈依然为什么不让别人知道她在重庆?自从见到陈依然的那一刻,钮佳悦就觉得她有些不寻常。陈依然走路的方式与以前大为不同,好像她的后脑上也长着眼睛似的。从刚才的谈话中,可以判断出自己在与她碰面前,她就认出了自己,只不过装作不认识自己而已,如果不是自己喊她,她们就形如陌路了。

“不要问那么多为什么。你知道得太多，可能……”陈依然没有把“可能活得不长”这句话说完，因为在她的眼里，钮佳悦还是那个不谙世事的小女孩，她不想给钮佳悦太多的压力。

“我明白了。”钮佳悦其实不明白，但她只能装作明白。要不要把见到陈依然的事告诉给李思瑶，不是陈依然说了算，而是自己。因此，钮佳悦决定把她见到陈依然的事告诉李思瑶。

花野真衣满以为陈依然这次出去，会有很大的收获，其结果令她十分失望，便让跟踪陈依然的人多留心。自从陈依然来到重庆后，就变得不安分起来，明明很多事不是她一个丫鬟所做的，她却超出自己的职责范围，而且变得爱打听事了，有时候一个人悄悄地跑了出去，也不知干了些啥事情，这不得不让花野真衣起了疑心。

当陈依然再一次单独出门时，花野真衣便派人悄悄地跟踪她，结果发现陈依然与朱佩玉碰上了面，两人还到一个僻静的茶馆里喝茶聊天，然后就分手了，只是没有得到什么有用的情报。在湖州城时，为了接近钮佳悦，花野真衣可谓伤透了脑筋，才与钮佳悦搭上话，却被坐船前往上海的李思瑶请上了船。在一路前往上海的途中，虽然安排了手下来为难李思瑶她们，谁知碰上了朱佩玉，被她化解了。最可恶的是，到了上海后，自己为了接近她们，居然跟着她们在四号牢房里待了大半年的时间，结果什么都没有得到，最后还不得不帮助她们逃出四号牢房，打算一起来重庆，以便打入“军统”内部，谁知李思瑶带着钮佳悦放了她的鸽子。花野真衣认为这是她一生中最大的耻辱，一定要抓住李思瑶，然后给她一点颜色看看。可李思瑶来到重庆偏偏又进了仁爱堂医院当医生，这医院也是一座教堂，花野真衣真想混进去。如果混进医院与李思瑶明争暗斗，以李思瑶这么聪明的人肯定会查清自己的身份，这里毕竟是重庆，不是上海。此时，花野真衣偏偏又接到了新的任务，如果她与李思瑶单独斗争起来，那么她就无法完成特高课交给的新任务。

前些日子，陈依然还与钮佳悦见了面，虽然陈依然与钮佳悦是偶遇。陈依然还是个不简单的人。为什么她先后见朱佩玉和钮佳悦呢？虽然朱佩玉是“军统”的人，她手里掌握着一个特别重要的情报，连“军统”内部很多人员都不得而知。朱佩玉的上司谷海山更是一个神龙见首不见尾的人，要想找到他们相当困难。钮佳悦的哥哥钮卫国也是“军统”的人，接近钮佳悦就是为了找机会打入“军统”内部。钮佳悦偏偏不信任自己，却信任李思瑶。从最近得到的情报显示，李思瑶是共产党潜伏在重庆的特工。自己派人一直跟踪李思瑶，可从没见李思瑶走出过仁爱堂医院的大门半步，她在医院里到底做了些什么呢？

但让花野真衣着急的是刚传来的消息，朱佩玉和李思瑶都在寻找一个叫红灯笼的密码专家。从“军统”外围得来的消息，红灯笼已经来到重庆，是专门来破译大日本帝国隐藏在重庆特工的密码的。这个人对大日本帝国的威胁太大了，必须赶在朱佩玉和李思瑶前找到他。假如她们先找到这个人，自己就是死也不能让红灯笼活着为国民政府或共产党服务。自己以前一直怀疑过李思瑶就是密码专家红灯笼，后来发现李思瑶也在寻找这个人。可几年过去了，谁都没有找到红灯笼这个人，连是男是女、是老是少都不知道，可见这个红灯笼是一个了不起的人，隐藏得太深了。

“得先从朱佩玉下手。”花野真衣咬了咬嘴唇，在她心里选择朱佩玉比李思瑶容易。自己与李思瑶在四号牢房里待了大半年的时间，自己太熟悉她了，她肯定也熟悉自己。要不然，当初从四号牢房里出来时，约定在十六铺客运码头碰头，结果她带着钮佳悦躲过了自己。说明李思瑶是一个十分狡猾的人，无论是派人还是自己去跟踪她，肯定是无功而返，还要耽误时间；再说李思瑶现在躲在仁爱堂医院里不轻易出门。朱佩玉就不同了，她与自己相处只有几天时间，而且她是一个暴脾气，动不动就打打杀杀的，这就是一个没有头脑的特工，自己跟踪她花费不了多大力气。

于是，花野真衣叫来人，进行了一番吩咐后，又让陈依然进来，对她说：“陈依然，我现在有事要办，放你一天假。你可以自由地玩，但不能出事情。一旦出了事，后果你是知道的。”

“小姐，我只想睡觉。”陈依然不买花野真衣的账，又说，“这两天我身体不太舒服，也想休息了。正好，可以美美地睡一天了。”

原想放陈依然一天的假，让她出去与朱佩玉碰面也好，与钮佳悦约会也罢，只要她们在一起，就可以得到意想不到的消息。陈依然居然拒绝她的好意，让她如意算盘落空。花野真衣有脾气不敢发，只好笑着说："也好，也好。你好好地休息。"

花野真衣不愿强求陈依然出去，自然还有一个主意，就是让人去跟踪钮佳悦。钮佳悦还是一个小女孩，天真、活泼、爱动，热爱新生事物。她不可能老待在医院里，一有空，她肯定会跑出来，自己可以来一个守株待兔。

郁郁葱葱的六月刚过去，重庆似乎迎来了她成熟的气息。除了炎热，让人有了一种仰慕蓝天的欲望，因为在蓝天下，人们可以欣赏天下奇观美景，写意一份繁花似锦，期待梦想的花朵悄悄绽放。但人们又怕这片瓦蓝瓦蓝的天空中突然出现几只"乌鸦"，然后像拉屎一样，扔下几颗炸弹后又扬长而去。

在这个难得安静的下午，朱佩玉的眼里布满了血丝，几天来，她没有睡过一次安稳觉，一直在思考李思瑶与钮卫国之间的关系。她越想越生气，真是剪不断、理还乱。要弄清楚钮卫国与李思瑶的关系，就得去会会李思瑶。但李思瑶绝对不是一个简单的女子，对她不能掉以轻心。朱佩玉想到此，决定先去做一件事：查清李思瑶的底细。

钮佳悦倚在仁爱堂医院大门口时，朱佩玉突然出现在她面前，钮佳悦被吓了一大跳。对于朱佩玉的突然出现，钮佳悦不敢看她的脸，害怕把她心中隐藏的小秘密看穿了。虽然一年多不见了，朱佩玉还是那样冷着脸。因此，钮佳悦很小声地叫了声"嫂子"。

"册那，到重庆也不来找我？我这个当嫂子的就这么不讨你喜欢吗？"朱佩玉此时见到小姑子钮佳悦，感到十分意外，马上明白钮佳悦是跟着李思瑶来重庆的，就说明钮佳悦被抓走后，是李思瑶救了她。李思瑶果然不是一般人，连钮佳悦都诚心跟着她，可见李思瑶在钮卫国心中的分量了。想当初从湖州到上海后，钮佳悦指定跟着李思瑶走，最后好不容易才把她留在自己的安身之所，却被人抓走了。后来才查到钮佳悦是被日本特工抓走，关在大桥监狱四号牢房里。大桥监狱是什么地方？是有去无回的地方，而且大桥监狱里的四号牢房关的是清一色女子，她们不是“军统”特工就是共产党的特工，根本无法营救。所以，朱佩玉只得遵从谷海山的命令撤往重庆。朱佩玉以为这辈子都见不到钮佳悦了，没想到她竟然与李思瑶在一起。李思瑶与钮佳悦竟然毫发无损地从四号牢房逃出来，还来到了重庆。这不得不说李思瑶是一个十分厉害的角色，朱佩玉太低估她了。

“嫂子……”钮佳悦不知道该如何对朱佩玉说话，她现在十分矛盾，也不知该不该把哥哥钮卫国与李思瑶深夜见面的事告诉她。

“带我去见李思瑶。”朱佩玉现在心里只想着见到李思瑶，如何战胜她，没有注意到钮佳悦脸色的变化。

“她还在做手术，现在不能见任何人。”钮佳悦听到朱佩玉来找李思瑶，心想，坏事了。她是不是知道哥哥钮卫国与李思瑶夜里见面的事了？李思瑶和朱佩玉对钮佳悦来说，一个有恩，一个是嫂子，她不想看到谁出事，也不想看到她俩吵架。于是，向朱佩玉撒了个谎。

“我现在要马上见到她。”朱佩玉说完，气势汹汹地往医院里闯，没有人敢拦她，也没有人拦得住她。所以，朱佩玉很快找到了正在给伤员换药的李思瑶。

“李思瑶，放下你手中的工作，我要找你单独谈谈。”朱佩玉一字一句地说完就往门口走去，同时又自言自语道，“册那，难道老娘连一个医生都斗不过吗？”

李思瑶没想到朱佩玉会找上门来，又看了看尾随朱佩玉进来的钮佳悦一眼。钮佳悦急忙做出一副无辜的表情，李思瑶便知道事情不是想象中那么简单，稍微思考一下，便随朱佩玉走了出去。

“还是到我的宿舍说话方便些。”李思瑶不想让更多的人知道朱佩玉来这里，也不想走出医院去谈话。

“走就走。”朱佩玉站住愣了一会儿，便随李思瑶走到她与钮佳悦的宿舍里。这是一间简易得不能再简易的房子，除了两张单人床外，还有一个热水瓶。

“你们就住在这里？”朱佩玉没想到李思瑶和钮佳悦的宿舍简单得无法形容。在以往，朱佩玉以为“军统”为她准备的地方叫简陋，虽然是半山腰的一个山洞，但至少里面家具等设施齐全，如果不看外面，只看洞里的设施，谁都不相信那是一个山洞。

“你来找我有什么事？”李思瑶倒了一杯水给朱佩玉，说道，“我只是一名外科医生。如果有亲戚需要做手术，只要你说一声，我会关照的。”

朱佩玉在决定来会会李思瑶时，的确查了李思瑶的底细，但得到的情报与李思瑶刚才说的没有什么两样，她就是一名外科医生。如今国难当头，只要是一个中国人，都会为国家尽自己的一份绵薄之力。朱佩玉进入“军统”也是为国家出力，李思瑶作为一名医生，在战火纷飞时选择来到重庆没有错。毕竟现在的重庆在日本鬼子的飞机轰炸下，伤员无数，李思瑶到医院里工作，也是在为国家出力。可是，越是查不到李思瑶的底细，朱佩玉越认为李思瑶有问题。要不她真的是一名外科医生；要不她就是共产党那边的特工，在重庆潜伏下来完成一项秘密任务；要不就是日本特高课派来的特工。但朱佩玉现有的证据只能证明李思瑶是一名外科医生。今天来找李思瑶是想从她嘴里套话。刚才一开口，朱佩玉就知道自己错了。李思瑶是一个很聪明的人，她的沉着冷静、遇事不慌，这是特工应有的素质。单从这一点看，李思瑶已经具备了一个特工的素质；从做事风格来看，她极有可能是共产党派来的特工。难道她与自己一样是为了寻找密码高手红灯笼？那一定要试试她，于是说：“李思瑶，你少给我来这一套。你别以为我不知道你的底细。既然我知道你在这里当医生，就一定找人查清了你的底细，你是干什么的，大家心照不宣罢了。”

“朱佩玉，你别以为你们‘军统’可以一手遮天，我只是一名外科医生，你来这里要做什么我不想知道，但我只想知道我们在上海被日本人抓住时，你在哪里？”李思瑶一直对在上海被日本特高课抓进四号牢房里的事耿耿于怀。虽然那时到处都是日本人，但不可能那么巧被抓，而且还有沈妍冰和钮佳悦。

“咱们打开天窗说亮话吧。”朱佩玉不想与李思瑶绕圈子，再一次套李思瑶的话，“我知道你是共产党派来的，为了寻找红灯笼这个密码专家。”

听到朱佩玉的话，李思瑶心里一惊，没想到自己这么秘密的任务居然被朱佩玉知道了。她马上否定了朱佩玉的话，说：“什么共产党不共产党的？我只是一名外科医生。我只知道尽我全力救治我的伤员，让他们早一天好起来。再说什么红灯笼绿灯笼的，我只知道在校场口挂有红灯笼，是用来预警的。”

当初，李思瑶被派往上海时，朱佩玉的突然出现，就让她觉得朱佩玉不是一个简单的人，没想到她也是冲着红灯笼这个密码专家来的。现在，朱佩玉说明了来意，至少知道“军统”寻找红灯笼的人是谁了。这样也好，就看谁先找到红灯笼了。

“你是不是共产党员，我不在乎。我在乎的是，离我家钮卫国远一点，我不想他与你有什么瓜葛。”朱佩玉突然话锋一转，“李思瑶，还有，你最好别做对不起钮卫国的事，不然，我对你不客气。”

自从朱佩玉看到钮卫国拿着李思瑶的那块手帕时，先是醋意十足，但转念一想，就算钮卫国是个花花公子，在这么短的时间里也不可能与李思瑶有着不三不四的关系。如果她还不了解钮卫国，但她一定了解李思瑶，她不是一个随便的人。所以，她认为钮卫国与李思瑶这种不同寻常的关系，也许因为他们是同一个组织的。因此，她才去调查李思瑶的底细，可查来查去，除了查到李思瑶的哥哥李思源也是“军统”的人，李思瑶是一名外科医生外，什么都没有查到。越是这样，越令朱佩玉怀疑她。今天来找李思瑶就想看看她的态度，果然，李思瑶比她想象中还要聪明，她是共产党特工的嫌疑越来越大。可自己又拿不出证据，只能让李思瑶离钮卫国远一点，她不能让钮卫国也背上共产党员的罪名。她太爱钮卫国了，她不能失去钮卫国。

“你放心，我见你家钮卫国，是答应过钮佳悦帮她寻找哥哥。如今找到了，我们也就没有什么瓜葛了。”李思瑶借机把她与钮卫国的关系推在了钮佳悦身上。

“这样最好。如果让我发现你与他还有其他关系，休怪我不客气。”朱佩玉说完，转身离开了李思瑶的宿舍。

朱佩玉已经开始怀疑钮卫国了。看着朱佩玉的背影，李思瑶觉得事情严重起来，得想办法改变与钮卫国的接头方式。

# CHAPTER 07

# 第七章　别开生面的大约会

花野真衣每每走到仁爱堂医院大门前，观察一会儿又只能掉头回去。花野真衣真舍不得，明知李思瑶和钮佳悦在里面，就是不敢进去，特别是看到钮佳悦倚在门口时，她心里那个激动无以言表。

今天，花野真衣再一次来到医院大门外，决定去与钮佳悦说说话，却看到朱佩玉抢先一步来了。

“嫂子。”钮佳悦轻轻地叫了一声。

“佳悦，你辛苦了。嫂子今天给你送点吃的来。”朱佩玉拿出一个用纸包着的东西递给了钮佳悦，又说，“如果你觉得累，就来找我，也可以去找你哥。嫂子特忙，今天顺路来看你，马上要走了。你要好好保重身体。”

朱佩玉与钮佳悦又拉了一些家常，便走了。

花野真衣这才明白，朱佩玉是钮佳悦的嫂子，就说明朱佩玉与钮卫国是夫妻。这下，花野真衣心里更加激动了，她终于把钮卫国、朱佩玉、钮佳悦三人的关系弄清楚了。这三个人当中，钮佳悦就是一个核心人物，只要抓住了她，无论是钮卫国，还是朱佩玉都会着急万分。

花野真衣为这个主意暗暗叫好。她判断像钮佳悦这样的小女孩，成天待在医院里一定会待腻的，一旦待腻了的钮佳悦绝对会往城里跑。因此，花野真衣决定隐藏在仁爱堂医院大门外的某个角落里，等待钮佳悦出来。

医院的伤员好了，走了，又来了新伤员。李思瑶好像每天都有做不完的手术，钮佳悦也有护理不完的伤员，有的伤员刚出院不久，又被人抬进来。每每看到这些，钮佳悦就有一种说不出的痛苦。如果不是父母在飞机轰炸中丧身，钮佳悦是无法理解他们的痛苦的。现在，这些伤员就摆在她的眼前，她对日本鬼子的憎恨又增添了许多。

在医院里待的时间长了，钮佳悦有些麻木了，每天机械地护理伤员。以前挂在脸上的悲伤和对日本鬼子的憎恨，现在转移到心里。时间在变，但唯一没有变的是她时刻想着为父母报仇。以前，钮佳悦一直想找到哥哥，与哥哥一起为父母报仇。如今，哥哥是找到了，他像变了一个人似的，出来见个面都要躲躲闪闪的，与李思瑶还称什么同志。总之，哥哥钮卫国不像以前那么有主意，做什么事好像都畏畏缩缩的。钮卫国以前那个男子汉大丈夫的形象一点都没有了，这不得不让钮佳悦对钮卫国的能力有所怀疑。要为父母报仇，只能靠自己了。可自己身处重庆，即使有日本鬼子出现，都在天上，开着飞机扔下炸弹又飞走了。如果自己有一对翅膀就好了，只要日本鬼子的飞机敢来，自己就敢飞上天与他们来一个生死搏击。但是，钮佳悦知道这个愿望永远都无法实现，要为父母报仇，还得另想办法。

“佳悦，这些日子你也辛苦了，你回宿舍去休息吧，这些事让姐姐来做。”李思瑶知道护理伤员不是一件轻松的事。钮佳悦的年龄不大，每天重复这样的工作，虽嘴上不说累，但李思瑶看在眼里。这天，李思瑶趁手术不多，要替钮佳悦护理伤员。

“姐，还是我来吧，你做手术也挺累的。”钮佳悦知道李思瑶心疼她，也知道李思瑶每天要做很多手术，比她累多了。

“佳悦，你年龄小，姐比你大，做这些手术是小意思。”李思瑶把钮佳悦拉到一边，又说，“还不知道明天又有多少伤员进来，你得养好身体，明天还要继续工作。听姐的话，快去休息。”

“嗯。姐，那我去休息了。”钮佳悦的确想休息了。医院里的护工不多，每个护工都在超负荷地工作，根本没有请假休息的机会。现在李思瑶替她护理，这是一个难得的休息机会。

回到宿舍，钮佳悦躺在床上想睡一会儿，可怎么也睡不着，脑子里一会儿闪现出医院里伤员痛苦的样子，一会儿又闪现出父母在被炸倒塌的房子里挣扎的样子。想着想着，钮佳悦泪流满面。要为父母报仇，还得去找哥哥商量，或者去找嫂子朱佩玉。想着，钮佳悦从床上翻身起来，急急奔向城里。

钮佳悦一出医院，花野真衣从隐藏的地方现身，尾随她而去，而钮佳悦却浑然不知。

经过长期的轰炸，重庆的大街小巷几乎成了一片片废墟，除了重建家园的人们，街上很少有闲人。钮佳悦走到一片废墟面前，“沈妍冰”突然出现在她的面前，喊道：“钮佳悦，你还认得我吗？”

“你……你不是沈妍冰沈家大小姐吗？”钮佳悦被突然出现的“沈妍冰”吓了一大跳。在湖州乘船去上海时，她就觉得这个富家小姐与别的富家小姐不一样，情愿与她的丫鬟陈依然亲近，也不愿意跟眼前的这个女人在一起。特别是在大桥监狱四号牢房里的大半年时间里，她处处都在表现自己。有时候，钮佳悦也同情她。在四号牢房里时，她常常被拖出去严刑拷打，但她从没有招供。她的这种精神令钮佳悦很是钦佩，特别是最后她带领众囚犯越狱，曾让很多人感激她，但成功逃出来的只有几个人。有时候，钮佳悦怀疑是不是这个“沈妍冰”在想方设法骗她。

“钮佳悦，看到我吃惊吗？”“沈妍冰”指了指钮佳悦的鼻子，又说，“当时我们从监狱里逃出来了，说好在十六铺客运码头碰头，结果我等了你们一天，也不见你们的踪影，以为你们又被抓了回去。最后才不得不离开，没想到在这里碰到你，真是太高兴了。”

“你高兴，并不代表我高兴。”钮佳悦被“沈妍冰”突然拦住了去路，又被吓了一大跳，正在气头上，没好气地说，“你让开，我还有正事要办。”

“你父母都是被日本人的飞机投下的炸弹炸死的。我知道你恨日本人，想为你父母报仇，但你没有如愿。”“沈妍冰”诱骗钮佳悦说，

“如果你跟着我,我肯定满足你这个愿望。”

“真的?”钮佳悦一直想着为父母报仇,哥哥不能满足她这个愿望,李思瑶不能满足她这个愿望,朱佩玉也不能满足她这个愿望。正在为这事发愁,居然有人愿意为她满足这个愿望。钮佳悦不由抛弃对“沈妍冰”的成见,又有些好奇,不由问道,“你怎么能替我父母报仇?你有什么理由为我父母报仇?”

“你还是一个孩子,很多事都不知道。”“沈妍冰”说,“我当然有办法替你父母报仇,要不然,四号牢房那样牢不可破,我们还不是照样逃出来了?你要相信我的能力。”

提到大桥监狱的四号牢房,钮佳悦细细一想,关了那么多的人,都没有人敢越狱,而眼前这个女子却做到了。她不但带她们跑出监狱,还打死了很多日本鬼子,也算是替自己出了一口气。钮佳悦想,眼前这个女人还真不是一般人,至少比李思瑶和嫂子朱佩玉能干。李思瑶和朱佩玉只知道成天说大话,从没有见过她们有什么行动,要替父母报仇看来还只能依靠眼前这个女子了。

“这话可是你说的。只要你能为我父母报仇,让我做什么事都可以。”钮佳悦认定了“沈妍冰”能为她的父母报仇,也只有她才能挑起这个重担。

“你也要说话算数。”“沈妍冰”见钮佳悦上钩了,不由暗喜,只要把钮佳悦骗到她的落脚点,再找朱佩玉或者钮卫国谈条件,还愁找不到那个密码专家红灯笼?

“你也说话算数。”钮佳悦怕“沈妍冰”反悔,伸出右手来,说,“我们拉钩,说话不算数的人是小狗。”

“好。说话不算数的人是小狗。”“沈妍冰”见钮佳悦当了真,心里更加激动,急忙伸出右手要与钮佳悦拉钩,却被前来的李思瑶打断了。

“钮佳悦,你在干什么?”李思瑶替钮佳悦护理完病人时,猛想起今天刚领的药还放在宿舍里,急忙回到宿舍,却没见到钮佳悦,又急忙跑到医院里见人就问,得知钮佳悦一个人出去了。李思瑶有些不放心,把医院的事交给了同事,急忙往城里跑去,远远地看到钮佳悦正与“沈妍冰”说话,便隐藏在暗处,听听她们说些什么。

“李思瑶,果真是你。你就是一个失约的小人,说好在十六铺客运码头碰头,你却先走了。”“沈妍冰”见李思瑶坏了她的好事,便用十六铺客运码头的事来嘲讽李思瑶。

“不好意思。我们去了十六铺客运码头,没有看到你,所以,我们就走了。”李思瑶见“沈妍冰”一直缠住钮佳悦,这个人的身份一直是一个谜,她把钮佳悦叫去,肯定不会有什么好事。她凭什么帮钮佳悦报父母之仇?显然是在利用钮佳悦的年少无知,诱骗她上当。况且,朱佩玉已经承认她是“军统”的人,那么“沈妍冰”有可能是日本间谍,只是自己还没有找到足够的证据来证明。

“你在撒谎。我在十六铺客运码头等了一天,都没有等到你们。”“沈妍冰”还想说,却被李思瑶打断了话。

“我找佳悦有急事,得马上走。”李思瑶不想与“沈妍冰”纠缠下去,得马上把钮佳悦带走。

“你就那么想走,也不念我们在四号牢房里的旧情?”“沈妍冰”还想挽留李思瑶。可李思瑶并不买她的账,拉起钮佳悦便走。

“姐,她是个好人,已经答应帮我报父母的仇。”钮佳悦好不容易才有这么一个机会,岂能放过?

“你一个小孩子报什么仇?她是什么人,你都不知道,她又凭什么帮你报仇?你以为报仇是过家家吗?”李思瑶想给钮佳悦一些教训,不由把话说重了。

“李思瑶,你果然不是一个普通的医生。朱佩玉是‘军统’的人,那你肯定是共产党的特工了。我们还会相见的。”直到李思瑶与钮佳悦走远了,“沈妍冰”才自言自语地说。本来钮佳悦已经被她骗到手了,却被李思瑶拉走了,她心里很不是滋味,狠狠地朝地上吐了一口唾沫,然后消失在那片废墟中。

自从到仁爱堂医院里工作,李思瑶几乎把全部精力都投入工作中,一次也没去哥哥李思源那里。太久没见到李思源,李思瑶怪想念他的。好像兄妹俩心有灵犀一样,李思瑶正想着李思源,李思源就来了。自从李思瑶与钮佳悦搬到医院住后,李思源也很少来医院,他每天都要忙本职工作,还忙着管理预警的人。今天,李思源好不容易才抽出时间来医院看望李思瑶。李思源一到医院，李思瑶刚刚做完手术。李思瑶很久没见到李思源，挺想念他的，便问道："哥，你今天怎么有空来医院？"

"当了医生，就不认我这个哥哥了，是不是？"李思源有些责怪李思瑶，"到医院这么长时间也不回来看看我，让我每天都担心你。日本鬼子的飞机飞来飞去的，没完没了地投炸弹，让我时时刻刻都为你的安全担心。日本鬼子真他娘的不是个东西。如果我们也有很多飞机，他们还敢这么猖狂？"

"哥，我也一直很想念你，本来有空就去看望你，可每天都有很多人要做手术，我无分身之术，一直抽不出时间，让你担心了。"李思瑶说的是实话，她与地下党组织接头都要放在深夜。但李思源是自己的亲哥哥，自己又怎能不担心他的安全呢？于是说，"哥，你那里也不比我这里安全，你可要多注意。"

"妹妹啊，这世上我只有你一个亲人了，你千万不能出事。你是一个外科医生，也是一个好医生。可好医生也得照顾好自己，我不能没有你。"李思源看着消瘦了许多的李思瑶，不由心疼起来，又说，"实在忙不过来，你就少做些手术吧，毕竟医院不是你开的，你尽力就行了。唉，都怪狗日的日本鬼子，他们不待在自己的国家，跑到我们中国来干什么？"

李思瑶想起她见过的沈妍冰来，这个沈妍冰一直在找机会接近钮佳悦，不知她有什么目的。钮佳悦的任性也让李思瑶很是头痛。李思瑶很是害怕钮佳悦走上一条邪路。她这个年纪的小女孩，一旦引导不及时，就会偏离正路，越走越远。如今，钮佳悦居然与沈妍冰走到一块了。这个"沈妍冰"太可疑了。无论是在去上海的船上，还是在上海的大桥监狱四号牢房里，她虽然把自己隐藏得很深，作为特工的李思瑶还是看出了一些端倪。因为隐藏得越深，不露一点马脚的人，说明这个人的城府越深。一般普通人不可能有这样的城府，可见她与众不同。虽然李思瑶一直没有见过沈妍冰，但经过哥哥的介绍，她在自己心目中一直是好人，可自己见到的"沈妍冰"恰恰相反。难道是因为她出国留学几年回来，就变得如此厉害了？这个理由也太牵强了。所以，李思瑶曾让钮卫国帮着调查沈妍冰留学这段经历，得到的消息是沈妍冰的确在国外留学，但与她接头的人早已牺牲，因而查不出关于沈妍冰的更多资料。现在哥哥来了，可以让他一辨真伪。于是，李思瑶对李思源说："哥，这些年，你为什么没有给我找个嫂子？"

"一个人生活，又有什么不好？反正我也习惯了。倒是你，年纪不小了，也该找个婆家了。如果有中意的，跟哥哥说一声，哥哥找人去说媒。"李思源也一直为李思瑶的婚事担忧。这个妹妹从小就倔强。如今也二十好几了，早就该找个婆家了。都怪自己当兵后，只管让李思瑶去读书学医，耽误了她的终身大事。

"哥，这是哪跟哪啊。我是想问问你与沈家小姐的事。上次你没说，这次就我们兄妹两人，你跟我说说实话。"李思瑶到重庆后向李思源提到沈妍冰的事，李思源让李思瑶以后不要在他面前提沈家的事。李思瑶知道李思源在赌气，但她不能因为哥哥赌气，就把辨别沈妍冰的事忘记了。

"思瑶，你以后在我面前少提这个女人。我这一辈子都不想听到关于她的任何消息，更不想见到她。"李思源再次听到李思瑶提沈妍冰，脸色一下子就变了。

"哥，我知道你有难言之隐，但我相信你们迟早会见面的。如果真有那么一天，你怎么面对她？"李思瑶真想弄清楚现在这个沈妍冰为什么会变成这样，哥哥不想见她，是不是与她的变化有关？要搞清楚这一点，李思瑶必须让哥哥与沈妍冰见上一面，一是让他们化解以前的误会；二是让哥哥辨别这个沈妍冰的真实身份。

"我说了不见，就不会见她。"李思源叹了一口气，说，"思瑶，我刚才的话是不是有点重？你不要放在心里。你也知道哥哥的脾气，说定了的事九头牛也拉不回来。"

李思瑶知道李思源的脾气，但她不能任由哥哥耍脾气，决定想一个两全其美的办法，让哥哥与沈妍冰见面，以便了解他们之间到底发生了什么误会。另外，她也要尽快弄清楚沈妍冰的身份。事情不会有那么巧的，她前年去上海，偏偏就碰上了沈妍冰，就连在四号牢房里，都甩不掉她。来到重庆后，以为再也不能相见了，结果她又来了，还偏偏缠上了钮佳悦。

“思瑶，别发呆了。听说，过几天上面的人要来，叫人准备舞会。本来我是这个舞会的安保人员，可由于外围预警工作，我就不去了。”李思源说完站起来就要走，又说，“最近我比较忙，没时间来看你，你要好好保重自己，别让我担心。”

“那你赶紧回去吧。”李思瑶也不想再挽留李思源，她要马上去检查伤员的伤情。

送走李思源后，李思瑶对李思源提到的舞会念念不忘。对了，可以约沈妍冰跳舞，然后把哥哥也约过去。说不定可以化解哥哥与沈妍冰之间的误会，还可以判断沈妍冰的身份了。想到此，李思瑶不由得笑了。

作为重庆历史上非常有影响力的交际舞舞厅——白宫舞厅，可谓人满为患。白宫舞厅位于罗庙街(今民族路)，于 1935 年开张。但白宫舞厅不是重庆最早的舞厅，最早的舞厅要追溯到 1928 年上海来的梅花歌舞团，在机房街(今五一路)悦和茶园对外公演。当然，抗战后期，随着达官贵人的需求和大量美军来到山城，一个显著的变化就是舞厅的兴起。除白宫以外，开得较早的是圆圆舞厅，位于打铜街。最气派的是小什字皇后舞厅。青年路国际俱乐部场地最大，可容千人共舞。

李思瑶通过关系，买到了白宫舞厅的几张票，决定让李思源去一趟。要把李思源请到舞厅，显然要费一番周折，李思源最终熬不过李思瑶的软磨硬泡，答应随她去舞厅放松一次，还说下不为例。这事要是被上级知道了，要挨处分。

接下来，李思瑶要去请“沈妍冰”，这下有点为难了。想来想去，这件事只有钮佳悦能做到。如果让钮佳悦去办这件事，自己又担心她的安全。万一钮佳悦出了事，自己如何向钮卫国交代？再说整件事都与钮佳悦无关，自己这样做就等于把她拉进了这个是非圈里。可这件事又非交给钮佳悦去办不可。最后，李思瑶一咬牙，决定把这件事交给钮佳悦去办，只是要绝对保证她的安全。当晚深夜，李思瑶悄悄地出了医院，去了与钮卫国约定的地点，把这个消息告诉了钮卫国，听听他的意见。没想到，钮卫国当场答应让钮佳悦去办，并说钮佳悦已经不是个小女孩了，她应当为这个破碎的国家出一分力量。同时，钮卫国答应与地下党取得联系，多派些人手来保证钮佳悦的安全。

李思瑶回到医院时，刚进宿舍，屋里的灯突然亮了。钮佳悦站在床边，显然她也没有睡下，看着李思瑶，然后问道：“姐，你是不是又与我哥约会去了？”

“佳悦，又说胡话。我与你哥哥是办正事，怎么会是约会呢？”李思瑶被钮佳悦的问话吓了一跳。

钮佳悦根本没有睡，她发现李思瑶一个人悄悄地出了医院，本来想跟着去，可上次跟着去，见到她与哥哥谈的话都非常重要，不想去打扰他们的谈话：他们是在为国家做事。虽然她不懂什么是国家大事，但她通过这些天的思考，觉得哥哥和李思瑶所做的事应该是好事，不会是坏事。

“姐出去办了一点事，只是这事不好办，才出去找人商量。”李思瑶在回来的路上就想好了，让钮佳悦去找沈妍冰，她肯定不会去。只有想办法让她自愿去，才能让沈妍冰相信钮佳悦的话是真的。

“什么事？说不定我可以帮上忙呢。”钮佳悦很想在李思瑶面前办成一件大事。

“是这样的。那个沈家大小姐沈妍冰，其实是我哥哥的未婚妻。本来早就该结婚了的，就在婚前他俩闹了矛盾，以至于到现在都没和好。我这个当妹妹的替他们着急，可我又没有办法。”李思瑶又说，“前几天，我哥哥来这里，我向他提起了沈小姐，我哥哥虽然还在气头上，可很想与沈小姐和好。但他是一个男人，又怕失面子，让我去找沈小姐，可沈小姐一直不买我的面子，以至于我们前年去上海和在四号牢房时，她从来都没有提到我哥哥。她在生我哥哥的气啊。”

“原来是这样。这事交给我去办，肯定能完成。”钮佳悦原以为是什么大事，但她听到沈妍冰是李思源的未婚妻时，还是吃了一惊。但钮佳悦一想，也觉得奇怪了，沈妍冰与李思源闹了矛盾，连婚都不结了，他们之间的误会可不一般，也难怪李思瑶对沈妍冰的态度了。这不能怪李思瑶，她夹在沈妍冰和李思源之间不好说话。钮佳悦深有体会，她就夹在哥哥钮卫国与朱佩玉之间，说谁都不成。

“你真的能办好?”李思瑶做出一副很吃惊的样子问。但李思瑶在内心又极其痛苦,这事把钮佳悦牵扯进来了。

“肯定能办好。姐,你就放心。要怎么约沈小姐,你跟我说说。”钮佳悦也很想见“沈妍冰”,因为“沈妍冰”答应过钮佳悦,替她父母报仇。

“佳悦,辛苦你了。姐这就告诉你该怎么做。”李思瑶说完,把自己的计划告诉给了钮佳悦,又叮嘱钮佳悦,“佳悦,这事关系着我哥哥一生的幸福,你千万不能对任何人说。这事说出去了,他们之间的误会就更加大了。到时候我们不但没帮上忙,反而使他们之间的误会更深了。”

“姐,你就放心。这点小事,你不用说得这么仔细,我知道该怎么做。”钮佳悦有十足的把握,她知道该怎么去做。

静下来后,朱佩玉的脑海里一直闪现着钮卫国手里拿着李思瑶手帕的事。虽然朱佩玉去见过李思瑶,但越想越不对劲。这两人的关系绝非认识那么简单,自己有可能被李思瑶和钮卫国给骗了。如果李思瑶是共产党员,那么钮卫国也很有可能被她赤化了。如果连自己最亲爱的人也变成了共产党员,她这个“军统”的得力干将竟然不知,那上司怪罪下来,自己又该如何是好?要把事情弄清楚,还得去找李思瑶。

朱佩玉再次匆匆赶到仁爱堂医院,被告之李思瑶出去办事了。细问,才从一个护士那里得知,李思瑶去白宫舞厅参加一个什么大型舞会了。又细问,这个护士说她在无意中听到李思瑶和钮佳悦的对话。

她们去白宫舞厅参加什么舞会?这个时候了,李思瑶还有心思参加舞会?凭直觉,李思瑶在这个时候去舞厅肯定是为了接头。与谁接头?难道是与钮卫国?朱佩玉不敢再想下去,丢下那个护士赶往白宫舞厅。

仁爱堂医院离白宫舞厅的路程并不远,朱佩玉却觉得远如重庆到上海的距离,每走一步,她的心都跳个不停。晚去一步,钮卫国就多了一份危险。但朱佩玉每走一步,脚上就像灌了很多铅似的,步子是那么地沉重，不由在心里呼喊道："卫国，我来了，你千万不要做傻事。"

从仁爱堂医院到白宫舞厅，朱佩玉好像走了一个世纪似的。刚走到舞厅门前，就看到李思瑶与一个男人跨进舞厅的大门。

"那个男人肯定是钮卫国。"朱佩玉不容多想，一个箭步跑进了舞厅，只看到李思瑶，那个男人却不见了。

"李思瑶，终于被我抓了个正着。"朱佩玉抓住李思瑶的手问道，"快说，你把钮卫国藏到什么地方去了？"

"什么钮卫国不钮卫国的？"李思瑶被朱佩玉吓了一大跳。她没想到朱佩玉在此时出现，这令她感到不安。她的计划里没有朱佩玉。

"刚刚进门之前，我看到你与钮卫国了。快说，你把钮卫国藏到什么地方了？"朱佩玉还是不依不饶地问道。

"你把我当成什么人了？"李思瑶知道朱佩玉是一个难缠的主，"沈妍冰"马上就要到了，如果看到朱佩玉在这里，她该怎么想？现在自己得马上冷静下来，把朱佩玉打发走，"我真没看到钮卫国。刚才与我一起进来的人也不是钮卫国，是我哥哥李思源，他去卫生间了，等会儿他出来，你一看就知道。"

"你少用这套来骗我，我朱佩玉不是被骗大的。"朱佩玉几乎气昏了头，一想到钮卫国真的与李思瑶约会，而且还是这样的高级舞厅里，不知道他们背后还有多少事瞒着她。朱佩玉怒火难压，又说道，"李思瑶，你是中共地下党员，在我的地盘上还公然抢我的男人，只要我一声令下，马上就可以把你抓起来。你要知道，重庆不是你想来就来的地方。"

李思瑶共产党员的身份一直很隐蔽的，朱佩玉一直怀疑她，这是一个很危险的信号！当她看到李思源从卫生间出来，便指着他对朱佩玉说："你……你看，他不是我哥哥吗？"

李思源走过来，见朱佩玉与李思瑶争得面红耳赤。他不想关心两人争什么吵什么，但他认得朱佩玉，也知道朱佩玉是"军统"的人。妹妹费了那么大的劲说服自己来舞厅，难道是为了见朱佩玉？于是，李思源走了过来："朱小姐，我妹妹得罪了你吗？"

朱佩玉看到出现的人真是李思源，加上刚才只顾追人，也没看清与李思瑶在一起的人是李思源还是钮卫国。她知道李思源在“军统”里也有一定的地位，虽然两人各不相干，但也不能得罪他，只得顺水推舟，说道：“原来是李大哥啊。李大哥真是好雅兴，到这个地方来跳舞也可以放松一下心情。”

“思瑶，如果没有别的事，那我先走了。”李思源替李思瑶解了围，但觉得妹妹带他来这里，肯定有其他目的。朱佩玉不请自到，说明“军统”还会有其他人掺和进来，自己在这里不方便，还可能被误会，决定离开舞厅。

“哥，要不你再等等？”李思瑶费了多大的力才把“沈妍冰”约来。朱佩玉来了，哥哥就要走，她心里那个急啊。李思瑶知道“军统”之间也各怀鬼胎，但“沈妍冰”马上就要来了，她得让李思源辨别这个人，千万不能让他就这样走了。

“李大哥，我好像听说今天的安保工作没有你的事。如果你是来跳舞的，我可以陪你跳一曲，如果不想跳舞，那我只能与你妹妹跳了。”朱佩玉不想李思源坏了她与李思瑶的事，说完，随即拉起李思瑶就在舞厅里旋转起来。

“朱佩玉，你不要太过分。他是我哥哥，我与自己的哥哥在舞厅里跳舞，是件非常正常的事。”李思瑶在旋转中仍在想办法如何让朱佩玉离开。

“你甭想骗我。”朱佩玉觉得李思瑶来舞厅绝不会是跳舞这么简单，肯定是与人接头，拉李思源来跳舞只不过是个幌子，掩人耳目。今天一定要把李思瑶牢牢拖住，就会真相大白。

“这个朱佩玉好像看清了自己在这里的行动。”李思瑶知道此时不能着急，越着急越办不好事。但不着急也不行，在她与朱佩玉跳舞时，李思源已经不见了，而“沈妍冰”与陈依然被钮佳悦带进了舞厅。李思瑶想摆脱朱佩玉，却被她牢牢抓住，在舞厅里旋转。

几曲终了，李思瑶才摆脱朱佩玉，说：“我们去喝杯酒吧。”

“你不是想喝酒，是想看看那个沈家大小姐吧？”作为“军统”的高级特工，朱佩玉早就看到了“沈妍冰”与陈依然和钮佳悦进了舞厅，而且从李思瑶着急的表情看出，“沈妍冰”肯定是李思瑶约来的。只是李思瑶把“沈妍冰”约到这里来干什么？要弄清楚这件事，就得一直跟着李思瑶。

“你的眼睛很毒嘛。”李思瑶此时也不想再瞒朱佩玉，毕竟朱佩玉是“军统”的高级特工，她的辨别能力非同寻常。说不定，她就能看出“沈妍冰”的一些不寻常之处，没有哥哥在，有朱佩玉在也一样。

两人来到“沈妍冰”的座位边，一左一右地挨着她坐了下来。陈依然和钮佳悦站在两边。

“两位这么有雅兴，约我来这里谈话，有什么高见，请指教。”“沈妍冰”真没想到朱佩玉也在这里，有些意外，因为钮佳悦告诉她，是李思瑶约她来舞厅的。

“沈家大小姐，这舞厅怎么样？与上海的百乐门、爱多亚酒店的舞厅相比，哪个更好？”朱佩玉一直觉得眼前的这个女人不简单，开口便问了起来。

“朱小姐真爱说笑。”“沈妍冰”突然笑了起来，“大家都是性情中人，舞厅好不好都没有关系，关键是舞跳得好不好。”

“大小姐就是大小姐，想法都与众不同。”“沈妍冰”的话难住了朱佩玉，李思瑶急忙接下话，“以沈小姐的舞姿，可以在白宫里称霸了，何不露两手给我们看看。”

“没有这个必要了吧？与两位的舞姿比起来，我可是差得太远了，免得我丢人现眼。”“沈妍冰”明白来这里，不但上了当，还中了李思瑶与朱佩玉的圈套，不能再在这里待下去，站起来想走，却被朱佩玉按住了。

从湖州乘船去上海时的五个女人，再一次相聚却是在重庆的一家舞厅里。

“咱们还是找个僻静的位置坐下来，好好谈谈吧？”李思瑶见五个女人聚在了一起，有些事情该是了断的时候了。

在服务生的引导下，五人来到一个小包间里。这个包间豪华但不奢侈，一看就是贵族来这里谈生意的地方。李思瑶找了个对窗的位置坐下来，钮佳悦紧挨李思瑶左边坐下，朱佩玉挨着钮佳悦坐下，“沈妍冰”坐在窗口背向窗子，陈依然站在一边。

“陈小姐，你也坐下来吧。”李思瑶见陈依然没坐，心里对“沈妍冰”不满，便招呼陈依然坐下来。

陈依然朝“沈妍冰”看了看，“沈妍冰”轻微地点了点头，陈依然这才在李思瑶右边挨着坐下来。

“说吧，你今天找我来有什么事？”“沈妍冰”一时捉摸不透李思瑶约她来的目的，更没想到朱佩玉也在这里。一年多前，她们曾经乘坐一条船去上海，到上海便分开，没想到一年多后，她们竟然还会坐在一起。

“今天，大家又一个不少地坐在一起，喝喝茶，聊聊天。”李思瑶马上答了话。其实，李思瑶也不想有今天这个局面。朱佩玉是“军统”的人，这个已经证实。可眼前这个“沈妍冰”是什么身份？李思瑶通过组织多次查找这个女人的底细，得到的答案：她是江南沈家大小姐，国外留学归来。但李思瑶根本不相信这个沈妍冰只是留学归来这么简单。她肯定不是“军统”的人，也不是“中统”的人，那只有一种可能：她是日本特工，或者说她已经投敌叛变。那她来重庆的目的又是什么呢？还有，她与自己和钮佳悦在上海的大桥监狱四号牢房里待了大半年的时间，然后越狱，这事没有那么简单。

“大家喝茶？有什么好喝的？”朱佩玉一直想说话，现在终于忍不住了。李思瑶把这位沈家大小姐约来，不可能是喝茶这么简单。她明明是共产党员，却约了这位沈家大小姐，这么说来这位沈家大小姐也是共产党员了。可她曾多次调查，没有发现这位沈家大小姐与共产党有任何瓜葛。她也不是“军统”和“中统”的人，那么只有一种可能，她是日本特工，或者是冒充沈家大小姐的日本特工。

“大家既然对喝茶没有兴趣，何不跳一曲？”“沈妍冰”不想被李思瑶和朱佩玉怀疑她的身份，想借故跳舞去。在重庆的这些日子，“沈妍冰”基本已经查清了，或者说证实了：朱佩玉为“军统”的高级特工，李思瑶是共产党地下特工，钮佳悦只是一个普通人。“沈妍冰”一直接近钮佳悦，是为了接近钮卫国，可她已经查清钮卫国不单是“军统”的人，还是共产党打入“军统”内部的人。

陈依然与钮佳悦坐在那里一言不发。陈依然只希望这场谈话早点结束，一看到“沈妍冰”，她的眼前就呈现出刚回国在家乡下船的那一刻和一对老人惊恐万状的神色，她想哭，可在这里不能哭，她只能把泪水强忍回去，还要装作一副低三下四的样子。钮佳悦不明白李思瑶把“沈妍冰”约来，为什么嫂子也在这里，望着其他四个女人，不知道她们葫芦里卖的是什么药，但她知道此时什么话都不要说，什么事都不要做。

气氛一时尴尬万分。李思瑶知道没有哥哥在，“沈妍冰”的身份仍然是一个谜，但不能让她看穿自己的目的。因此，她说：“既然大家都没有好聊的，倒不如下次找一个安静的地方，我做东，请大家吃重庆正宗川菜？”

“你这个提议好，还是改在下次吧，我还有急事要办呢。”想急于脱身的“沈妍冰”也迫不及待地应下来。

“就聊了这么几句？是不是有点浪费我们的时间？”朱佩玉还想继续聊下去，把“沈妍冰”的身份弄清楚，虽然她知道这是徒劳，但她又不想放过这个机会。

“算了吧。今天突然见面，大家都非常尴尬，还不如下次约好时间，让大家都有个心理准备。”李思瑶得把这个消息向上级汇报，让他们再查查“沈妍冰”的背景，她不单单是一个留学归来的富家小姐，肯定还有其他身份。

大家都不想聊了，朱佩玉也没办法留下她们，只能随大家散去。这一场别开生面的约会就这样短暂而又静悄悄地结束了。

李思源不知道自己被妹妹李思瑶请到白宫舞厅，根本就是一场骗局。如果不是朱佩玉说出的那句话，他也许同样不知道妹妹与钮卫国竟然还有着千丝万缕的关系。李思源曾多次警告过李思瑶，不要接近钮卫国。他早就知道钮卫国有共产党员的嫌疑，只不过“军统”内部没有直接证据而已，加上朱佩玉立下了很多功劳，她的上司谷海山才网开一面，不追究钮卫国的一切。不然，钮卫国能在“军统”里待到现在？

妹妹是自己唯一的亲人，绝不能让她与钮卫国走到一起。如果妹妹被指认为共产党员，以自己现在的人脉，或者说背景，根本没有能力救出妹妹。劝不了妹妹，就从根源上截断她的念头。因此，李思源决定找钮卫国好好谈一谈，让他远离妹妹。

李思源把钮卫国约出来也不是一件容易的事。尽管不容易，但凭借李思源的执着，在第三次的相约下，钮卫国终于答应了。

在巴蜀茶馆里，待钮卫国一坐下，李思源就直奔主题，说："钮卫国，咱们都是男人，我也不拐弯抹角，说话直接点，请你以后不要与我妹妹李思瑶走得太近。"

"李思源，你这话是什么意思？我与李思瑶只是普通朋友，请你不要多想。"钮卫国一直不想与李思源发生冲突，几次约他，已经知道了李思源约他的大概目的，他想能躲就躲，实在躲不开，就硬着头皮上。李思瑶是一个很好的地下共产党员，还是一个十分出色的特工。

"你们是朋友？笑话。你还以为我妹妹看上了你？你也不想想。我李家的人，怎么会与你这样的人搭上关系？再说，你是有老婆的人。"李思源知道钮卫国在装聋作哑。"军统"内部的人怀疑他是共产党员，从今天与他接触来看，钮卫国可不是一般的人，如果他真是共产党员，那么他就是埋在"军统"内部的定时炸弹。但李思源不想参与"军统"内部的事，做好自己的本职工作才是最重要的。

"李连长，我们都是在为党国做事，只是分工不同而已。虽然我们都是为党国做事，但党国没有规定我们不能交朋友吧？俗话说，多个朋友多条路。万一哪天我不小心被小日本从飞机扔下的炸弹炸伤了，说不定给我做手术的医生就是你妹妹。"钮卫国不想让李思源看透他心里所想的，一直想把话题岔开，又不想得罪了李思源。与国民党的任何一个人打交道，都要处处小心。一不小心就会被对方抓住话柄，后果不堪设想。

"钮卫国，别给我说东说西的。你心里怎么想的，我还不知道吗？你可以走你的阳关道，但千万不要把我妹妹拉上了独木桥。"李思源对于钮卫国的话很是不满，但他也明白，他不能轻易地得罪钮卫国。虽然"军统"在怀疑钮卫国是共产党员，但没有实质性证据，也不能把他怎样，再说朱佩玉在"军统"的地位不一般，得罪了钮卫国，也就等于得罪了朱佩玉，自己到时候也没有好果子吃。但李思瑶又是他唯一的亲人，他不能眼睁睁地看着妹妹与钮卫国在同一条路上走到黑。

"我会考虑你的话。"钮卫国已经听出了李思源话里的意思。他现在最主要的是一定要在"军统"内部站稳脚跟，千万不能出岔子，可以与李思瑶暂时中断联系，或者通过其他渠道联系。从李思源话里可以听出，他也不愿意与自己为敌，但谁又能保证，不会把他惹急了？

“钮卫国，你说话可要算数。我们今天见面，就当什么事都没有发生过。你没见过我，我也没有见过你。”在李思源心里，只要钮卫国不与妹妹李思瑶联系，其他的事在他眼里没有比他接到危险的通知后，通知重庆的老百姓撤离更重要了。妹妹是他的手足，况且他已经答应过父母要好好照顾妹妹，不能让妹妹受到一点点伤害。

“李连长，我当然说话算数。正如你说的，我们今天见面分手后，就当谁也没见过谁。”钮卫国除了要保证自己在“军统”内部站稳脚跟外，还要保证李思瑶的生命安全。这是上级交给他的一个重要任务，哪怕是牺牲自己，也要保证李思瑶的安全。

出了茶馆，李思源长长地出了一口气，但他又觉得有点不妥，可回茶馆发现钮卫国已经不见了人影。

# CHAPTER 08

# 第八章　防空洞里的一首歌

每次空袭之后，重庆人民都会重建家园，所有的碎石瓦砾很快被清理干净，人们也慢慢地恢复了正常的生活。那忙碌的景象让花野真衣感到震惊，也感到愤怒。重庆这个经历了狂轰滥炸的陪都，可怕的空袭从来没有停息过。每一次空袭之后，人们就会从在岩石上凿出来的防空洞里走出来，立即开始清理被炸的现场，修补那些受损较轻的房屋，重建那些已被完全炸毁的房屋。

花野真衣不得不叹息：重庆真是一座炸不垮的城市，中国人民的意志是毁灭不了的。要毁灭这座城市，只有不停地轰炸。只要天气稍微好起来，花野真衣便不停地向特高课发去重庆的天气预报，接着日本飞机便悄然而至，扔下许多炸弹后又大摇大摆地飞走了。花野真衣很是享受飞机扔下炸弹的那一刻，她会闭上眼睛听着炸弹爆炸的声音，觉得那是一首首唱响的音符。但每一次大轰炸后又令她非常失望，因为在每一次轰炸后，人们从防空洞里出来重建家园，在街上可以听见叮当响个不停的敲榔头声和嗡嗡的拉锯声，花野真衣既嫉妒又憎恨。她不得不佩服中国人的意志。早在日本飞机到达重庆之前，防空警报就响个不停，各个传递消息的地方便会挂起三盏红灯笼，整座城市的人们便迅速地转移到防空洞中。虽然这座城市有三分之二的建筑被炸毁，但重庆人民从爆炸中吸取了教训，总结了经验，便在那些比较重要的建筑楼顶上铺设了炸弹引爆装置。这些炸弹引爆装置就是把竹排层层叠叠地堆起来，每一层之间都留出一定的空间，其原理就是，当一颗高爆炸弹击中高楼顶部时，它在接触到楼顶本身之前就会爆炸；而且由于毛竹的弹性，炸弹无法穿透楼顶，无法钻到大楼的内部去爆炸。这样的炸弹引爆装置，成功地挽救了不少重庆老百姓的生命。

每当花野真衣看到这些景象，不由得在心里嘀咕起来："这是他们对我们大日本帝国的侮辱。只有把这些支那人全部杀死，才能占领中国。"

花野真衣有时候也在想，她的大日本帝国这样赤裸裸地侵略中国是否正确，但她心里明白，他们要想战胜中国那是万万不可能的。因为花野真衣明白中国人除了有坚强的意志以外，更多的是团结，还有他们的聪明才智。

"中国是一个不可能战胜的国家。"花野真衣站在窗口，望着大街上正在重建家园的人民，不由得再次感叹起来，心里又不由得焦急起来，便喊陈依然，"陈依然，给我端杯茶来。"

陈依然应声进来，放下茶杯后，也看着窗外的景象，却面无表情。

花野真衣问："你说说，你们中国人为什么不怕死，还能想出那么多的鬼主意来抵挡我们大日本帝国的轰炸？"

"你不是中国人，你不了解中国人的强大意志。"陈依然今天一反常态，说话的声音也不对，"最重要的一点，他们相信会把你们这些日本鬼子赶出中国。"

"陈依然，你不要忘记你的父母还在我们大日本帝国手里。"花野真衣冷冷地说，"他们吃的是我们大日本帝国大米，你给我老实点，要不然，我们一不高兴，哼哼。"

"你们……"陈依然还想再说点什么，却只能把后面的话憋了回去。她还清楚地记得她刚回到家乡小镇时的那一幕，在花野真衣的那声枪响后，两位老人脸上现出惊愕的表情，她知道自己的命运已经被花野真衣牢牢地控制在手里。陈依然也想过为祖国做一点事情，却没有机会。陈依然的内心是痛苦的，她只能眼睁睁地看着同胞被日本鬼子的飞机惨绝人寰地轰炸，很多同胞因此而丧失了生命。晚上，她常常做梦，在梦里那些亡灵悄然向她走来，指责她、责备她。每一次梦醒后，陈依然除了一身冷汗，更多的是不安。陈依然想过逃跑，想过自杀，可每每想起两位老人那绝望的眼神时，她又不得不忍气吞声，苟且活下来，希望有一天能亲手杀死花野真衣，为同胞报仇。

这是陈依然活下来的唯一理由！

“你先出去吧，这儿没你的事了。”花野真衣发现陈依然最近有些不对劲，有时候她单独出去，可派去跟踪的人回来，又没有发现异样。这令花野真衣觉得陈依然是一个十分诡异的人，怎么看她都有做特工的天赋。自己与陈依然在一起有好些日子了，她从没露出一点声色来，可见她是一个让人捉摸不透的人。花野真衣转念一想，陈依然毕竟跟着沈妍冰长大，又跟着沈妍冰去国外，多少也学到了一些在中国国内学不到的东西。这样一想，花野真衣有些释然。但她又不能对陈依然掉以轻心，毕竟陈依然是一个中国人。凡是中国人，她都不相信。如今在重庆这个陪都里，国民党“中统”“军统”的人都十分厉害，稍不注意，隐藏在重庆的特工都有生命危险。但花野真衣怕的不是“中统”和“军统”的人，她最怕的是共产党特工。特别像李思瑶这样的共产党特工，自己使用苦肉计与她在四号牢房里待了大半年的时间，居然连她一句话都没有套出来。如今，李思瑶也在重庆，前些日子居然让钮佳悦约自己去白宫舞厅，那摆明是向自己挑衅。如果重庆是共产党的天下，自己恐怕早已暴露了。

“千万不能小看共产党，更不能小看共产党特工。”这是花野真衣最真实的想法。她知道共产党的特工无处不在，唯一的办法，就是加紧对重庆的轰炸，逼国民党高层就范。但重庆最近的天气十分诡异，明明分析出来是好天气，可在一瞬间又变了天。花野真衣觉得哪里不对，可又查不出原因，看来这次得亲自出马，向特高课发出准确无误的天气信息；不然，大日本帝国的飞机又要白来一趟，还要浪费许多炸弹。

重庆仲夏的雨来得热烈，又像秋雨一样絮絮叨叨，跟个老太婆似的，下得没完没了。人们在盼望早点天晴的同时，又盼望这雨不要停下来。天晴，人们可以畅快地重建家园，但一下雨，日本鬼子的飞机就不敢来。

这天傍晚，雨终于停了，柔和的夕阳斜照在苍松翠柏的枝叶上，显得那么安静肃穆，绿色的草坪上冒出了许多鲜花。李思瑶逮了个空当，倚在门口，一股新鲜的空气扑鼻而来。久雨必有久晴。李思瑶总觉得这雨一旦停下来，重庆必将发生重大的事情。

吃过晚饭后，李思瑶回到宿舍时，看到门前有一个特殊的记号。这是紧急情况的联系方式。自从哥哥让自己少与钮卫国来往后，李思瑶觉得哥哥可能发现了些什么，便暂时中断了与钮卫国的联系。如果没有紧急情况两人不再见面，同时也约定了不在固定的地点见面，今天宿舍窗前出现这个记号，还是紧急情况。钮佳悦今晚是夜班，李思瑶决定去见钮卫国，刚穿好衣服，正准备出门时，门外响起了敲门声。

"思瑶，思瑶，快开门。"李思源在门外喊了起来。

"哥，这么晚了，你怎么来了？"李思瑶没想到李思源会在这个时候来医院。李思源没有穿军装，威武的样子却仍不减，只是头上的几根白发在灯光下显得那么刺眼。李思瑶不由感慨起来，有些心疼哥哥。这些年来，哥哥一直在部队，自己这几年也为了工作，与哥哥聚少离多。即使与哥哥相聚，也没有注意到哥哥头发的变化，每次见到哥哥时，他都戴着军帽。这一次哥哥居然以一个普通人的身份来医院，不知道哥哥有什么急事。

"思瑶，我们很久没有聚在一起谈心了吧？"李思源没有直接回答李思瑶的话，径直走进屋里，在床边坐了下来，又挥了挥手，说，"思瑶，你给我倒杯白开水就行，就不要泡茶叶了。难得我今天有空，我们兄妹要好好聊聊。"

"哥，医院里还有事，我还要去医院呢。"李思瑶急于要出门，现在被李思源堵在宿舍里，又不能向他说明。李思瑶已经从李思源的话里听出来了，他一时半会儿也不会走。时间就是生命。如果自己不及时去与钮卫国见面，后果不堪设想。

"思瑶，你怎么老是骗你哥呢？我刚刚去了医院，问了你们院长，他说你今晚休息，明天才上班。再说，这些日子一直下雨，日本鬼子的飞机也没来轰炸，伤员不多，也不用你动手术。与你同宿舍的那个钮佳悦今晚值夜班，要天亮才下班，正好没人打扰我们兄妹谈话。”李思源连李思瑶休息的事都问清楚了，看来他是有备而来。

“哥，你说吧，有什么事。”李思瑶还没有弄清楚李思源来医院的目的，但隐约感觉李思源应当听到了什么风声，好像有意阻止自己外出。

“我很想听听你在上海的那段往事。”李思瑶从上海来到重庆后，从没与李思源提起过她在上海大桥监狱四号牢房的事。那一段时光对李思瑶来说是一种考验，更是一段与死亡擦肩而过的时光。虽然过去有好些日子了，但在四号牢房的经历，任何人都不愿意回忆。在四号牢房里，无论是“军统”，还是共产党员都被日本鬼子无情地摧残她们的身体，直到她们的生命终结。她们视死如归，她们横眉冷对特高课的各种刑具，她们没有丝毫畏惧，让李思瑶敬佩不已。再者，即使要把上海那段往事说给哥哥听，也不能说真话。

“哥，我不是说过了吗？我在上海的一家医院里工作。因战火纷飞，才来到重庆的，一来我们兄妹在一起，好有个照应；二来想为我们国家的百姓做点事。”李思瑶不想让李思源知道她来重庆的目的。作为一名共产党员，她有义务保守一切秘密；作为一名特工，越少的人知道自己的事情越好。为了隐藏身份，组织上已经做了很多努力，李思瑶也不能因为哥哥而暴露自己的身份，辜负了组织上对她的期望。

“好好好，我不问了。我知道你是一名尽职尽责的医生，也为我们国家贡献着自己的青春，特别是医疗方面，你是一个专家，你医治好了不少伤员。就拿你到重庆来说，前些日子，你每天都要做大量的手术，身体到了极限，都不休息。哥哥很是钦佩你，但你是哥哥唯一的亲人了，我不能让你有任何闪失。”李思源说着，沉思了一会儿，又看了看李思瑶，说，“思瑶，哥哥很是为你个人的事着想。你的年纪不小了，该找个婆家了。如果你没有中意的，哥哥可以在部队给你找一个，好不好？”

“哥，你怎么又扯到这件事上了。我还小呢。你都没有结婚，哪有妹妹先结婚的？”时间一分一秒地过去，李思瑶越来越着急，很不情愿地听李思源在这里闲扯。但李思瑶又不能说明,害怕李思源看穿她的心思。

“按你的话说,如果我一辈子不结婚,你也就一辈子不结婚了?傻妹妹,你是知道哥哥为啥现在不结婚的。但你不一样,你是一个女孩,过了这个年龄,要想找一个好的婆家就没那么容易了。要听哥哥的话,哥哥给你介绍一个。”李思源来医院是有目的的——今晚他不能让李思瑶走出医院半步。作为哥哥,他不能不关心妹妹的生命安危。下午,李思源就接到了命令,今晚要进行全城大搜查,只要是对国民政府不利的人都要抓起来。李思瑶是替谁工作不重要了,但已有传言钮卫国是共产党员,李思瑶和钮卫国走得太近,李思源不能因这事让妹妹受到牵连,万一妹妹被当成共产党员抓了起来,仅凭自己一个小小的连长能把她救出来?

“哥,真的不用。”李思瑶只想尽快脱身出去,李思源却丝毫没有走的意思。李思瑶着急了,只能硬着头皮对李思源下逐客令,“哥,我累了一天,想早点休息。你回去吧,改天,我们好好聊聊。”

“你赶我走啦?”李思源抬起手,看了看手表,“哦,时间是不早了,我也该回去了。我还得去查哨呢。”

李思瑶也看了看手表,李思源来宿舍已经待了两个多小时。自己这个时候去约定地点,钮卫国还会在那里等她吗?李思源才刚出门,自己又不能马上跟着出去。李思瑶万分着急。

钮卫国来到约定地点,足足等了两个多小时,都没见到李思瑶,心里十分着急,难道李思瑶出事了,还是被人跟踪了?他决定冒险去一趟仁爱堂医院,刚到医院门口,就碰到了朱佩玉。

朱佩玉是来见李思瑶的。自从上次从白宫舞厅出来后,朱佩玉终于想清楚了,李思瑶带李思源去舞厅,在隐藏着什么。李思瑶是什么身份,她朱佩玉管不了,但重要的是不能把钮卫国拉下水。朱佩玉觉得钮卫国对自己隐藏了什么秘密,特别是“军统”内部的传言,说钮卫国是共产党的人。因为自己迷恋钮卫国,导致上司谷海山多次不满。今天来找李思瑶,就是让李思瑶断绝与钮卫国的一切关系;不然,她要把李思瑶的身份说出去,尽管她还没有找到确凿的证据来证明李思瑶是共产党员，但只要有一点嫌疑，就可以把她抓到“军统”里，用酷刑来“招待”她。

“你果然来这里了。”钮卫国没等到李思瑶，却意外地碰到了朱佩玉，感觉事态严重，心里不由嘀咕起来。今晚来医院里，是冒了很大的危险，万一被李思源知道了，或者“军统”内部其他人知道了，自己就有暴露的危险，其中包括他最不愿意见到的人——朱佩玉，可偏偏又碰上了朱佩玉，钮卫国悄悄地叹了一口气，又问道，“佩玉，这么晚你来医院做什么？”

“这话好像应该是我问你吧？你一个大男人没伤没病的，来医院干啥？”朱佩玉没想到在医院门口碰上了钮卫国，先是纳闷，接着是一惊：他与李思瑶还保持着联系。自己的担心并不是多余的！

“嘿嘿，我这不是来找你的吗？”钮卫国马上转移了话题，“我去你的住处找你，见你没在，有人说你来医院了。所以，我就直奔医院来了。”

“真的还是假的？”朱佩玉是“军统”的高级特工没错，但她一见到钮卫国，智商马上为零。当年，无论是来自上级的阻止，还是钮卫国父母的反对，都无法阻止朱佩玉，她毅然选择了钮卫国，认定钮卫国就是她一生要找的人。无论遇到什么困难，只要一想到钮卫国，朱佩玉就觉得全身充满了力量。

“当然是真的。走吧，我们回去聊聊。”钮卫国不想朱佩玉搅和了他要传递消息的事情，想把她引开。

“不行，我要找李思瑶，要与她谈点事。你来得正好，我们一起去。”朱佩玉突然想起她是来找李思瑶的，已经到了医院门口，岂能这样放弃了？

“我看我们还是回去吧。”钮卫国已经看出了朱佩玉非要见李思瑶不可，他也正好想向李思瑶传递消息，又怕朱佩玉怀疑，但他知道自己越是不进医院，朱佩玉就越会让他陪她一起进去。

“不行。我们一起进去。已经到了医院门口，怎么说走就走了呢？”朱佩玉不由分说，拉起钮卫国进了医院，直奔李思瑶的宿舍。

李思瑶在宿舍里焦急万分，又怕哥哥李思源没有走远，正在忐忑不安时，外面响起了敲门声。“难道是哥哥又回来了？”李思瑶本不想开门，门外却响起了朱佩玉的声音：“李思瑶，快开门，我知道你在里面。”

“朱佩玉此时来干什么？今晚真是多事之晚。”李思瑶思考了一下，便开了门，看见门外除了朱佩玉还有钮卫国，不由一惊。

“册那，李医生，我们又见面啦。”朱佩玉走进医院的大门时，已经想好了，钮卫国既然来了，她一定在李思瑶和钮卫国之间表明自己的立场。钮卫国是她朱佩玉的男人，她绝不允许任何人和她抢钮卫国。

“是啊，我们又见面了。”李思瑶见到有钮卫国在场，心里一下舒展多了，也不那么心急了，完全可以在宿舍里向钮卫国了解上级有什么指示。只是朱佩玉在场，可能也有麻烦，毕竟朱佩玉是“军统”的高级特工，如果他们用暗语谈话，她又怎能听不出来呢？既然钮卫国不顾暴露身份来到医院里，可想而知，他要传达情报的重要性。

“累死我了。大家都别站着了，都坐下吧。”钮卫国的确很累，晚上连续跑了很多路，连晚饭都没有吃，又说，“我找了佩玉很久，后来听说她来这里，急急忙忙地赶过来，正好在医院门口赶上了她。”

钮卫国后面的话显然是说给李思瑶听的，他与朱佩玉同时来医院，可不是相约而来，是碰巧而已，躲不过她了，便与她一起进来。当然，李思瑶也听出了钮卫国的话中之话，然后笑了笑，说：“你们真是心有灵犀一点通，到我这里都能不约而同啊。”

“册那，别废话了，我们还是谈点正经事。”朱佩玉坐下来后，一副着急的样子，话里又充满了火药味，“李思瑶，你应当知道我今晚来这里的原因吧？”

“什么原因？”李思瑶的确不知道朱佩玉为什么这么晚还来医院，而且与钮卫国撞到了一起。难道是自己暴露了？如果真是这样，就危险了。但从朱佩玉的话中可以听出，她还没抓住自己的任何把柄。即便这样，也一定要弄清朱佩玉来这里的目的。于是，李思瑶又问：“请你明说，我真不知道你来医院的目的。”

“那咱明人不做暗事。上次从白宫舞厅里出来后，我是越想越想不通。那天，我明明看见你与卫国进了白宫舞厅，怎么后来那个男人变成了你哥了呢？”朱佩玉问道，“你是变了什么戏法？”

“那天我不是解释清楚了吗？那人真是我哥哥。现在钮先生也在这里，你可以当面问他啰！”李思瑶没想到朱佩玉仅仅是为这点小事，大晚上跑过来，但转念一想，又觉得不对，朱佩玉肯定不是为了这么一点小事来这里。李思瑶又把晚上所有的事联系起来一想，不由大吃一惊。先是哥哥来这里，说了些无关痛痒的话，现在朱佩玉过来也说些无关痛痒的话。难道他们都知道自己今晚要去与钮卫国见面，是故意阻挡自己外出，是为了保护自己，还是另有目的？

“那天，我真在上班。如果你不信，可以去问我的同事，你也可以问谷海山。”钮卫国马上替李思瑶解围，“佩玉，你怎么就不相信我呢？我们结婚前的海誓山盟哪里去了？我对你绝没有二心……”

“好了，你不用说了。我是在考验你。”朱佩玉见自己的目的已经达到了，又说，“卫国，我们回去吧。”

“行行，我们回去。”钮卫国说完与朱佩玉手牵着手离开李思瑶的宿舍，但他的右手在身后弹出了一个小纸团。

待钮卫国与朱佩玉走了，李思瑶迅速捡起那个小纸团，打开一看，惊得合不拢嘴。

钮佳悦上完夜班回来，已是日上三竿，她眼皮直打架，到宿舍时，连脸都没洗，倒头便睡。她觉得这世上再也没有比睡觉更好的事了，连梦都没有做一个。直到震耳欲聋的空袭警报声把她惊醒，她才急忙翻身起床，随手拿了一件衣服穿上，就往医院里跑，此时已经是傍晚时分。虽然这样的警报声，钮佳悦已经习惯了，但在李思瑶的教诲下，她从不敢掉以轻心，每次都要以最快的速度躲起来。

今天的空袭警报与平时不一样，除了刺耳外，时间更长，而且特别急促。“难道日本鬼子派来了很多架飞机？”钮佳悦正想着，只见医院里的人纷纷跑了出去。钮佳悦也只得跑出了医院，边跑边寻找李思瑶，却没有在人群中看见李思瑶，有些着急，马上转身往医院里跑去，却被迎面跑来的一位姓陈的医生拉住。

“你不要命啦？今天的日本飞机不一样，多得不得了，院长吩咐我们躲进附近的防空洞里。”陈医生拉起钮佳悦就往附近的防空洞跑。

“我要找我姐。”钮佳悦不能丢下李思瑶，她已经把李思瑶当成了亲姐，岂能丢下她不管？

“别找她了。她中午有事出去了，到现在还没有回来呢。”陈医生使劲地拽住钮佳悦的手说，“她走时，让我照看好你。万一遇到了敌机来轰炸，让我一定要把你带到防空洞去。”

李思瑶会去哪里呢？怎么没有与自己说？钮佳悦来不及细想，空袭的警报声一直没停，远处的飞机都能看清了。时间太紧了！钮佳悦只好跟着陈医生往附近的防空洞跑去。还没到防空洞，远处的爆炸声已经响起。大街小巷的人都争先恐后地往最近的防空洞跑。钮佳悦还是第一次见到这么多的人跑，那是多么悲壮的场面！她真想有一门大炮，把日本鬼子的飞机打下来。

“不要发愣，紧跟着我跑。”陈医生害怕钮佳悦跑丢了，紧紧地拽着她的手。

在日本鬼子的飞机从钮佳悦的头顶掠过时，陈医生一把拉住她钻进了防空洞。尽管钮佳悦进过防空洞多次，但她总觉得今天有些不一样。随着越来越剧烈的爆炸声，向洞里涌进来的人越来越多。不一会儿，防空隧道内聚满了人，还不断有人涌进来，防空洞里显得十分拥挤。防空洞里两旁的板凳上坐满了人，过道上也站满了人。没多久，洞内空气异常浊闷。此时，日军飞机进入市区上空，开始狂轰滥炸，霎时间爆炸声此起彼伏。

突然，防空洞里响起了钮佳悦从未听到过的歌声：“不怕你龟儿子轰，不怕你龟儿子炸，老子们有坚强的防空洞，不怕！不怕你龟儿子凶，不怕你龟儿子恶，老子们总要大反攻，等着……”

钮佳悦有些听不懂，但她知道这是防空洞里的重庆人用四川话唱的。起初只有几个人唱，不一会儿，隧道里的人先后跟着唱起来，歌声越来越响亮、越来越雄伟、越来越持久。

轰炸声没有停下来，歌声也没有停下来。钮佳悦可以想象得出，繁华的重庆市区今晚注定又将成为一片废墟。

自从进防空洞后，钮佳悦与陈医生失散了。人多，又拥挤不堪。轰炸仍在继续。钮佳悦感到头有些痛，身上冷汗直冒，浑身发软，呼吸也有些困难，她慢慢蹲了下去。此时，她发现很多人与她一样，浑身发软，站不住就蹲在地上。歌声不知什么时候停了。隧道墙壁上的油灯也逐渐微弱下来，这时婴儿和孩童们终于忍受不住了，大声啼哭起来，气氛顿时紧张，有些人开始烦躁不安，举止反常。钮佳悦明白，不是自己生病了，而是洞内缺氧造成的。

日机的轰炸仍在继续，而洞内的氧气越来越少，钮佳悦头脑发闷，大汗淋漓，身体疲软，感到呼吸越来越困难，似乎淹在热水当中，脚下温度异常之高。钮佳悦看到身旁的人都不由自主地把自己的衣裤撕碎，好像精神失常一般。

此时，在黑暗中有人拉着钮佳悦的手乱咬，手背到处受伤。在钮佳悦身边一个老妇将自己的头和脸碰烂，披头散发，大哭大叫，吓得钮佳悦也大哭起来。

随着二氧化碳增多，防空洞内部分油灯已经由于缺氧而熄灭，人群骚动得更加厉害了。面临死亡，沉默的人们再也按捺不住性子，开始拼命往洞口挤。由于洞门是向外关闭的，因此，人群越往洞口挤，门越是打不开。守在洞外面的防护团成员只知道日机空袭时，禁止市民走出防空隧道。

钮佳悦有些绝望了。她想起了被日本鬼子轰炸身亡的父母，他们的仇还没有报，自己也即将死在这里。她心有不甘，不能这样死了，她要活着。

“要活着。”钮佳悦在心里默默地念着，“只要门打开了，或者日本鬼子的飞机飞走了，她就可以活下来。”但此时的人们几乎发疯了，他们疯狂地往外挤，喊着哭着往外冲，可是门依然紧闭着。

“快开门啊。”钮佳悦无力地喊了一声，只觉得身上有人踩过，接着又一只脚或一双脚踩在她身上。

“不能倒下，要站起来。”钮佳悦知道此时再不站起来，她将被人踩踏而死。钮佳悦想摸索着站起来，但总是站不起来。突然，一双手拉住了她。这是一双很有力的手，钮佳悦求生的本能让她在这一刻站了起来，顺着人流向门口涌去。

防空洞的门终于打开了，霎时间，洞内的人群如同破堤的河流一样冲出洞门。钮佳悦随着人流挤出木栅，昏头昏脑地上了阶梯，终于来到地面上。洞外新鲜的空气中虽然还夹杂着硝烟的味道，但她终于可以大口大口地呼吸了。这空气，凉爽、舒畅，瞬间又让人迷惘、恍惚。钮佳悦此时全身虚脱，似睡非睡、似醒非醒地找了个地方躺下来。

一个小时后，钮佳悦才真正地清醒过来。只听见隧道里传来震耳的呼喊声与惨叫声。她从地上爬起来一看，她躺在离隧道口约五十米，周围有一百多人，有的坐在那里唉声叹气，有的呆呆地站着望向远方，若有所思。只是钮佳悦再也没看到有人从隧道口里走出来。那么多人到哪里去了？钮佳悦从没有见过这种阵势，但随着她头脑愈发清醒，看到很多人都衣衫不整，也赶紧看自己身上，这时她才发现自己身上的护士服早已被扯破，纽扣大部分掉落，戴在头上的护士帽也不见了。

日本鬼子的飞机仍在继续轰炸，一颗颗炸弹从天而降，落在地上和房屋上，顿时一片火海。钮佳悦四处看了看，没有发现拉她进防空洞的陈医生，她又喊了几声，没有人回答。

“她一定还在洞里。”钮佳悦转身急忙向防空洞里跑去。一进洞，钮佳悦才发现隧道内还有很多人，他们面色涨红，双手挥舞着，拼命狂叫，努力地挣扎着往外爬。但是一切都无济于事，身体依然在原地未动。有些人躺在地上，气息奄奄，面色由红色变成紫蓝色，口角的唾沫由白变红，渗着血丝。有些人用微弱的声音喊道：“快救救我，快救救我……”

钮佳悦心里极度害怕，但她想到的是先要找到陈医生。终于，在隧道的拐弯处，钮佳悦看到满脸都是鲜血的陈医生，赶紧用手在陈医生鼻子处一探，她早已没有了气息。在陈医生周围，很多人手持足压，团挤在一堆，有的人面部扭曲，有的人手指抓地，有的仰面朝天，双手垂地，有的皮肤抓破，遍体鳞伤，十分悲惨……

一个个生命就这样消失了，钮佳悦除了悲伤还是悲伤，在进防空洞时，这些生命是那样鲜活，如今，包括陈医生在内的很多人去了另一个世界。钮佳悦的眼泪不由流了下来，喊了声：“陈医生……”

钮佳悦不知道是怎么把陈医生的遗体背出防空洞的，但出洞后，她再一次虚脱，倒在地上。

这一次，日本鬼子的飞机空袭了近五个小时。

因为哥哥李思源来说家常，也因为朱佩玉的到来，李思瑶总觉得是一场阴谋。但是，李思源和朱佩玉的到来又合情合理。正是因为他们的到来，李思瑶错过了钮卫国的相约，辛苦得来的情报却没有送出去，日本鬼子的飞机就来轰炸了。

空袭结束后，李思瑶才回到医院，却没有看到钮佳悦，便四处打听，最后得到的消息是钮佳悦与陈医生去了防空洞。李思瑶来到防空洞时，看到满地的死人。她见人就问钮佳悦的下落。直到中午时分，才得到钮佳悦的消息：她在防空洞边上守着陈医生的遗体，一言不发。

李思瑶看到钮佳悦时，她两眼无光。李思瑶的眼泪一下子就掉了出来，昨晚的轰炸，李思瑶已经见识过了。虽然钮佳悦经历过多次轰炸的场面，也经历过“五三”“五四”的大轰炸，但她都在安全的地方。可昨晚的轰炸不但来得快、来得激烈，而且持续时间长，别说是钮佳悦，就是她李思瑶也承受不了这样的打击。

面前的陈医生鼻口的血迹已经渐渐变干，但脸上乌青，这是典型的缺氧所致。尽管李思瑶做好了心理准备，但看到陈医生的面孔时，还是吓了一大跳。这些日子以来，李思瑶每天都要面对死亡和伤者，但看到昨天还是一个为伤员尽心尽力的同事，今天见到时她却去了另一个世界。李思瑶不禁悲从心中来。

“佳悦，我们先回医院吧。”李思瑶不想让钮佳悦一直坐在那里。

“我……”钮佳悦两眼无光，呆呆地欲言又止。

“佳悦，人死不能复生，节哀吧。”李思瑶明白，如果此时不唤醒钮佳悦，她会一直沉浸在悲伤之中；而且她的心灵也会受到沉重的打击。于是，李思瑶又说，“你现在的任务不是悲伤，而是要把这种悲伤化为力量。”

钮佳悦终于哭开了，站起来扑进李思瑶怀里，边哭边说：“姐，陈医生死得好惨啊，陈医生死得好惨啊！”

“佳悦，我看到了。”李思瑶的眼泪再一次流了出来。陈医生死了，但钮佳悦不能死。李思瑶答应过钮卫国的，一定要保护好钮佳悦的安全，让她好好地活着，“佳悦，我们带着陈医生的遗体回医院吧。”

“姐……”钮佳悦再一次哭开了。父母当年被日本鬼子的飞机轰炸致死时，钮佳悦没在他们身边，没见过亲人在她眼前死去，她那时也没有流泪，只是脸上多了一种悲伤。在上海的大桥监狱四号牢房里，钮佳悦每天都要看到许多人被拉了出去，然后听到一阵阵枪声，她似乎麻木了。到了重庆，她在医院里，在照顾伤员的时候，也看到许多伤员最终没有熬过去，她似乎有些见怪不怪了。陈医生不一样，那是她每天看得见、朝夕相处的人，也是她最熟悉的人之一。

钮佳悦再一次忍不住悲从中来。

“佳悦，这就是战争。只要我们自己强大起来，就不怕侵略者。要强大起来，我们首先得坚强起来。因为侵略者总有一天会被我们中国人赶出去的。”李思瑶又劝钮佳悦，“让死者安息吧，只要我们活着，就能为他们报仇。”

“姐，我听你的。”钮佳悦说完，帮助李思瑶扶起有些僵硬的陈医生的遗体，放在了李思瑶的背上。

她们每走一步，脚步是那么地沉重，却有一种力量支持着他们前行前行。这是她们第一次与已经死去多时的人零距离接触。虽然这个人不是她们的亲人，却又胜似她们的亲人。她们不能抛弃她，尽管收尸队的几个人过来帮忙，但李思瑶和钮佳悦还是决定亲自把陈医生的尸体背走。这不是一种伟大的壮举，也不是怜悯，更不是说她们有多么地坚强，而是她们对日本鬼子的恨，这种仇恨深深地埋在心里。她们相信有一天这种仇恨会燃烧起来。

# CHAPTER 09

# 第九章　遥不可及的大雾天

朱佩玉没想到这次空袭轰炸之厉害、人民伤亡之严重、财产损失之巨大。特别是从防空洞里运出很多市民的尸体时，从没哭过的朱佩玉却流泪了。朱佩玉见过很多死人，包括同事，一个个在她的面前倒下，她没有流过泪。她知道那些同事是为国家而死的，他们死有所值。她看到过日本鬼子的死，也亲手杀死过日本鬼子，认为日本鬼子是该死。而眼前的这些平民百姓，他们没有招谁惹谁，只想过着平平安安的日子，却被日本鬼子的飞机轰炸致死。悲伤之极的朱佩玉回到住处时，发现上司谷海山正站在桌前。

“你最近都干什么去了？”谷海山看都没有看朱佩玉一眼，又像是自言自语地说。说完，又把手上的烟斗往桌上使劲地磕了几下。朱佩玉看到谷海山这个动作时，大吃一惊。谷海山的这个动作不轻易出现，因为谷海山只有遇到特别棘手的问题时才会用烟斗吸烟，而且是吸上两口后，就把烟斗使劲地往桌上磕几下。用烟斗吸烟表示他还未做出重大决策，但烟斗往桌上磕时，他已经下定了决心。

“我一直在追查日本特务与前来重庆的红灯笼的密码高手。”朱佩玉的确没闲着，但她的进度确实太慢，这么长的时间过去了，一直没有头绪。所以，她就没有向谷海山汇报。

“你查出日本特务了吗？你查出那个密码高手了吗？”谷海山突然把烟斗狠狠地扔到地上，看起来气愤之极，语气也充满了火药味，“朱佩玉，你说说，自从你到了重庆之后都做了些什么？什么成绩都没有，你的表现令我非常失望。”

“你教训的是。”朱佩玉看到谷海山扔烟斗那一刻，就知道谷海山今天来找她，肯定已经十分生气了。戴老板派出了多路人马查找隐藏在重庆的日本特务，可收效甚微。戴老板已发了话，如果再查不出来隐藏的日本特务，相关人员通通送到前线去。上一次，戴老板已经很不满意朱佩玉的表现，如果不是谷海山求情，朱佩玉早已去前线了。

“我教训你，有用吗？枉我这些年对你的栽培。”谷海山又从地上捡起烟斗，重新装上烟丝，点燃，狠狠地吸了一口，又换了一种口气说，“佩玉啊，你是我手下的得力干将，我一直都很器重你。你现在变得如此懒散，哪里还有一个高级特工的样子？如果再这样继续下去，你连做一个特工的资格都没有了。你知道吗？我今天也挨戴老板的训了。”

戴老板如何训人，朱佩玉见识过。那是她刚回重庆的时候，谷海山带她去见了戴老板。戴老板正在训人，戴老板的话语听上去很温和，但却令人无法反抗。像谷海山这样的重要人物也被戴老板骂了，可见戴老板气成什么样子了。朱佩玉知道自己连累了谷海山，如果自己早一天查出了隐藏在重庆的日本特务，又怎会有今天的场面呢？再说，昨晚的大轰炸死了多少老百姓？又毁坏了多少人家？

“日本鬼子也是人，难道我们就不是人了吗？他们很聪明，我们也不笨。为什么就找不到他们呢？他们为什么知道重庆的天气好坏？只要重庆的天气一好，他们的飞机就飞过来轰炸？这不明摆着的吗？有人在重庆向他们传递关于天气的情报。他们在这样的环境中能做到，为什么我们就做不到？这不明摆着，我们不如他们聪明。”谷海山又猛吸了一口烟，继续说，“自从你与钮卫国结婚后，我就发现你的工作越做越退步。这是为什么？是让爱情冲昏了头脑，失去了理智，还是你根本没有把心思放在工作上？我知道你是一个多情的女子，但既然入了我们这一行，就得把工作放在第一位。当初，我答应你与钮卫国结婚，看中你是一个人才，不想失去你。可这几年，你的确令我非常失望。”

对于钮卫国的爱情，朱佩玉觉得没什么东西能抵挡了。可昨晚的轰炸让朱佩玉自责不已。如果没有大家，又哪来的小家？没有小家，又哪来的爱情？谷海山今天的教训还是轻的，说不定哪天日本鬼子的飞机把整个重庆都炸毁了，又该怎么办？

“我知道自己的错误，一定会将功补过。”朱佩玉已经决定了，一定要把隐藏的日本特务揪出来。前些日子，自己一直怀疑钮卫国与李思瑶有什么见不得人的事，经过这些日子的观察试探，以及最后的排查，他们之间根本没有那些事，是自己的疑心太重，才导致了工作的失误。

“将功补过？晚了。”谷海山又把烟斗往桌上使劲地磕了磕，说，“现在我就宣布，停止你侦察日本特务的工作。我不想我最得意的特工，在很长的时间里连对方的影子都没摸着。”

“站长……”朱佩玉欲说又止，她知道谷海山今晚已经很给自己面子。不让自己去查日本特务的事，有可能安排新的工作了。但今晚谷海山已经磕了两次烟斗，他那是左右为难。如果不是当年自己救了他一命，他会如此宽待自己？

“你不用多说了。我在戴老板面前已经替你求了情，看在你以前立过很多军功的分上，戴老板答应放你一马，给你另外安排工作。如果新工作你仍然做不好，我也无能为力了。”谷海山又说，“当年你救了我一命。现在，我将这个人情还给你，谁也不欠谁的了。”

“谢谢站长。请问给我安排什么新工作？”朱佩玉自己也对最近的工作不满意，何况谷海山呢？既然谷海山能另外安排工作，说明他还没有对自己绝望，新工作一定要做好。

“最近共产党的活动十分猖狂，你现在的工作是把隐藏在重庆城内的共产党分子查出来。这个任务看似简单，其实并不比查出日本特务容易，我希望你不要让我再次失望。”谷海山又磕了磕烟斗说，然后大步走出了朱佩玉的房间。

“为什么要查共产党？”朱佩玉不知道谷海山为什么要把这个任

务交给她。虽然重庆的共产党在暗中做事，可他们也是为了抗日，一起对付日本鬼子，又有什么不好呢？以前，朱佩玉也协助过“军统”调查隐藏在各地的共产党员，但那时候她是睁一只眼闭一只眼，能糊弄过去的，绝不会把那些共产党员交出去。但她对付日本鬼子却不一样，只要是日本鬼子落在她手里，她绝不会手下留情。

这次好像不一样，朱佩玉感觉到有什么事要发生了，头上不知什么时候多了层冷汗。

尽管太阳已经升在天窗正中，硝烟却还未散尽，陈依然倚在窗口，望着天窗发呆。这样的惨景，陈依然似乎有些麻木了。多少次的空袭，多少人的哭声，多少间房屋倒塌，多少人失去了生命，多少户人家妻离子散，多少亲人阴阳两隔。每每想到此，陈依然的脸上就有了泪水。这景象不是她愿意看到的，更不是她所希望的。有时候，陈依然除了自责以外，更多的是在心里骂自己，骂自己那么麻木不仁，骂自己那么胆小怕事。

但这一次的空袭，留下的惨景，陈依然从未见过，她知道这一切都拜花野真衣所为。她完全可以阻止花野真衣的行动，可她没有。

“这都是自己造的孽。”陈依然不由自责起来。其实，自己只要悄悄地把花野真衣的情报换一下，就不会有昨晚的轰炸了。陈依然后悔万分，泪水再次悄然滑落。

“陈依然，你进来一下。”花野真衣在里屋喊。

陈依然马上擦干脸上的泪水，回到房间，又对着镜子照了照，然后补了胭脂粉，再对着镜子笑了笑。尽管胭脂粉遮住了她刚刚哭过的痕迹，但却掩饰不了她内心的痛苦。因此，陈依然又迟疑了一下，才快步走进了花野真衣的房间。

“为啥子来得这么慢？你磨蹭个锤子。”花野真衣最近一直在学四川话，在责问陈依然时居然也一口川腔。

“我……”陈依然欲说又止，赶紧低下了头，装成一副甘心受责问的样子，其实是她怕花野真衣看出她刚才哭过的样子。

“成天做事都漫不经心，你是我们大日本帝国养着的一条狗，只知道吃我们大日本帝国的饭，不干人事。”花野真衣沉浸在她的喜悦中,见陈依然进屋晚了,不由骂了起来。这一次她送出去的情报,果然不负她所望,她大日本帝国的飞机如期而至,空袭的效果远比她预想中的成功得多。这一切都是她花野真衣的功劳。如果没有她传递情报,那飞机也不会准时来轰炸;即使来了,没有她的情报,也不会轰炸得那么准确,更不会让那么多的重庆人心惊胆战。这一次的轰炸让重庆人民,以及国民政府感受到了大日本帝国的厉害,如果他们再不屈服,下一次肯定比这次更厉害。

"小姐,你还没有给我分派任务。"陈依然小心翼翼地说,"我正在等待你的吩咐。"

"今天没有任务。"花野真衣突然笑了起来,问道,"陈依然,你说我是不是一个天才特工?这么难的任务,我居然完成了。"

"小姐,你天生就是特工的料。"陈依然心不在焉。

"怎么?你不高兴?可惜你是一个丫鬟的命,如果你能多读点书,跟着我也能干成大事。如果你能加入我们的组织,你的前途将是一片光明,或许比我还厉害。可惜啊,可惜你只是一个丫鬟。"花野真衣一直想找一名助手,或者说接班人,可从上海派来了很多称得上一等一的特工,她一个都没有看上。倒觉得陈依然很适合当特工,可惜陈依然不识字,要把她培养出来,得需要很长的时间,特高课也不会给她多少时间。还有一个原因——陈依然是一个中国人,她不能冒这个险,万一陈依然掌握了她们的秘密,然后把这些秘密无论是给了国民政府,还是共产党,他们潜伏在重庆的日本特工能活下去吗?

"你真的很高兴吗?那么多无辜的老百姓死在这场空袭中,他们的命不是命吗?"陈依然再也控制不住情绪,对着花野真衣吼了起来。

"你这个支那人,枉我们对你这么好,居然指责起我来。"花野真衣走过来,突然一巴掌打在了陈依然的脸上,"你吃的,住的,都是我们大日本帝国给予你的。"

"你要知道这是中国人的土地,你们这些侵略者不在自己的土地上,却跑来中国杀人放火,你们还是人吗?"陈依然捂着脸,迎着头看着花野真衣。此时,她已经豁出去了。

"好好,好好,我喜欢你今天的样子。"花野真衣突然又笑了,"如果每个中国人都像你现在这个样子,我们大日本帝国恐怕就没有这么容易打到重庆来了。可惜啊,可惜啊。你现在只能在这里干吼,又有什么用?”

“你不要太得意,总有一天,中国人会把你们赶出中国的。”陈依然把几年来积压在心里的愤怒爆发了出来。她不想因为害怕而逃避,与其逃避还不如面对现实。如果她面前有一把刀,她肯定会上去给花野真衣一刀,但她的理智告诉她,现在不行。

“我现在就是要得意。我得意,你又能把我怎么样?如果我不给你饭吃,你只能挨饿。”花野真衣一直想找一个人来分享她的成功,可在同行面前,她永远都是一副冷面孔,不能和他们分享,那等于自己骄傲自满。而陈依然不同,她是一个中国人,更是一个中国的下等人——一个不识字的丫鬟,她什么都不懂。更主要的是,自己手里捏着她的命脉——她的父母在自己手里捏。她不敢反抗,也不能反抗。与陈依然分享,也是羞辱她,让她更加老实地跟着自己。可今天陈依然的反常,她不在乎。因为她的目的已经达到了。

“你出去吧。”花野真衣又笑了笑,说,“你们中国人永远都赢不了我们大日本帝国的。”

陈依然狠狠地看了花野真衣一眼,心不由得疼痛起来。

这几天一下班,李思瑶便迫不及待地回到宿舍里,躺在床上,眼前就浮现出那天晚上空袭的情景,她也因此一直处在深深的自责中。钮卫国冒着生命危险送来的情报,她竟然没有送出去。李思瑶清楚地记得那天晚上,钮卫国临走时把那张纸条交到自己的手中,那眼神就告诉了自己,这是一个十分重要的情报,自己却偏偏没有送出去。

但李思瑶转念一想,又觉得那晚的事情十分蹊跷,先是哥哥李思源来,接着是朱佩玉来,两人来医院看似无关紧要,难道事情就那么巧?

李思瑶正想着,门外响起了轻微的三长两短敲门声。“是自己人。”李思瑶很长时间没有听到这熟悉的敲门声了。李思瑶快步过去打开了门,站在门外的是钮卫国。

“快进屋。”李思瑶见到钮卫国,悬着的心终于放下了,急忙把他让进屋里,又朝门外看了看,才轻轻地关上门。

“就你一个人在？我妹妹呢？”钮卫国看到宿舍里只有李思瑶一个人在，便问道。

“她最近一直上夜班。”李思瑶轻轻地说，“只是她这几天很少说话，也不太愿意说话，一心扑在工作上。我怕她累坏了，多次劝她要注意休息，还特地给她调到上白班，可她不愿意，一直坚持上夜班。”

“她怎么啦？”钮卫国有些担心地问道，“她是我唯一的亲人，真不想她有什么意外。”

“这次日本鬼子的空袭，死了很多人，对她的打击很大。”李思瑶自责地说，“如果那天我带她一起出去，她也许不会经历那些事，更不会看到那么多人在她面前死去。”

“这不能怪你。我们的工作注定了我们的特殊性。我们既然选择这份工作，就要把工作做好。你做得对，有些事是不能让我妹妹知道的。她毕竟还小，我还不想让她过早地卷进来。”钮卫国只能把对钮佳悦的爱埋在心底，他希望她健康、快乐地成长，不要经历这些事。但钮佳悦在慢慢长大，肯定要经历很多。只有经历过，她才会成熟起来。

“卫国，真对不起。”李思瑶见钮卫国不但没有责怪自己，还为自己开脱，心里过意不去，更加自责起来。

“思瑶，你不要过于自责了。”钮卫国把钮佳悦托付给李思瑶，这无疑是给李思瑶增加负担，心里也有些过意不去，又问道，“我给你的情报怎么没有送出去？”

“一言难尽。”钮卫国说到那封情报，李思瑶不由难过起来，“我真的没有用，党组织让我潜伏在这里这么长时间了，第一个大任务就这样失败了，真愧对党组织对我的培养。”

“你不要太难过了。”钮卫国长长地叹了一口气，“我也是今天下午收到党组织给我的情报，询问情报为什么没有送过去。好在，他们的损失不大，不然，我们的过失就太大了。”

“这几天我一直在想一个问题。”李思瑶若有所思地说，“那天晚上，本来是我与你约定的时间，为什么先是我哥哥来这里闲聊，接着是朱佩玉与你来这里。他们是不是知道了什么？”

“你说得对。我也一直在想这个问题。当时，你一直没有来赴约，我就在想你这边肯定被什么事情拖住了。凭你的机智，不可能被工作拖住。当时，日机也没来空袭，医院里不存在有多少伤员要做手术，你有的是时间。直到我来到医院门口时碰到了朱佩玉，我就想肯定出什么大事了。现在想来，这事肯定不简单。"

"都是我想得太过于简单了。原以为我哥哥聊几句就走了，没想到他聊些不痛不痒的事情，而且看得出他是在有意拖延时间。这是为什么？难道说他知道了些什么？"李思瑶回想起那晚李思源来她的宿舍时，不紧不慢地说话，一定是他知道了些什么。

"无论是李思源还是朱佩玉，我一定要查清楚是不是他们在捣鬼。"钮卫国也想起那晚朱佩玉无缘无故地去找他，尔后又来到医院里，她的目的又是什么呢？如果两件事凑到一起，就不得不令人怀疑了。但他们的最终目的又是什么呢？钮卫国了解朱佩玉，她绝对是一个爱国的人，对日本人的恨不比他少。李思源只是与自己在工作上有接触，没有更深入的了解。从李思源的言行举止上，看得出他虽然很狡猾，胆子却很小，但他做事绝不含糊，不可能是一个不爱国的人啊。

"我们不要把精力放在自责上，要想办法查出隐藏在这里的日本特务。他们是如何把情报送出去的，为什么每次空袭时，重庆的天空都是那样的蔚蓝？"李思瑶观察到每次日机来空袭，重庆的天气就特好。如果没有隐藏在重庆的日本特务把天气状况传出来，那日机飞来也会徒劳。

"思瑶，你说得对。你的想法与我的一样。今天我这里，传达上级交给我们的任务：尽快查出隐藏在重庆的日本特务。虽然"军统"也在派人查，可他们的作风实在让人不敢恭维。当然一旦有消息，我会及时传递给你。"钮卫国又说，"如果没有特殊原因，我会来医院里找你，但医院人多眼杂，肯定会引起人怀疑，所以，我决定在晚上来你宿舍找你。如果你不方便，就在窗口摆上一盆花，我就把情报放在花盆里；如果是紧急情况，我会在你窗前放三颗石子。"

"我记住了。"李思瑶说完，又把钮卫国的话重复了一遍，然后问道，"万一我有紧急情况怎么向你汇报？"

"这你也不用着急。你往医院门口一站，头戴你们医院的帽子，表示有情报;如果没有戴帽子,表示有紧急情况。到时候会有人通知我的,我会立即赶过来。"钮卫国说完,抬起手腕看了看表,说,"时间不早了,我得走了。"

"你不去医院看看佳悦吗?"李思瑶有些伤感地说,"我怕她再这样下去,身体会垮的。"

"思瑶,麻烦你多照顾她了。"钮卫国说着眼圈有些红了,"我最了解她了。如果我此时去看她,她会更伤感的。"

"嗯……"李思瑶的眼圈也有些红了,也不知道该如何劝说钮卫国,轻轻地说,"你先回去吧。路上注意安全,多保重身体。"

"嗯。"钮卫国说完转身出了李思瑶的宿舍,很快消失在黑夜中。

李思瑶急忙关上门,让泪水肆意地流出来。在这个国家危难的时刻,很多人不能照顾家人,只能把对家人的爱深深地埋藏心底,钮卫国只是众多人中的一个。

烈日下的山城如火炙烤,但人们仍忙着重建家园。朱佩玉在这个时候出现在太阳下,与她身上穿的衣服很不协调。尽管忙碌的人们没有注意她,但她还是感到很不自在,觉得远处有很多目光在盯着。如果说那些目光是一把刀,她已经被杀死很多次了。

朱佩玉走在山城的大道上,有些伤感,有些无助,谷海山交给她的任务没有完成。唯一能安慰她的也只有钮卫国了。钮卫国是她这一生最挚爱的人,但钮卫国最近好像来无踪去无影,很少来她这里。

钮卫国肯定有什么事瞒着自己。原本打算去城西再打探一下消息的朱佩玉又改变了行程,决定去找钮卫国。虽然这里离钮卫国的住处不远,朱佩玉的脚却像灌满了铅似的,走了很久才来到钮卫国的住处,掏出钥匙打开门,见钮卫国正在专心致志地看书。

"卫国,在看什么书?"朱佩玉见自己进了屋,钮卫国都没有发现她,心里有些不舒服。

"佩玉,你怎么来了?"钮卫国看书入了迷,抬头看到朱佩玉时,她已经进了屋。钮卫国赶紧把手中的书往身后一藏。

"是什么书? 搞得这么神神秘秘的?"朱佩玉见钮卫国不愿意让她看那本书的书名,有些好奇,便走过去抢钮卫国手中的书。

“佩玉，别闹了，这书不适合你看。”钮卫国有些后悔自己看书太入迷，以至于朱佩玉进来都浑然不知。

“你紧张什么？难道是禁书？”朱佩玉发现钮卫国的神情不对，心里已经猜中了八九分，本不想说出来，可还是说出了口。

“你胡说什么？”钮卫国手里拿的真是国民党官兵，特别是“军统”里的人称为禁书的毛泽东的《论持久战》。

“别以为我不知道，刚刚我看你合上书时，就看到了书名《论持久战》，你说这不是禁书？在我们这里看这样的书，你知道后果是什么的。”朱佩玉淡淡地说，“我不管你看什么书，但是你却没有看我，这就是你的不对。”

“佩玉，不要任性好不好？”钮卫国知道，朱佩玉作为“军统”的高级特工，自己刚才那个举动又怎能逃过她的眼睛呢？于是大大方方地把书拿了出来，说，“我觉得这本书里有很多东西都值得我们学习。”

“他们说你是共产党员，我一直不愿意相信，从你今天看的书来看，他们的话没有假。”朱佩玉说着眼圈红了。她原以为钮卫国能帮助她，谁知钮卫国与她根本不是一条道上的人。他是共产党的人，他有他的信仰。自己与她不是一路人，又怎能走到一起呢？当年，自己承受了多大的压力才与他结婚，没想到他把他的身份隐藏得这么深。

伤心、无助，朱佩玉终于体会到这两个词的含义了。她真想掏出手枪给自己一枪，然后一了百了。可站在面前的这个男人连一句安慰的话都没有。她此时又体味到了另一个词的含义：绝望。在绝望面前，朱佩玉永远是一个弱者。想到此，朱佩玉的泪水在眼里直打转。

“佩玉，就实话告诉你吧，我就是一名共产党员。”钮卫国不想对朱佩玉隐藏自己的身份，“无论我属于哪一个党派，但我有一颗火热的心，那就是为这个千疮百孔的国家做一点力所能及的事。我们都是年轻人，有义务为这个国家做一点事。”

“你……你这么说，李思瑶也是共产党员了？”朱佩玉此时已经明白钮卫国不单单是一个共产党员那么简单，他对共产党的信仰已经深入骨髓，要想把他改造过来，已经是不可能的了。而自己为他付出那么多,他好像一点都没有看到。朱佩玉今天突然发现自己好傻,自己深爱着的男人居然是个共产党员,去告发他,还是当作什么事都不知道?朱佩玉突然感到自己好孤立无助,多么需要一个人来安慰她。想着想着,朱佩玉突然"哇"的一声,吐出了一口血来。

"佩玉,你没事吧?"钮卫国没见过朱佩玉突然吐血,上前扶住她,关切地问道,"不要瞎说,她怎么是共产党员呢?"

"卫国,你不用管我,就当我今天没有来过。"朱佩玉推开了钮卫国,然后走到门边扶住了墙,喉咙里又一次发痒,又吐出一大口鲜血来。

"佩玉,我送你去医院。"钮卫国突然感到朱佩玉其实也是一个很脆弱的女人。为了完成党组织交给的任务,钮卫国不得不忍辱负重地在这里工作。钮卫国也曾多次想把自己的真实情况告诉朱佩玉,但理智告诉他,绝不能对朱佩玉透露自己的身份。

"算了,你好好看你的书吧,我走了。"朱佩玉怨恨地看了钮卫国一眼,转身离开了钮卫国的房间。朱佩玉边走边想,钮卫国越是说李思瑶不是共产党员,那么李思瑶越肯定是共产党员。

在朱佩玉转身的那一刻,钮卫国心里特别痛。要说他与朱佩玉没有感情的话,那是不可能的。朱佩玉虽然是"军统"的高级特工,可她也是一个性情中人。她爱国,她更热爱人生。她是一个女人,想过一个女人应该过的生活,可都是日本侵略者改变了这一切,让他们不能像普通人那样轰轰烈烈地爱一回。哪怕是一次小小的爱恋,他们也会得到满足。

"佩玉,只要这场战争胜利了,我一定会做一个合格的男人,让你过上幸福的生活。"钮卫国喃喃地说。但钮卫国不敢面对面向朱佩玉说这句话,只能把对朱佩玉的爱深深地埋藏在心里。

一连多天的晴好天气,让许多人都不适应起来。钮佳悦倚在医院门口,看着街上繁忙的人们,真希望一场大雾马上降临。雾可以使她看不到一切,看不到伤亡,看不到人们脸上那焦虑或者是悲伤的神色。因为有大雾,日本鬼子的飞机就不会来,他们可以享受暂时的和平,也不会显得那么紧张。

想象中的大雾没有如期而至，钮佳悦有些闷闷不乐起来。她的这么一个小小心愿，一直实现不了。

医院里的伤员越来越多，旧伤员还没有治好，新伤员又接连不断地被送进来。看着躺在病床上的伤员，钮佳悦知道自己唯一能做的，就是加倍努力为他们做好服务工作，为他们减轻痛苦。因此，钮佳悦除了吃饭外，几乎全身心投入到工作中去了，连话也很少说。

钮佳悦的这一切都被李思瑶看在眼里，痛在心里。仅仅几天，钮佳悦完全像变了一个人似的，沉默少语，连人也瘦了一圈。李思瑶多么希望钮佳悦能哭出声来，发泄出来。钮佳悦似乎特别坚强，从不把眼泪流出来，也不发泄出来。钮佳悦越是这样，李思瑶越是担心和心疼。

终于有一天，钮佳悦撑不住了，倒在病房里。李思瑶得知这个消息后，急忙从手术室赶到病房里，看到钮佳悦的脸白得吓人，头上直冒虚汗，心疼不已，上前就把她搂在怀里，带着哭声说道："傻丫头，吓死姐姐了。"

"姐，我没事。"钮佳悦从李思瑶的怀里挣脱出来，又要去给一个伤员包扎伤口，刚走了两步又要倒下去。

"傻妹子，你都病成这样了，还干什么工作？"李思瑶急忙与另一个护士上前搀住了钮佳悦，又用命令的口气说，"佳悦，你今天无论如何都要好好地休息。"

"姐，我不，我要工作。"钮佳悦试图挣脱李思瑶的手，感觉到全身无力，软软地倒在李思瑶的怀里，闭上了眼睛。

"快，送她到抢救室。"李思瑶着急地喊道，在一旁的另外一名护士急忙跑了过来，与李思瑶等把钮佳悦送往抢救室。

经过诊断，钮佳悦并没有什么大碍，是劳累过度所致，只要营养跟上，再好好地休息几天，就会好起来。李思瑶悬着的心这才放下来。

第二天，钮佳悦从病床上下来了，又投入了繁忙的工作中，李思瑶有些不忍心，劝说她要好好地养病，等身体养好了，才能多干工作。钮佳悦只是摇了摇头，又投入到工作中。

只是这几天日军的飞机空袭次数多，伤员陆陆续续送进了医院，李思瑶也进入了紧张的手术中。直到深夜，李思瑶才做完最后一例手术，走到病房里，见钮佳悦倚在窗口，有些发呆，便朝钮佳悦喊道："佳悦，你跟我回去休息吧。"

"姐，我要上夜班。"钮佳悦回过头来，指了指病床上的那些伤员对李思瑶说，"他们都需要我来照顾。"

"佳悦，你的病才刚刚好，如果老是这样，你的身体会被拖垮的，像前两天一样，你病了，又怎么能照顾他们？"李思瑶又劝道，"听姐的话，只有保重好身体，你才有精力照顾好他们。你说是不是？"

"对啊，你跟着李医生回去吧，这里有我们照顾就够了。"其他几名护士异口同声地劝钮佳悦，"你的身体还没有恢复，再这样下去，迟早会被拖垮的。"

"你看看，不是姐一个人说你吧？听姐的话。跟姐回去休息，明天早上来上班。"李思瑶拉起钮佳悦就走。

这次，钮佳悦没再强求留下，顺从地跟着李思瑶回宿舍。这是一个星光照耀的夜晚，虽然起风了，却没有一丝凉意。

"为什么就没有大雾天呢？"钮佳悦在心里还一直想着大雾的事。

"佳悦，你怎么啦？胡说什么？"李思瑶突然听到钮佳悦的这句话，第一反应就是去摸了摸她的额头，"你的头不烫啊。"

"姐，我没有胡说，只希望来一场大雾。"钮佳悦强调说，"有大雾肯定是个好天。"

"傻丫头，你不懂气象吗？这是夏天，又连续晴朗，怎么会有大雾呢？虽说重庆是雾都，但夏天有大雾是非常偶然的。"李思瑶解释时，随即明白钮佳悦为什么会有这个渴求或者希望。谁又不想马上来个大雾天呢？天天遭受日本鬼子的飞机轰炸，一场大雾天或许能改变很多。

"姐，我真想有个大雾天，或者说雾永远都不要散去。"钮佳悦说这话时，声音略带哭音。

"是啊，姐刚才一想，你的话不无道理。姐也真想有一个大雾天，可这是夏天。"李思瑶摇了摇头，但她又不想打消钮佳悦的这个美好幻想，安慰钮佳悦说，"走吧，再不走，雾来了，我们就找不到回宿舍的路了。"

“姐，相信我，肯定会有雾的，一定会有的。”钮佳悦肯定地说，因为她突然感到一片大雾正慢慢地升起来，越来越浓，越来越浓。浓浓的雾气是那么惹人欢喜。钮佳悦张开了双臂，像是要轻轻地搂住那些大雾。这些雾又像一朵朵棉花云，从钮佳悦指间轻轻飘逝而过，然后给人一种留恋，还有一种清香的味道……

# CHAPTER 10

# 第十章　形迹可疑的小丫鬟

钮佳悦的变化让李思瑶措手不及。钮佳悦之所以变得沉默寡言，与那次日军空袭有关。李思瑶明明可以把那次空袭的情报送出去，却偏偏没有送出去，虽没受到上级的批评，但她一直自责不已。

在与钮卫国长谈后，李思瑶总觉得哥哥李思源那天晚上来找自己不是一件简单的事。李思瑶几次去找李思源都没有见到人，不是被告知出差，就是出去执行特别任务了。这天，李思瑶终于在李思源宿舍门口堵住了他。进屋后，李思瑶就责问李思源："哥，你为什么一直在躲我？是不是有什么事情瞒着我？"

"什么躲不躲你？最近我一直很忙。你没见日本鬼子隔三岔五就来一次大空袭，你没看城里有很多人都被炸死了吗？上面压得紧，我不努力工作，怎么能行？"李思源的话自有道理，又说，"思瑶啊，如果你医院里有事，就不要来我这里找我。我有时间会去医院看你的。"

"你是想撵我走吧？"李思瑶有些不满，责问李思源，"哥，我只想问问，那天晚上为什么你到我宿舍聊一些无用的话题？"

对于那晚李思源的不请自到，李思瑶总觉得事情没有那么简单，而且是自己刚刚下班，回到宿舍看到门前有一个特殊的记号后，李思源就到了。那特殊记号是钮卫国与她的紧急联系方式。因为李思源的到来，她错过了与钮卫国见面的时间，同时她错过了把情报送出去的时间。事情不会那么巧，因此，李思瑶觉得很有必要与李思源长谈一次，一定要弄清事情的真相。

“思瑶，现在也没有外人，我们就打开天窗说亮话吧。”李思源掏出一支香烟点燃，猛地吸了一口，忍不住咳嗽起来。李思源平时不抽香烟，除非遇到棘手的事，他才会像一个瘾君子一样猛抽香烟。当然，他的这个习惯李思瑶很清楚，因而，李思瑶觉得哥哥今天掏出了香烟，说明事情很严重，他好像知道了什么。

“哥，我要听真话。”李思瑶带有命令的口气说，“你说吧，我听着呢。”

“思瑶，你别以为我不知道你来重庆是什么目的。自从你一踏上重庆的地盘后，你的详细底细已被我手下查得一清二楚，要不是我挡着，早就把你的事情报到‘军统’高层了。当然，为了你的安全着想，我只能让他永远闭嘴了。”李思源痛苦地说，“你是我妹妹，也是我唯一的亲人，我不想就这样失去你。共产党给了你什么好处？你非要去当共产党员？当初我送你去学医，就是希望你有一份好的职业，以后也好找一个好的夫婿，结果你医倒是学成了，却偏偏成了共产党员。你让我如何帮你？”

“你早就知道了我的身份？”李思瑶的身份一直很隐秘，李思源是如何知道的呢？如果他不是自己的亲哥哥，正如他说的一样，自己早就被“军统”抓了进去。

“你的事情本来我不想管，可不管又不行。你知道吗？当年父母把你托付给我，我至今都忘不了他们的眼神。你知道父母为什么把你送人养吗？那是算命先生说，如果不把你送人养，你就养不活。父母为了让你健康成长，不得已才把你送人。那年，你才多大？你只有三岁。”李思源把香烟狠狠地掐灭，又掏出一支点燃，“思瑶，你知道什么是生离死别吗？我至今也不能忘记，父母紧紧地握住我的手，说欠你的太多了，不能再让你受苦了。让我好好地照顾你，特别是母亲用她期盼的眼神看着我。我的心都碎了。你说说，面对父母的这个小小愿望，我能不答应吗？如果我不答应他们，他们死也不会瞑目。”

“哥，你别说了。”李思瑶以前只是听李思源说过，父母把自己托付给了哥哥，只是没想到哥哥一直把父母的话当成了圣旨。哥哥是爱她的，自己是哥哥唯一的亲人，自己唯一的亲人也是哥哥。可是，自己不能因为哥哥一句话，就放弃了自己的信仰。没有信仰，与普通百姓有什么差别？

“当共产党员有什么好？思瑶，你听我的话，好好地干你的医生吧。这个职业不错的，收入也不少。你再找一个夫婿好好过日子，比什么都强。你是一个女子，又何必卷入这场战争中来呢？”李思源说着掏出几张照片来，“这些照片都是经过我精心筛选的，你看看对哪一个小伙子比较满意。只要你满意，哥哥绝对让他成为你的夫婿。”

“哥，我上次不是说过了吗？我不想这么早就结婚。”李思瑶没想到李思源又以她的婚姻来说事，心里自然十分不情愿。从加入党组织的那一天起，李思瑶就下定了决心，如果不把日本鬼子赶出中国，她是不会结婚的。尽管党组织给她安排的是地下工作，她从不后悔，也没有怨言。只要是做把日本鬼子赶出中国的工作，在哪里工作都一样。

“思瑶，这事由不得你。再说我已经在他们面前许下了诺言，如果你不答应，你哥我的这张老脸往哪里放？”李思源不想自己被让李思瑶牵着走，争取话语主动权。

“哥，如果我要结婚，也要等你先结婚。”李思瑶已经看出了李思源的意思，也不甘示弱，又说，“为什么你到现在都不结婚？是你心里一直装着沈家大小姐沈妍冰吧？虽然她去国外留学了。都回来好几年了，你又为什么一直不去找她？你们之间有什么难言之隐？”

“我的事你少管。”李思源没想到李思瑶又提他的痛处。要说李思源不喜欢沈妍冰那是假的，这么多年了，他的心里的确只装得下一个沈妍冰，这么多年来他一直没结婚也正是这个原因。自从父母出事后，沈家有意悔婚，李思源不得已才参军，希望能混出一个模样来。如今也算是事业有成吧，可他与沈妍冰仍然没有走到一起。

“对了，哥，说到沈家小姐，我一直没有告诉你。前些年，她与我一同去了上海，但最近在重庆我见到了她和她的丫鬟陈依然。上次我请你去白宫舞厅，就是想让你见见她们，给你一个惊喜，你却走了。只是沈妍冰行事很古怪，不知道是怎么回事。”李思瑶一直想把这个消息告诉李思源，她一直觉得她遇到的沈妍冰太可疑了，认为她不是真正的沈妍冰。因而，上次，她把李思源约到白宫舞厅，就是为了让李思源来辨认，结果朱佩玉的出现，打乱了她的计划。

“什么？沈妍冰来重庆了？”李思源听到这个消息有些吃惊，“你肯定看错人了。她在外国读书，怎么会来重庆？”

“我说的是真的，我可以带你去找她。只是她最近难觅踪影，得找机会，只要有机会，我一定会让你看到她。”李思瑶知道只有李思源才能辨别她认识的沈妍冰是不是真的。

“妹妹，如果她真在重庆，你见到她了，一定要通知我。”李思源的心隐隐作痛，他有许多谜团需要解开。

“哥，就这么说定了。我一定会及时通知你的。”李思瑶斩钉截铁地说。

谷海山的命令不能违背，“军统”的命令更不能违背。朱佩玉深知这个道理，因为在“军统”里除了服从，还是服从。谷海山让朱佩玉去查隐藏在重庆的共产党员，即使朱佩玉有一百个不愿意的理由，这次也没办法了。因为谷海山给她下的是一个死命令，如果不按照命令去做事，后果如何，朱佩玉比谁都清楚。

“册那，共产党不也是在为抗日救国吗？为什么非要把他们一网打尽？”朱佩玉只能在心里骂“军统”做事太绝。朱佩玉有时候也在想，自己进入“军统”工作是不是入错了行，日本鬼子都没有赶走，为什么就要急着对自己的同胞下手？是他们的脑子有病，还是他们吃错了药？

骂归骂，工作还是要做。朱佩玉心里比谁都清楚，如果这次不查出几个共产党员来，她绝对交不了差。对于查出一两个共产党员来，朱佩玉根本花不了多少心思。以前，她没有接到这个任务，所以即使发现了共产党员，她也是睁只眼闭只眼，现在要真正查他们，那几乎是一件很容易的事。

但这次，却让朱佩玉失望了。一连多天，她不但连共产党员的影子都没看到，还差点被日本鬼子的飞机空袭时扔下的炸弹炸伤。

“册那，要不是老娘的命大，还真在这里报销了。”朱佩玉心里有了一股无名火，不由再次破口大骂谷海山。骂完谷海山，她又骂“军统”，“满重庆都是日本特务，查了那么久，也没查出几个，查共产党倒在行。一群窝囊废，只会扳到门槛狠，对于外敌却像一条丧家犬。”

“还是得查查。”朱佩玉想来想去，突然想起，自己一直怀疑李思瑶是共产党员。虽然钮卫国极力否定，但朱佩玉越是怀疑，只是苦于没有证据，现在何不趁机细查她一下？

朱佩玉调查了很多地方，结合李思瑶平时所做的工作，又进行了综合分析，得出了结论：李思瑶就是一名共产党员。但这只是分析和推断，接下来就是找强有力的证据。找证据看似简单，其实是一个很复杂的过程。如果从其他人那里得不到李思瑶是共产党员的证据，那得从李思瑶身上找，或者进入医院去搜查。但朱佩玉仍然没有得到有价值的线索。朱佩玉觉得有些鲁莽，决定使用最后一招：跟踪李思瑶。如果李思瑶真是共产党员，她既然能在重庆站稳脚跟，肯定不是一个普通的共产党员，至少也算是个特工吧。对于特工跟踪特工，那可不是闹着玩的。如果李思瑶是共产党的特工，肯定有反侦察能力，稍有不慎就会打草惊蛇。

“对了，我怎么没有想到她呢？”朱佩玉突然醒悟过来，猛地拍了拍脑袋。朱佩玉想到的人是钮佳悦。钮佳悦与李思瑶在一起待了好几年，她肯定早就知道李思瑶的身份。说不定，钮佳悦也是一个共产党员呢。

朱佩玉决定去医院找钮佳悦。有好些日子没见到钮佳悦，朱佩玉不知道这个小姑子过得咋样了。作为女人，朱佩玉很佩服钮佳悦，她那么小就跟着李思瑶走南闯北。但是，她又担心钮佳悦加入了共产党。钮佳悦的年纪还小，无论是为“军统”，还是为共产党工作，她都不适合。她应当是一个普通的女子，长大后，找一个夫婿，然后相夫教子。

朱佩玉来到医院里，看到钮佳悦面无表情地工作，人也瘦了，有些心疼起来，不由喊道：“佳悦，嫂子来看你了。”

“嫂子，是你？”钮佳悦淡淡地回答了一句，脸部表情又冷了下去，朱佩玉的到来好像与她无关似的。

“佳悦，你先停下手中的工作，我有话要对你说。”朱佩玉说完又让旁边的护士接替钮佳悦的工作，然后带着钮佳悦出了医院，找了一家很简单的小饭店坐了下来，要了两碗面条。

“佳悦，你说说，你为什么变成了这个样子？”朱佩玉心疼地看着钮佳悦，又问道，“是不是李思瑶虐待你了？”

“不是。”钮佳悦摇了摇头，然后又低下了头，只顾吃面条。医院的伙食并不好，出来吃一碗面条是钮佳悦最大的奢望，这面条的味道让她感觉好像回到了家乡。一碗面条下肚后，钮佳悦觉得还没有吃饱，见朱佩玉没有动筷子吃面条，便说道，“嫂子，我还要吃。”

“你很久没有吃这样的面条了吧？”朱佩玉把面条递给了钮佳悦，又向老板要了一碗面条。

“嗯。”钮佳悦嘴上应着，手里也没闲着，接过朱佩玉递过来的面条，又大口地吃起来。

“佳悦，慢点吃。”朱佩玉已经看出钮佳悦已经不是当初的那个钮佳悦了，虽然她现在不怎么说话，可她好像变得成熟了。作为一个女人，一旦成熟，就有了自己的思考能力，做事也就有了自己的准则。钮佳悦正处在这个节骨眼上，如果稍有不慎就会滑向共产党那边，也有可能滑到“军统”这边来。当然，朱佩玉不单单是请钮佳悦来吃碗面条，她要向钮佳悦证实李思瑶是共产党员的事。于是，朱佩玉又问道：“佳悦，你李姐姐是共产党员，她有没有给你任务？”

“什么是共产党员？什么任务不任务？”钮佳悦一怔，才明白朱佩玉的面条不是白吃的。李思瑶是不是共产党员已经无关紧要了。哥哥钮卫国与李思瑶走得很近，他们做的是一样的工作。哥哥从小就没有骗过自己，他做的事情绝对正确。因此，钮佳悦不能把他们是共产党员的事告诉给任何人，当然包括朱佩玉。

“好了，我只是与你开开玩笑。快吃面条，吃完面条，你快回医院。说不定日本鬼子的飞机什么时候又飞来了。”不用再问下去了，朱佩玉已经从钮佳悦的那一怔和目光里得到了答案。李思瑶果然是一名共产党员，她为共产党做事。那她隐藏在重庆目的又是什么呢？想到李思瑶是共产党员，朱佩玉又想到了钮卫国，李思瑶与钮卫国走得太近。

朱佩玉像是卷进了一个旋涡,该不该把李思瑶是共产党员的事报告给谷海山呢?如果李思瑶禁不住"军统"的酷刑,会不会把钮卫国招供出来?如果把钮卫国招供出来了,自己又该怎么办?谷海山又会对钮卫国使用什么样的酷刑?如果钮卫国禁不住酷刑,又会牵扯出谁来?这样下去,很多共产党员要么丢掉了生命,要么当了叛徒……自己岂不成了罪人,或者是众矢之的?

原来谷海山这一招真损。朱佩玉不知这工作该如何做下去。她觉得共产党员是自己的同胞,他们也积极地抗击日寇,自己对他们怎么下得了手?

"嫂子,你在想什么?怎么不吃面条?"钮佳悦吃完两碗面条,脸色红润了,精神也焕发了,她见朱佩玉坐在那里发呆,饭店老板刚刚端来的面条,朱佩玉连筷子都没动。

"我没有胃口,你现在马上回医院去吧。"朱佩玉没再挽留钮佳悦,出了小饭店,便径直走了。

花野真衣还沉浸在空袭胜利的喜悦之中,又有新任务来了。上一次的空袭消息被隐藏在"军统"内部的共产党员截获,而且成功地往外送,如果不是他们隐藏在"军统"内部的人员及时把这个消息告诉给他们,并成功地阻止了共产党把情报传递出去,那么,他们上一次空袭的效果,绝不会有这么好。因而,特高课命令花野真衣及时把隐藏在"军统"内部的共产党员查出来,以便他们通知隐藏在"军统"内部的特工。

"要把隐藏在'军统'的共产党员查出来,这可是一个艰巨的任务。难道是钮卫国把情报泄露出去的?钮卫国与李思瑶走得那么近,他们肯定是上下线关系,但情报显示大轰炸那天晚上,李思瑶一直待在医院里。"花野真衣自言自语地说。她知道这个任务比以往任何一个任务都难。自己在重庆潜伏下来是有特殊任务,一直都与特高课单线联系,不参与其他任务。如今这个任务是到"军统"内部去搞事,真有点在老虎头上拔毛。特高课没有明确告诉她隐藏在"军统"内部的特工人员是谁,难道除了钮卫国外还有其他人?越是这样艰巨的任务，花野真衣越是觉得有挑战性。

花野真衣决定马上着手准备查找隐藏在“军统”内部的共产党员时，发现陈依然倚在窗口想着心事，不由皱了一下眉头，在心里骂道：“支那的下等女人。要不是为了任务，你的下场早就与沈妍冰那个女人一样了。”

陈依然像没有看到她一样，仍倚在窗口望着天窗发呆。花野真衣走过去喊了一声：“陈依然，你去买点菜回来。”

“嗯。”陈依然这才回过神来，动作远不如以前快，还有些懒散。

“快点去，早去早回。”花野真衣用严厉的口气说，“今天如果晚了，不准吃饭。”

“嗯。”陈依然只是应了一声，不说多余的话，好像花野真衣不存在一样。

“真是一个支那的下等女人。”花野真衣用日语骂了陈依然一句。陈依然这几天反常，让花野真衣有些警觉。虽然以前，自己故意让陈依然出去，并派人跟踪过她，可她除了在喝酒时与朱佩玉有过简短的见面外，就是与钮佳悦见过一面，然后钮佳悦被李思瑶拉走了。但最近，陈依然的表现着实令人怀疑。单说上次自己发情报是绝对保密的，怎么会泄露出去了呢？无论是收集气象资料，还是自己秘密地把这些情报发出去，没有经过第二个人，在自己刚发出情报后，在上海的特高课就发来了情报，说自己的情报已经泄露，共产党那边已经得到了情报，正准备送出去，如果不是特高课隐藏在“军统”内部的特工行动，那次的空袭损失肯定不少。

“难道是陈依然？怎么看她也不像一个特工，再说自己当年亲自去码头把她的主人给打死了，带走她纯粹是为了掩饰自己的身份。如果陈依然是一个特工，无论她是共产党的人，还是国民党的人，都是一件十分可怕的事。”花野真衣突然觉得事情的严重性，决定亲自跟踪陈依然。今天，她让陈依然去买菜是个幌子，考验陈依然才是真。

待陈依然一出门，花野真衣马上换了件衣服，稍微化了一下装，便尾随陈依然而去。花野真衣这一化装，走在大街上，如果不仔细辨认，很难看出她的真面目。

大街上，很多老百姓仍然在重建家园。花野真衣诡笑起来，无论这些老百姓多么努力地重建家园，又会在下一次的大轰炸里，变成一堆垃圾。可重庆老百姓重建家园的决心，让她有些害怕。击垮一个人的身体很快，但要击垮一个人的精神不容易，特别是一个十分团结的民族的精神。花野真衣轻微地叹了一口气，她知道只有不停地轰炸才能让他们不停地重建，直到他们无法再重建家园时，他们的精神就会垮掉。

街上除了重建家园的人，似乎很萧条。这很符合花野真衣的心境。多次的空袭，已经起到了一定的效果。

前面的陈依然一路无精打采地走着，又显得心事重重。对于那些重建家园的老百姓好像无动于衷，她究竟是怎样一个人？花野真衣不禁怀疑起自己的眼光来。如果陈依然真是一个特工，在自己身边待了这么多年，都没有发现她的话，要不就是自己太愚蠢，要不就是陈依然太厉害了。但是，再厉害的特工也有疏忽的时候，总有一天会露出马脚的。

花野真衣正想着，走在前面的陈依然突然在一瞬间没了踪影。她到哪里去了？花野真衣着急起来，快步追了上去。前面是三岔巷，花野真衣走过去，逐一看过，均没有发现陈依然的身影。

“完了。这陈依然果然不是一个简单的人，单不说她是不是特工，就凭她这个躲避跟踪的手段，就已经是一个了不起的人了。”经过分析和辨别，花野真衣朝一条最小的巷子里走去。这条巷子很长，最容易隐藏人。如果陈依然真是一个特工，她一定会躲进这条巷子，然后想办法脱身。很快，花野真衣就走到了巷子的尽头，才发现是一条死路，两边的房子因为轰炸，已经没人住在这里，到处都是杂物，还有一股难闻的味道。花野真衣发现自己跟错了路，正想转身时，一支枪顶在了她的后背上，一只手把拎在手里的包抢了过去。

“包被人抢了，枪还在包里，这次真的完了。”花野真衣正想如何反击时，后面的人没等她反应过来，一枪柄敲在了她的头上。花野真衣像一团软软的棉花一样倒在了地上。

等花野真衣醒来时，天已经暗了下来，摸着被敲过的头纳闷起来。是谁把自己敲晕？如果真是陈依然的话，那么说明她肯定有问题。可自己连敲打自己的人影都没见到，现在就下定结论是陈依然，这不符合逻辑啊。是该好好问问陈依然了，花野真衣急忙往回走。

花野真衣回到住处时，陈依然早已做好了饭，脸上有着一股淡淡的忧伤，丝毫看不出她做过任何事一样。花野真衣想询问陈依然，又觉得有些冒失，不如等查清楚了再问也不迟。

与朱佩玉分开后，钮佳悦出了饭店漫无目的地走在大街上。钮佳悦有好些日子没有出过医院的大门了，她害怕某一时刻，防空警报声再次响起，她不知道该躲到何处。尽管她已经躲过无数次空袭，也多次进过防空洞，但上一次防空洞里的惨景，几乎每时每刻都会浮现在她的眼前，特别是陈医生死去的面目让她无法忘记。如今，任何一次空袭都让钮佳悦触景生情。这次，朱佩玉的到来，让钮佳悦感到意外。李思瑶平时特忙，也从没带她去街上玩玩，更别说吃面条了。随着年龄的增长，钮佳悦觉得自己不再是以前的那个小女孩了。以前，自己想做什么事，会不计后果地去完成。但现在不一样了，遇到事情都要三思而行。

走了一圈，钮佳悦觉得该回医院了，那里还有很多伤员等待她去照顾。突然，一个女子与钮佳悦擦身而过。女子跑步速度之快，钮佳悦差点没站稳，等她站稳后，那女子已经走远了。

"这女子疯啦?"钮佳悦很是不高兴，因为女子冒失地撞到她，把刚才的思绪全打断了。此时，女子回头来看了一眼，并向她摆了摆手，然后转身，迅速在拐弯处消失了。

"这不是陈依然吗?"钮佳悦看清撞她的女子，心里嘀咕起来，"陈依然为什么要慌慌张张地跑? 撞了自己又不赔礼道歉，还装作不认识自己一样，只是摆了摆手，她到底是什么意思?"

钮佳悦正疑惑着，一个穿着破烂、满脸长疮疤的女人也迅速从她身边经过，也差点把她撞到。

"今天真是倒霉透顶了，一连被两个女人差点撞到。"钮佳悦非常生气，正要找这个女子算账时，却发现这个女子动作十分利落，朝陈依然追了过去。

"这个背影好熟悉。"钮佳悦失声叫道，可她实在想不起这个人是谁。在她认识的人中，从没有长得这么丑的女子。钮佳悦当然没认出这个熟悉的身影，她就是化了装的花野真衣，正在跟踪陈依然。

“她在跟踪陈依然？陈依然为什么会被人跟踪？”钮佳悦一时弄不清楚她们之间发生了什么，想看个究竟，急忙跟了过去。走到拐弯处，钮佳悦才发现这是一个三条小巷的岔道，不知道她们奔向了哪一条巷子，只好作罢，然后向医院走去。

路上，钮佳悦越想越觉得不对劲，心里不由疑惑起来：陈依然是沈家大小姐的丫鬟，她怎么会被人跟踪？钮佳悦在湖州城里时就知道，凡是在大户人家当丫鬟的人，都是穷苦出身，她们没有身份、没有地位，做事情也十分小心，不能得罪主人，更不能得罪外面的人。因为一不小心得罪了主人，被赶走那是小事，被主人暴打后才赶走的就不一样了。只要是被主人赶走的丫鬟，就再也找不到雇主了。如果是得罪了外面的贵人，那是一件更可怕的事。被得罪的人会找上门来，主人为了赔罪，往往是当场责打丫鬟。反正，这个场面钮佳悦看到过，特别是隔壁沈家那个丫鬟被打得奄奄一息，那惨景令钮佳悦终生难忘。

今天，陈依然不跟着她家的主人，难道是她在外面惹了事？可追她的人虽然长得难看，身影却是那么熟悉。

“得把这事告诉给李思瑶。”钮佳悦打定主意，快步往医院跑去。

刚到医院门口，就见李思瑶正在焦急地等她。见了面，李思瑶就迫不及待地问道：“去哪里了？大半天都不回来？急死我了。”

“姐，我出去吃面条了。”钮佳悦急忙拉住李思瑶的手，往宿舍跑去，边跑边说，“姐，快回宿舍，我有事要告诉你。”

“你有什么事？这么神神秘秘的？”李思瑶第一次看到钮佳悦这么着急，心里微微一笑：她成熟了许多。

回到宿舍，钮佳悦往门外探头看了看，发现没有其他人，急忙把门关得严严实实的，坐下后长长地喘了好几口气。

“快说啊，佳悦，你到底遇到了什么事？朱佩玉对你又说了什么？”李思瑶从其他护士那里打听到钮佳悦被朱佩玉带出了医院，她怕钮佳悦出什么事。虽然李思瑶很清楚朱佩玉与钮佳悦的关系，但她觉得朱佩玉不是一个简单的人，如果利用钮佳悦，自己以后的行动会受到很多限制。况且，钮卫国已经把钮佳悦托付给她了，让她好好照顾钮佳悦。当然，李思瑶还有一点私心，就是要把钮佳悦培养成一名共产党员，虽然这个想法还没有对钮卫国说，她相信，再过两年，只要钮佳悦愿意，钮卫国同意，她就有能力把钮佳悦培养成一名出色的共产党员。

“我看到了陈依然被人跟踪。跟踪她的人长得很丑，脸上还有疮，但身影很熟悉。”钮佳悦说完，又把她与朱佩玉出去吃面条的事说了一遍。

“你确定是陈依然？”李思瑶疑惑地问道。她与钮佳悦有着一样的想法，陈依然只是沈家大小姐的一个丫鬟，竟然有人跟踪她？跟踪她的人又会是谁呢？是“军统”的人还是日本特工？有一点可以肯定，跟踪陈依然的人绝不是自己的同志，因为自己没有得到这方面的消息。钮佳悦说跟踪陈依然的人的身影非常熟悉？难道是朱佩玉？这也不可能啊。朱佩玉是“军统”的高级特工，不可能这么鲁莽行事，况且她与钮佳悦才从面店出来，要化装也没有那么快啊。那么剩下的人肯定是日本特工了。如果真是日本特工跟踪陈依然，那么陈依然的身份就是一个谜了。越分析，李思瑶越觉得这是一团乱麻，这事得向钮卫国汇报。

李思瑶又问：“最后陈依然发现跟踪她的人了吗？她摆脱了吗？”

“这，我就不清楚了。我跟了过去，前面是三条巷道，不知道她们去了哪一条巷道。我越想越觉得不对，就马上跑回医院了。”

“这事，你不要对任何人说，一定要把这事放在心里。不然，你会惹上麻烦的。”

“知道了。”

“先休息一下吧，你也累了很多天了。”

李思瑶觉得钮佳悦今天开朗了许多，好像已经从那次空袭中走了出来。在安慰好钮佳悦后，李思瑶决定与钮卫国见面，把钮佳悦遇到的事告诉他。

李思瑶与钮卫国接头非常顺利，还未向钮卫国汇报情报，钮卫国告诉她，上次大轰炸的情报来得非常蹊跷。钮卫国原以为是重庆地下党得到的，再转交到他手上，再让他转给李思瑶。可事实不是这样的。钮卫国查遍所有人，都说他们没有搞到这样的情报。

李思瑶很是吃惊，问道："这是怎么回事？"

"这事情得从前些日子说起。"钮卫国说，那天他路过白宫舞厅时，一个卖花的小女孩把一束花送给他。花里有一封信，就是日军即将对重庆进行一次特别轰炸的情报。虽然这个情报来得太容易了，但钮卫国经过分析，觉得情报的可信度特大。当时以为是潜伏在重庆的另外的同志送给他的。后来的大轰炸证实情报的准确性。钮卫国决定再次联系一下。于是，他来舞厅前，找到那个小女孩，买了束花，并用暗语对，结果那个小女孩一问三不知。起初，钮卫国以为小女孩见周围人多，不愿意接头。于是便暗暗跟踪小女孩，最后发现小女孩只是一个普通的卖花人。钮卫国还是不甘心，便直接问了小女孩。小女孩告诉钮卫国，上次有一个长得十分漂亮的阿姨让她把那封信送给钮卫国。

"情报准确及时。如果不是潜伏在敌人内部的同志，怎么会这么快得知了情报，而且及时送了出来呢？"钮卫国分析说。

"是啊。送得太及时了。"李思瑶的脸上有了难过的神色，自责地说，"可惜我没有及时送出去。那么多的同胞没能幸免于难……"

"思瑶，你不要太过于自责。这事不能怪你，只怪我们太低估了形势。"钮卫国叹了一口气说，"如果不是组织上有严格的规定，那天没等到你来，我就亲自送出去了。"

"组织上对今后的工作有什么指示？"李思瑶问道。

"你还真猜对了，组织上让你务必查清这个人。如果是我们自己的同志，那更好。如果不是，务必要把她争取过来。既然她能获得一手情报，说明这个人也不简单。我们正需要这样的同志。"钮卫国又说，"据小女孩描述，这个女同志年龄不大，与你差不多的样子，穿着很普通。小女孩见到她时，她用纱巾盖住了半边脸，所以，我们确认起来有点困难。"

"会不会是她？"李思瑶突然想起前些天，钮佳悦对她说过，她在城里又看到陈依然了。这次她看到的陈依然与以前大不相同，虽然陈依然手里提着菜篮子，可走路与以前完全不一样，后面还有一个女人在跟踪。最后陈依然快步躲进一条小巷子里，后面的女人跟了过去，然后再也没有出来过。

“你说是谁？”钮卫国迫不及待地问道。

“陈依然。”李思瑶有些不敢肯定地说。

“陈依然？你能说说她的情况吗？”

“当年，她与我们一起去了上海，但她是沈妍冰的丫鬟，大家都没有在意。我们被关进大桥监狱四号牢房里时，她好像消失了一样，待我们来到重庆，她与沈妍冰又出现在重庆。”李思瑶从记忆中拼命想找出一些关于陈依然的情况来，但还是没有想起陈依然有什么特别之处，又说，“如果真要说特别之处的话，那就是陈依然爱抢着说话，但每次都被沈妍冰呛了回去。有一点可以肯定，陈依然一直在想表达某个意思，可一直没有机会。”

“陈依然？这个名字好熟悉。”钮卫国努力地想着往事，想着家乡的一切，突然一拍脑门，说道，“你说的沈妍冰，她不是你哥的未婚妻吗？陈依然就是一直跟着沈妍冰的丫鬟？”

“是啊，就是她啊。沈妍冰是我哥的未婚妻不假，在我们一起去上海之前，我与她从没见过面。她也不认识我，我也没见过她。我三岁就被抱养在外地了。父母去世前，让我哥哥一定要好好照顾我，并让我们相依为命。”李思瑶说，“几年前，我哥哥找到我后，没有让我回老家，而是送我去学医。所以，大概沈妍冰也不知道有我的存在。”

“原来是这样啊。”钮卫国终于明白了李思瑶与沈家大小姐及丫鬟不熟悉的原因。

“听说在‘军统’内部刚刚建立了一份绝密的档案，可以查到任何人的底细。你能否查到？”李思瑶突然想起哥哥李思源说过，不管你做得多隐秘，“军统”只要决定查你，肯定能查到你的底细，他们有一份绝密档案。

“你说刚建立的绝密档案，我只是听说过，也不知道真假。如果是真的，我可以想办法查查看。但前提是必须有陈依然的照片，或者见她一面。”钮卫国知道绝密档案里肯定有当事人的照片，但要在“军统”内部找到绝密档案的位置十分困难。即使找到了，查阅也需要很长时间。

“你那边想办法查，我这边也想办法去查。”李思瑶知道钮卫国有难处。“军统”内部的东西不是说找就能找到的，而且还是绝密档案。如果不是“军统”内部的消息，外面的人根本不知道还有这份档案。即使有这个档案，也有重兵把守，钮卫国不是“军统”内部的核心成员，一般成员根本无法靠近，何况还要去查找一个人。

“今天的谈话就到此吧。如果你不方便出现，可让佳悦去试试。”钮卫国不想让李思瑶冒险，毕竟还没有弄清楚陈依然的底细，李思瑶去调查反而有诸多不便。钮佳悦不同，她年纪小，不容易引起别人的怀疑。

“卫国同志，这就是你的不是了。佳悦没有加入我们的组织，年纪又小，没有必要卷进我们的工作。”李思瑶非常担心钮佳悦的人身安全。钮佳悦涉世也不深，又没做过这样的工作，万一被敌人利用了怎么办？

“思瑶同志，你相信我。佳悦是我妹妹，这点事她肯定能办好的。”钮卫国再次强调说，“以前我一直认为她年纪小，不懂事，但经过上次的大轰炸后，我发现她变得成熟稳重多了。现在是锻炼锻炼她的时候了。”

“那我试试吧。如果不行，还是我去办，方便些。”李思瑶还是有些担心。虽然钮佳悦在一天天地成熟起来，毕竟她还年少，没有工作经验。干他们这样的工作，成熟与经验不成正比。但经验远远大于成熟，只有丰富的经验，才会让人变得更加成熟。

# CHAPTER 11
# 第十一章　绝密档案中的一个人

直到天黑，花野真衣才从昏迷中醒过来，火气特大，本以为自己化装后跟踪陈依然，就能查到陈依然到底是怎样一个人。可惜的是，不但没有跟踪上陈依然，还被人下了黑手。尽管花野真衣认为那是陈依然对她下的黑手，却没有确切的证据。对她下黑手的人不但身手快，而且特别准，力气也特别大，这个人至少是经过特殊训练的。花野真衣不敢想象，如果那人要杀了自己，是一件轻而易举的事。对方为什么没有要了自己的性命呢？对方又有什么企图？

回去后，花野真衣也想过旁敲侧击地问陈依然，但一切都是徒劳。陈依然像什么事都没发生过一样，只管埋头做事。如果陈依然是下黑手的人，那说明她是一个经过特别训练的人。在这个社会经过特别训练的人，要么是军人，要么是特工。从被下黑手的那一击来看，那人显然属于后者。

花野真衣越是冷静，心里越是不舒服，陈依然好像比她还冷静，该做的事一件不落地做好；不该做的事，她也从不过问。花野真衣想朝陈依然发发怨气，可又实在拿不出证据来，只能在暗中多提防着她。花野真衣仍然不甘心，几经思量，决定找陈依然问个清楚。

“陈依然，我想知道白天你去买菜时，遇到麻烦没有？”花野真衣冷冷地问道。

“麻烦？什么麻烦？这不，我买好菜回来，煮好了饭，见你不在，就先吃了哦。”陈依然淡淡地说，好像花野真衣的提问与她无关一样，又像是早已有了准备一样。

“真没有遇到什么麻烦？可我怎么看，你都像遇到了麻烦一样，要不然你怎么心不在焉。”花野真衣心有不甘，如果陈依然不以装傻来掩饰自己的身份，以此开展特工工作，自己又怎能让她活到现在？

“如果没有什么事，我就先出去干活了。”陈依然似乎显得不耐烦，好像不愿意在花野真衣房间里多待一分钟一样。

“你出去吧。”花野真衣不是拿陈依然没有办法，现在是轰炸重庆的关键时期，不能因小失大。陈依然现在仍然是花野真衣的一把“保护伞”，如果现在临时找一个中国女人当丫鬟，虽然现实，但至少很多地方不能配合她，让人一眼就能看穿。再说江南沈家大小姐的丫鬟跟着她也好几年了，非常适合侍候她的起居饮食等，怎能轻易换人呢？

突然，花野真衣房间的电话响了起来。这个电话装得十分隐蔽，从装上后就没有响过。现在突然响了起来，把花野真衣吓了一大跳，疑惑了一下才清醒过来，马上拿起电话，就听见对方说了一句“老地方见”，然后就挂了电话。

对方说老地方见，花野真衣马上明白对方就是特高课派人隐藏在“军统”内部的人员。因为这部电话机是花野真衣来重庆就安装好的，号码除了特高课以外，没有人知道。在特高课时上级也说过，不到万不得已，千方不能用电话与任何人通话。

老地方，其实就是白宫舞厅。那里的舞女众多，加上社会各色人员齐聚，是他们隐藏身份的最佳场所。

花野真衣打扮了一番，独自来到白宫舞厅里，被迎上来的服务生领到了一个包厢里，看到约她的人，差点叫了起来，对方竟然蒙着脸，只露出两只眼睛。花野真衣不由问道：“请问你是……”

“不要说话，也不要问我是谁，你只要记住我的话就行了。”对方说话时，故意把声音变得嘶哑，又说，他之所以约花野真衣来舞厅里当面谈,是因为今天的任务特别紧,也特别重要,不能出半点纰漏。

“说吧,是什么任务?”花野真衣当然知道这项特别任务的重要性。在上海的特高课也说过,如果不是特别重要的任务,对方不会启用电话的,更不会约她见面。以前,都是对方在约定的地方留下纸条,花野真衣只要派人或自己去取。

“‘军统’内部刚建立了一份绝密档案,档案里记载的人是几位国外回来的专家,其中就有沈妍冰的档案。当然,你是个冒牌货。只要你拿到这些档案,就可以找到你要寻找的红灯笼。”对方说话时,还不住地咳嗽。

“绝密档案?代号红灯笼的人也在?”花野真衣的心好像要窜出来一样。红灯笼真是一个神秘的人物,不但自己在寻找她,“军统”在找她,共产党也在找她,她到底是怎样的一个人?但花野真衣心里又疑惑起来,既然“军统”有红灯笼的档案,就会很快找到红灯笼。

“至于如何得到这份档案,你自己想办法。”对方说,“从现在起,我的任务也算是完成了,以后你们无论干什么事,都与我无关,也不要来找我了。”

“既然你在‘军统’里工作,最容易也是最有机会接触绝密档案,为什么让我们去取?”花野真衣不由疑惑起来,对方就是在“军统”里工作,他是怕暴露身份,还是有其他原因?

“这份情报我是额外提供给你们的。”对方显得有些不耐烦起来,“我替你做的工作里没有这项。再说,我的任务完成了,你们也该实现你们的诺言了。”

“我们大日本帝国从来说话算数的,肯定会兑现我们的诺言,你想就这样脱手,‘军统’方面会饶了你?”

“你这是威胁我?”

“不是威胁,是善意提醒你。”

“如果我手里没有一张王牌,也不会对你们摊牌的。”

“你……”

“我说话算数,也希望你们说话算数。我们的谈话到此为止。我出去一刻钟后,你才能出门,不然……”对方说完把手掌放在脖子上,做了一个杀人的动作,然后快步走出了房间。

“这个人的背影好熟悉。”花野真衣总觉得对方是一个见过面的熟人，只是一时想不起来。花野真衣端起一杯红酒，刚放到嘴边又放了下去。作为特高课的高级特工，花野真衣在上海可以如鱼得水，可在重庆，碰壁的事情太多。花野真衣瞬间觉得自己有些窝囊。既然“军统”内部已经把绝密档案的消息透露出来了，那么，惦记这份绝密档案的人就不止自己一个了。如果不抓紧时间寻找，或者去把档案偷出来，那么红灯笼就属于“军统”的了。

一刻钟后，花野真衣觉得自己该回去了，又悄悄地打扮了一下，出了包厢，发现大厅里很多人在跳舞，虽然音乐声中，舞者都在忘我地旋转着身体，但花野真衣总觉得有一双眼睛在盯着她，而且看得她的背有些发凉。

花野真衣快步走出舞厅，走了很远，才敢回头，突然发现刚才那个熟悉的身影在舞厅前一闪而过。

花野真衣背上冷汗直冒。

知道李思瑶是共产党员后，朱佩玉有些迷茫了，犹豫着要不要把这个消息告诉谷海山。其实，在朱佩玉的脑海里，只要是真心抗日的，无论是国民党，还是共产党，他们首先都是中国人。特别是那些共产党人，他们敢于抛头颅、洒热血，全心全意报效国家。只要是这样的人都值得尊敬，“军统”为什么偏偏要清除他们呢？朱佩玉想不通的是，现在外敌入侵，“军统”不好好团结所有的民众抗击外敌，却偏偏打击自己的同胞，他们居心何在？

李思瑶与朱佩玉在湖州到上海的途中，同过生共过死，虽然当时并不是十分熟悉，但彼此都是女人，又都是中国女人。在日军的封锁中，她们在生与死的考验下，直抵上海，去完成各自的任务，不得不说，她们就是一起出生入死的战友。虽然只要自己一狠心，把李思瑶的消息报上去，就完全可以大功一件，也不会辜负谷海山对自己的栽培，却毁了李思瑶的一生。她朱佩玉日后如何有脸去面对他人？如何面对钮佳悦？可以说，如果没有李思瑶也就没有今天的钮佳悦。仅凭这一点，李思瑶就是一个好人，一个有热血的中国女子，自己为什么要把李思瑶送给谷海山？

如果自己没有查出共产党员，在谷海山面前又不好交差。朱佩玉左右为难。李思瑶既然不能抓，抓一两个小角色，或者不认识的共产党员不是一样吗？自己干吗非要盯着李思瑶？理清这个思绪，朱佩玉觉得自己有时候很傻，常常被情感所左右。朱佩玉也十分清楚，一个特工，特别是一个高级特工，一旦被情感所左右，对事情的判断便有失偏颇。朱佩玉虽然觉得自己是一个特工，但首先她是一个女人，一个成熟且有情感的女人，所以她就有权利得到情感。当年，为了爱情，是谷海山保住了她。虽然她曾经救了谷海山的命，但谷海山前些日子已经在戴老板面前替她做了担保。也就是说，两人现在谁也不欠谁。但朱佩玉总觉得自己欠了谷海山一条命，要不然，以她的个性早与谷海山反目成仇了。

"不能恩将仇报。"这是朱佩玉的一个原则，所以，她现在发现自己做事情常常是优柔寡断、犹豫不决，从而也导致了这一年来的工作没有丝毫进展。说到情感，朱佩玉既恨又爱的钮卫国，现在几乎是对她不冷不热。虽然有工作上的原因，但朱佩玉知道钮卫国身在"军统"，心在共产党那边，两人都把这个秘密隐藏在各自心里，谁也不愿意打破这个僵局。

朱佩玉刚刚听说在"军统"内部有一份绝密档案。只是"军统"内部的人对这个消息讳莫如深，谁也不愿意提及。如果真有这么一份绝密档案，就可以了解很多人的底细。里面记录了谁是共产党员，谁是日本特工……那要去抓他们，岂不是易如反掌？让朱佩玉困惑的是"军统"既然有了这份绝密档案，为什么还命令自己去查共产党员？为什么不直接去抓他们呢？

朱佩玉觉得这份档案很有可能是"军统"内部散发出来的假消息而已，目的是让"军统"自己人不要乱做事，一旦你的行为超出"军统"规定的底线，或者有违反"军统"的规定，他们就会记录在案。至于有没有这份绝密档案，朱佩玉本想去问问谷海山，但最终决定去问钮卫国。

见到钮卫国那一瞬间，朱佩玉的心又软了，几乎忘记来找钮卫国的目的。她痴痴地看着钮卫国，希望钮卫国轻轻问候她一声，哪怕只是一声，她也会如在冬天里找到温暖。可钮卫国似乎对朱佩玉的到来除了惊讶外，还是惊讶。

“佩玉，你怎么有空来这里？”钮卫国在惊讶后说的第一句话。

“卫国，难道你不欢迎我来你这里吗？”朱佩玉有些怨气，本来想发作，又憋了回去。

“我只问你一句话。”朱佩玉只能从幻想回到现实中来，“听说‘军统’内部有一份绝密档案，是不是真的？”

“你听谁说的？”钮卫国先是一惊，马上镇静下来，说，“佩玉，你别听别人胡说，‘军统’内部哪有什么绝密档案，反正我没有听说过。”

“你就装吧。如果没影的事，我会跑来问你吗？”朱佩玉没想到钮卫国居然说没有这回事，就说明有绝密档案的事是真的了。作为一名高级特工，朱佩玉从钮卫国的言行举止中已经判断出她所要的答案。

“佩玉，别胡闹好不好？如果真有这份档案，你能拿到吗？我能拿到吗？别听风就是雨，别到头来弄得左右不是人。”钮卫国不想被朱佩玉误会，又想极力解释，又不知道该如何解释。对于朱佩玉的一片痴情，钮卫国有时候也怀疑自己是不是做得太过分了。毕竟他们是有过婚礼仪式的夫妻。他们虽为夫妻，过去这么多年了，却未行夫妻之实。如果是换成别的女人，或许早已另嫁他人了。朱佩玉没有，一直在等待自己与她把家还的那一天。

“卫国，我们不说这个了。你现在还好吗？”朱佩玉赶紧换了话题。婚前，钮卫国拥有众多的追求者，在众多的女子面前，钮卫国只选中了她。其实，说是钮卫国选中了朱佩玉，倒不如说是朱佩玉选中了钮卫国。因为那些女子都是在朱佩玉威逼利诱之下远离了钮卫国。钮卫国只是湖州城的一个青年男子，家中既没有权也没有利，朱佩玉看中的是钮卫国这个人。

“我还好，那你呢？这些日子委屈你了。”说到动情处，钮卫国此时也有些忍不住了，他不是不想念朱佩玉，只是他的工作性质不允许他这样做。他只能把这种情感深深地埋藏在心底。他很想对朱佩玉说，他对她的爱没有变，却又怕她误会，或者说因为爱情而耽误了她的前程。

“卫国，我知道你很忙，那我走了。”朱佩玉从钮卫国的眼睛里读懂了他对她的爱。此时,她不得不走了,她怕自己一时控制不住情感,或许扑在钮卫国怀里大哭一通,把这些年的委屈全哭出来,或许她要带着钮卫国"私奔",找一个没人的地方,去过他们的二人世界。可现实是他们无法过着舒适的日子,无论他们走到天涯海角,"军统"的人都会找到他们。在这个战争的年代,其实已经没有了他们的安身之所。他们无法选择自己的自由,也无法选择自己的工作,更无法选择自己的爱情,只能任凭这个世界来宰割他们。

朱佩玉几乎是小跑着离开了钮卫国,但她不知道,钮卫国一直站在窗前看着她离开;更不知道,钮卫国双眼噙满了泪水,始终没有让它流出来。

钮佳悦被李思瑶从医院劝回宿舍后,看到李思瑶一脸的严肃,心里就在琢磨,一定是李思瑶有事情要自己去办。果然,钮佳悦刚刚坐下,李思瑶就对她说:"佳悦,你现在也是一个大人了。我有一件事情需要你去独立完成,不知你有没有这个信心。"

"姐,你有什么事要我办的,我一定完成任务。"一听到有独立完成的事情,钮佳悦心里别提有多高兴了。她一直想独立完成一件事,虽然在医院里,她常常一个人为伤员更换纱布、药品之类,但这毕竟还是在医生的指导下完成的。自从上次日军飞机空袭后,钮佳悦常常在心里想,自己已经长大了,自己该独立做一些事情了。哪怕只是一点小事情,只要是独立完成的,就可以证明自己已经长大了。

"你还记得陈依然吗?你说她被人跟踪,我怕她被坏人跟踪。"李思瑶告诉钮佳悦,陈依然是与她们一起去上海的人,又是老乡,她们有责任保证她的安全。李思瑶不敢把她的真实想法告诉钮佳悦,毕竟钮佳悦是第一次做这样的事,一不小心说漏了嘴,会惹来意想不到的麻烦。当然,钮佳悦去约陈依然,李思瑶也会派人去保护她。她已经答应过钮卫国,不能让钮佳悦出任何事。这就是她与钮卫国商量的结果,让钮佳悦去把陈依然约出来,她们可以面对面地谈谈,看看陈依然到底是什么人。

早上,李思瑶向医院替钮佳悦请了假,又通知了钮卫国,然后才让钮佳悦出门去找陈依然。

仍在那条街上，钮佳悦远远地看到陈依然提着菜篮子向那边的菜市场走去。在确定没有人跟踪陈依然后，钮佳悦快步走了过去，轻声叫道："陈依然。"

"钮佳悦，怎么又是你？"陈依然被钮佳悦的叫声吓了一大跳，显然她走路时精神没集中，或者说是在思考某个问题。

"走，我们找个僻静的地方说话。"钮佳悦突然感觉自己在做地下工作，马上警觉起来，又朝四周看了看，在确定没有可疑人员后，又说，"我姐一直在找你，她说你被坏人跟踪了。"

"你姐，你姐是谁？"陈依然有些警觉地看着钮佳悦。在陈依然眼里，钮佳悦仍然是那个还没有长大的小女孩。当初一同坐船去上海时，钮佳悦是那么的伤感，眼里还充满了哀怨，在面对陌生人时又显得那么胆怯，说话还不利索。后来陈依然知道这个江南女孩家庭遭遇了变故，才导致她这样的。但陈依然看得出，钮佳悦是一个很聪明的女孩，只要稍加指点，将来会干出一番惊天动地的事情。如今两年多过去了，这个小女孩长大了，也成熟了。

"李思瑶啊，你见过的。我们一起去上海时，载我们去上海的船还是她租来的。"钮佳悦怕陈依然一时想不起李思瑶是谁，便详细地说了。

"原来是她啊。"陈依然当然不会忘记李思瑶是谁，当时船上共有五个女人，脾气急躁的朱佩玉、温文尔雅的李思瑶、充满忧伤的钮佳悦，剩下的就是她和冒充沈家大小姐沈妍冰的日本特工花野真衣。陈依然又怎能忘记呢？她们五个女人当时各怀心思。只不过当时她不敢多说话，每次刚一开口就被花野真衣挡了回去，也就是说她连说话的机会也没有。陈依然当然更不能忘记，她回国刚到家乡的小河，一下船，十几支枪就顶住了她的头，还没有等她说话，一声枪响，与她一起回国的同伴就倒在了地上，永远地闭上了眼睛。

"快走。"钮佳悦有些心急，害怕李思瑶交给她的任务完不成。她可是在李思瑶面前夸下了海口，她有办法把陈依然请到医院里与李思瑶见面的。

"走什么啊？我还要买菜，回去做饭呢。"陈依然像什么都没发生过一样，挣脱了钮佳悦的手，又说，“钮小妹，你快走吧。不要到大街上随便晃，万一日本鬼子的飞机来空袭了，连躲的地方都没有。”

“陈姐姐，我知道你被坏人跟踪了，我姐让我带你去找她，帮助你躲过坏人的跟踪，也算是保护你啊。”钮佳悦还是有些不甘心，心里也嘀咕起来，这陈依然怎么不知好歹呢？自己一片好心，她不但不感谢，还劝自己赶紧走。

“钮小妹，我只是一个富家大小姐的丫鬟，会有什么坏人跟踪我？要跟踪也是跟踪我家小姐。”陈依然笑笑说，好像钮佳悦的着急与她没有关系一样，而且说话的神情淡定自若，令人很难看出她是一个富家人的丫鬟。

“我不管。今天，你一定要跟我去医院。”钮佳悦更加着急了，如果陈依然不跟她走，李思瑶一定认为自己还没有长大，请个人这么简单的事都办不成，以后怎么独立完成其他任务？

“你快走吧，我还要买菜呢。回去晚了，我家小姐又要怪我了。”陈依然推开了钮佳悦，快步走向了菜市场。

“她怎么会这样呢？她怎么会这样呢？”看着陈依然的背影，钮佳悦有些茫然，不知道自己哪里做错了。这陈依然也太奇怪了，自己一片好心，她却当成了驴肝肺。

钮佳悦只得满脸不高兴地往回走，突然有人在叫她：“佳悦，来这边。”

钮佳悦循着声音看去，叫她的人是李思瑶，问道：“姐，你怎么来了？”

“傻丫头，我怎么能不来？”原来，在钮佳悦走后，李思瑶悄悄地跟了出来，她要亲自保护钮佳悦的安全。其实，李思瑶心里早就明白，仅凭钮佳悦是不可能把陈依然请来的，她只能跟着钮佳悦，在暗中听她们谈话，也算是近距离观察陈依然吧。通过这次的观察，李思瑶总觉得陈依然心里有事，而且在刻意掩饰着什么，只不过钮佳悦没看出来罢了。

“姐，我没有完成任务。”钮佳悦有些委屈，眼泪都快要掉下来了。

“傻丫头，这不关你的事，是她太固执了。”李思瑶一边劝钮佳悦，一边思考陈依然刚才的话，发现陈依然果然不是一般人，她的城府比想象中还要深。李思瑶暗自下定决心，要把陈依然的情况弄清楚，只有亲自出马了。但现在不是时候，一定要找一个合适的时间和理由，陈依然才能相信自己。只要弄清了陈依然的真实身份，就知道她的小姐是什么人了。

李思瑶与钮佳悦刚回到医院宿舍，李思源又悄无声息地来了，像个幽灵一样出现在她们面前，朝李思瑶和钮佳悦看了看，然后又朝李思瑶努了努嘴，意思是让她支走钮佳悦。李思瑶不知道李思源此行的目的，便对钮佳悦说："佳悦，你先去医院吧。我有事要与我哥哥谈。"

待钮佳悦走远了，李思源小声地说："思瑶，我一直在想，重庆可能保不住了，只是时间问题。为了你的安全着想，我已经给你找了一条后路。我有个朋友在成都的一家医院里当院长，我把你的情况跟他说了，他希望你去成都帮他。当然，薪资肯定不低。"

"哥，你在说什么？什么重庆保不住了？你是听谁说的？万一被"军统"的人听到这个消息，你是要被抓的。你这是扰乱军心、民心。"猛然听到这个消息，李思瑶的心还是"咯噔"了一下，重庆保不住？她真希望李思源的这个消息是假的。近期来，日军飞机的空袭次数有增无减，但没有击垮人民重建家园的信心和决心。前些日子，李思瑶与钮卫国接头时，钮卫国带来好消息，说现在国际形势一片好转，小日本是兔子的尾巴长不了。

"你就不要管我听谁说的了。反正我已经给你找好了退路。重庆已经不适合你待下去了。"李思源弹了弹烟蒂，又说，"哥是为了你好。当初，我为了让你读书，可是煞费了苦心。你倒好，偏偏不好好读书，要学医，我依了你。但这次，你必须听我的。"

"哥，我绝对不会离开这里，我要在这里尽一个医生的职责。"李思瑶没有接到上级组织的命令，是不可能撤离的。再说，地下工作才开展不久，党组织交给她的任务还没有完成，怎么能离开呢？

"思瑶，听话，难道哥还会害你不成？你可是我唯一的亲人了，我不想你有个三长两短。现在是什么形势，你还不清楚？日军的飞机三天两头来一次空袭，就是铁打钢做的城市，也禁不住炸弹的持续轰炸。你没看街上的老百姓今天建好的房子,要不了几天,又被轰炸成了一堆垃圾。”李思源的话是事实,城里的很多房子不知重建了多少次,但都无一幸免。

“哥,你说的我都明白。但是,我肯定不会离开这里,至少现在不会。”李思瑶明白李思源疼爱自己,自己毕竟是李思源唯一的亲人,他有这点私心,也不为过。

“你……”李思源没想到李思瑶如此固执,心里窝火,但又不敢发作。他知道自己越是坚持,李思瑶就越是不走。这就违背了他来这里的初衷,有些痛苦地闭上眼睛,又说,“我知道你留下的原因,并不是为了伤员,也不是为了钮卫国,而是为了共产党的地下工作。”

“哥,你乱说什么,这是哪跟哪?”李思源把李思瑶的心里话说了出来。在重庆,李思瑶直接听命于钮卫国。如果钮卫国没有向她下达过这样的命令,她肯定不会离开重庆的。好不容易才在重庆打下的根基,如果就这样白白地丢掉,是多么可惜的一件事。

“你与钮卫国潜伏在重庆,就是想打听国民党军队的消息。只不过,钮卫国是我们的老乡,也是看在你的面子上,才没有告发他。为了你,我把我最好的手下都处决了,谁让他手里有你是共产党员的证据呢。”李思源的话语突然变得严厉起来,“但是,‘军统’内部已经在开展调查了。万一查到了钮卫国是共产党员的证据,他这次就在劫难逃了。你不知道‘军统’内部的事,只要查证了一个人是共产党员,就会牵扯出很多人,也有很多无辜的人受牵连。你与他走得太近,首当其冲就在怀疑的对象里,你再想隐藏下去,是不可能的了……”

“哥,我说过,他是我的病人,我只不过给他治疗过伤口。除此之外,我们没有任何关系。”李思瑶强调她与钮卫国之间的关系。

李思源痛苦地摇了摇头,说:“思瑶,这话你对我说没用。再说,他是不是共产党员,对我来说并不重要,重要的是你这个共产党员马上去成都,离他远远的。”

李思瑶听出李思源的话不是在开玩笑。她曾听说,一旦“军统”秘密调查某个人,说明他们已经掌握了一些证据,就算“军统”没有掌握证据,以他们的势力,很快就会有调查结果的。李思瑶此时明白,钮卫国暴露是迟早的事了,要尽快把这个消息告诉给钮卫国,他已经处在险境中了。

“哥，你说‘军统’秘密调查钮卫国，这是真的？”李思瑶还想在李思源那里求证。钮卫国一旦出事，她在重庆就像断了线的风筝，得不到上级组织的消息，得到的情报也无法传递出去。另外，如果“军统”有了钮卫国是共产党员的证据，李思瑶相信钮卫国不会变节，但“军统”一定会顺着钮卫国这条线往下查，肯定会查到自己身上来，也会查出不少同志来，不能保证每个同志都会像钮卫国那样有坚定的信仰。

“思瑶，哥什么时候骗过你。再说，他是我们的老乡，虽然老家相隔几十里地，但他的为人我还是知道的，他是一个真正的男人。”李思源叹了一口气，又说，“如果不是‘军统’里的谷海山求情，早就把钮卫国查个底朝天了。你知道谷海山是谁吗？他是朱佩玉的顶头上司。因为朱佩玉曾经救过他一命，加上朱佩玉又是‘军统’的高级特工，钮卫国又是谷海山招进‘军统’的。谷海山念在旧情上，把告发钮卫国的材料都压了下来，这次他也压不住了。据说已经告到戴老板那里了，谷海山被戴老板大骂了一顿。戴老板还指定让谷海山调查钮卫国。依谷海山这个老‘军统’，怎会查不出钮卫国是不是共产党员呢？”

“原来是这样。”李思瑶没想到情况这么严重，得马上通知钮卫国转移。

“你听我的话。我已经安排好了车子，最迟明天下午，你就去成都。”李思源笑了笑说，“我知道你不想去，也别想躲起来，因为我已经派人把这里盯住了。”

“哥，你这是囚禁我的人身自由。”李思瑶没想到李思源做事这么滴水不漏。直到现在，李思瑶才发现李思源不是一个简单的人，他做事缜密，常常出人意料，而且还非常有心机。李思源再也不是以前那个逆来顺受的哥哥了。听别人说，当年父母过世时，李思源硬是没流一滴眼泪，只是把牙咬得紧紧的。接着沈家来退婚，他也不像以前那样苦苦哀求，而是淡淡地说了一句，要退就退吧，男儿志在四方，又怎会找不到老婆呢？

也许是家庭的变故让哥哥坚强起来，或者说是哥哥通过这些年的努力，已经改变了他以前的柔弱。李思瑶发现李思源变得有些让她认不出来。前些日子，也是李思源来宿舍，说些不痒不痛的话，阻止她把情报送出去。因此，李思瑶发现，只要李思源出现在她的宿舍里，接下来肯定会有大事情发生。只是这次李思瑶不知道将要发生什么事情，难道说“军统”已经查清钮卫国的底细了？

看似平静的重庆，却已是暗流涌动。此时李思瑶冷汗直冒。

离与钮卫国指定接头的时间还有一天时间，李思瑶不停地在宿舍里来回走动，李思瑶从没感到过时间是这样的漫长，她想马上通知钮卫国，可医院门口有好几名“军统”特工来回走动，那是哥哥李思源安排的眼线。只有到接头的指定时间，她才能去城里见钮卫国。如果自己这个时候去医院门口给钮卫国发信号，等于直接暴露了钮卫国的身份。

傍晚时分，李思瑶有些坐不住了，她想去“军统”那里找钮卫国，但这个想法是不现实的。如果能随便进入“军统”，那就不叫“军统”了。李思瑶也想过其他办法，可没有一条能行得通。

此时，有了敲门声，那声音三长两短，只有钮卫国来时才会这样敲门。李思瑶迅速地打开门，发现站在门外的人不是钮卫国，而是钮佳悦。

“姐，院长让你马上去医院手术室，说有一个重伤员刚抬进来，指定让你去做手术。”钮佳悦说完也没停留，而是去了医院。今天，钮佳悦佳值夜班。

“钮佳悦咋知道了我与钮卫国接头敲门的暗号呢？”李思瑶来不及细想，马上奔往医院。其实，宿舍离医院的手术室并不远，李思瑶的脚像灌了铅似的，走了好长时间。

来到手术室里，除了躺在床上的伤员外，不见其他护士、医生，李思瑶纳闷起来。突然，伤员从病床上翻身坐了起来，李思瑶吓了一大跳，仔细一看，伤员不是别人，正是钮卫国。

“怎么是你？哪里受伤了？”李思瑶关心地问道。

“我没有受伤。思瑶同志，叫你到这里，是迫不得已。我暴露了。刚才进医院大门时我也看到了许多‘军统’眼线。”钮卫国告诉李思瑶，这几天，他发现很多“军统”的人在跟踪他。于是，他多了个心眼，抓住了一个跟踪的特工，经过审问，他才得知“军统”正在调查他，并已经取得了很大进展，有证据证明他是潜伏在“军统”内部的共产党员。之所以现在没有抓他，是在等待他与另外的人接头，他们好顺藤摸瓜，把相关的共产党员一网打尽。为此，他不敢与李思瑶接头了，最后想出了一个办法，雇了几个人把自己送进医院里，正好碰到钮佳悦，问清了医院里的情况，得知今天没有人手术，于是让钮佳悦把他送进了手术室，再让她把李思瑶请过来。

“我正想通知你呢，没想到他们查得这么快……”李思瑶担心的事终于发生了，没想到“军统”调查共产党员的速度这么快。她原以为要好些天。

“你也知道了这件事?”钮卫国有些吃惊地问道。

“是的，我哥中午来找过我，他说‘军统’正在调查你，还让我马上去成都。”李思瑶说完，把李思源找她的事说了一遍后，又说，“调查你的人是谷海山。他是朱佩玉的顶头上司，早就开始怀疑你了。”

“唉，谷海山，如果不是他，我也进不了他们的组织，即现在的‘军统’。”钮卫国好像又回到几年前的那天。他与朱佩玉新婚的晚上，朱佩玉突然失踪了好几个小时，直到半夜才回来。他没有问她，她也没有说，两人在床上相拥一个晚上。第二天，朱佩玉便离开了。朱佩玉前脚刚走，谷海山后脚就来了。谷海山说，只要钮卫国加入他们的组织，就可以保住朱佩玉的性命，对外称钮卫国去当兵了。钮卫国当时答应下来。钮卫国加入谷海山的组织，除了要保护朱佩玉的性命之外，还有一个重要的原因。早在几年前，钮卫国已经秘密加入中国共产党，他奉命在湖州城里潜伏下来收集情报。作为一名地下工作者，钮卫国知道该怎么做，于是，他及时把情况向他的上级反映后，上级十分支持他的做法，并要求他一定要潜伏下来。没想到这一潜伏就是好几年，现在他来到医院是担心李思瑶的安全。

“思瑶，我暴露了，肯定会涉及你。你必须马上撤到安全的地方去。”钮卫国说，“你的情况我已经向上级汇报了。上级同意了我的请求，要求你必须马上撤离。”

“不行，我的工作才刚刚展开，现在就离开，怎么能行？再说我还没有完成组织上交给我的查找红灯笼的任务。”

“对了,你要的‘军统’的绝密档案我已经复制了一份。”钮卫国说着拿出一份名单递给了李思瑶说,“这上面除了我们的同志外,还有几个从国外回来的专家,他们想把这些专家全部控制起来。听说,隐藏重庆的日本特工也在找这份名单。”

“这份名单来得不易啊。”李思瑶接过名单开始看起来,突然,一个名字吸引了她:沈妍冰。

“沈妍冰也是共产党员？还是我们的同志?”李思瑶不由惊讶起来。

“对,她是我党一名资深党员了,比我还先入党。只不过,她入党后就去国外留学了。”钮卫国说,“我一直想见见她,可一直没有机会。你与佳悦见到的那个沈妍冰,很有可能是个假的,或者说是别人冒充的。只是为什么要冒充她,这里面里肯定有文章。”

“我一直觉得那个冒充沈妍冰的人不简单,难道她是日本特务?”李思瑶不由沉思起来,种种迹象表明,假如那个人不是沈妍冰,也不是“军统”的人,那现在完全可以肯定她就是日本特工了。而她的丫鬟陈依然也是一个不简单的人,她又是什么人?

“对了。根据情报显示,我们寻找的红灯笼,很有可能就是沈妍冰。”钮卫国说,“沈妍冰在绝密档案中排在第三,后面备注中却有一个△符号。这个符号表示是特等人物,就是特别重要的。”

“我看到了。”李思瑶看到了“沈妍冰”三个字后,又看到△符号,心里正在嘀咕呢,现在知道了沈妍冰是一个何等重要的人物了,又问道,“有没有她的照片?”

“有。在最后一页。因照片太小,不能撕下来,所以,我拍的照,洗出来还是有些模糊。”钮卫国说。

“那我看看。”李思瑶翻到最后,看到了照片,差点叫了出来,“怎么是她?”

“你见过她?”

“她不是陈依然吗？怎么会是沈妍冰?”

“没错,她就是沈妍冰。”

从钮卫国嘴里得到证实,李思瑶终于消除了对“沈妍冰”一直以来的怀疑。只是沈妍冰为什么要冒用她丫鬟陈依然的名字呢？目前最重要的是把沈妍冰从那个冒充她的女人身边救出来。唯一能救沈妍冰的人，只有李思源。但最先要确保钮卫国的安全，因此，李思瑶说："卫国同志，但现在首先要做的是保证你的安全。"

"你放心好了，我已经找到了安全的地方。我倒是担心你的安全，上级组织说了，你一定要跟我一起撤离。"钮卫国来时党组织已经给他找好了退路。李思瑶不走，他又怎能走呢？他决定找一个地方隐藏起来。钮卫国没有把这个想法告诉李思瑶。

"不行，我一定要把沈妍冰救出来，而且一定要查找到红灯笼的下落。"李思瑶坚定地说，"没有完成组织交给我的任务，我是不会离开这里的。再说我也没有暴露，我是一名医生，他们不会把我怎样的。"

"思瑶同志……"

"卫国同志，你不要说了，我不会改变主意的。"李思瑶斩钉截铁地说，"你放心，我一定会完成组织上交给我的任务，同时也会保护好佳悦的安全。"

# CHAPTER 12
# 第十二章 匪夷所思的爱情见证

钮卫国离开重庆,李思瑶有些失落,也有些惆怅,虽然不只她一个人在重庆战斗,可钮卫国是她最亲密的同志和战友。钮卫国离开了,带走的仅仅是李思瑶对战友的思念之情,却没有带走她的战斗意志。既然留了下来,就要想办法把沈妍冰同志营救出来。沈妍冰是哥哥李思源的恋人。可以说哥哥李思源不爱沈妍冰是假,这么多年了,他都没有结婚,也从来没有喜欢别的女人。以李思源目前的地位,给李思瑶找一个嫂子是一件十分容易的事。可李思源没有,那是他把对沈妍冰的爱深深地埋藏在心底。

“现在是哥哥出马的时候了,只有他才能揭穿假沈妍冰的身份。”李思瑶打定主意,便给李思源打了个电话,称自己要离开重庆,让他马上来医院一趟。

没多久,李思源就来了,一进李思瑶的宿舍门,就笑呵呵地说:“想通了?这才是我的好妹妹嘛。重庆有什么好待下去的?日本鬼子的飞机三天两头来空袭,让人惶恐不安。再这样下去,整个人都要疯掉了。我让你离开重庆也是万不得已的事。”

“我没有想通。我已经决定了,我要留下来。”李思瑶不想再骗李思源，“我之所以留下来，是想告诉你一个好消息，又怕你说忙，所以才骗你说我要离开重庆。”

“你不走？什么意思？”李思瑶的话让李思源大吃一惊，又大失所望，原以为让李思瑶离开重庆是一件很简单的事，看来自己还是不了解这个妹妹。毕竟她已经是一个成年人了，又经历了许多；更重要的是，她与共产党走得太近，况且她也是一个共产党员，态度比当年坚定多了。

“我让你帮我把嫂子沈妍冰救出来。”李思瑶一字一句地说，“她就在重庆。”

“你开什么玩笑？她不是早就去国外留学了吗？而且我们也没有什么关系了。”李思源听到沈妍冰在重庆，心里有了一种莫名的冲动。尽管与沈妍冰中断了多年的联系，尽管沈家老爷子非常决绝地退了婚，但在李思源的心里，如果说这辈子可以装下几个女人的话，那除了母亲和妹妹外，就只有沈妍冰了。

“哥，我说的是真话，她就在重庆。我收到的消息是她正被日本特工追杀，希望你能把她救出来。毕竟……”李思瑶本想打打感情牌，却被李思源挥手制止了。

“你容我想想。”李思源陷入了深深的思虑中，想当年，在见到沈妍冰的那一刻，心里就萌生了沈妍冰是他今生最爱的、也是唯一的女人。但他只能把这个想法深深地埋在心里，每每见到沈妍冰时，心里就有了一种莫名的冲动，却不敢向沈妍冰表白，每次只能躲得远远地看她，直到她与丫鬟陈依然消失在视线外。

作为典型的江南美女，沈妍冰嫣然一笑，就把李思源的魂勾走了。最终，李思源的这个愿望变成了现实。那天，沈老爷子来到李家与李思源父亲谈生意，李思源大胆地走出来把他的想法当众说出来。那时，李思源帮着父亲打理生意，沈妍冰在学堂读书。没想到沈老爷子满口答应下来，还说两家门当户对，两个年轻人成亲后，两家的生意会做得更大。一个月后，李思源与沈妍冰订婚了。订婚后的李思源只要一有空就去学堂门口等待沈妍冰放学，然后两人谈情说爱，好不快乐。

沈妍冰知书达礼，说话井井有条，让李思源无限欢喜。可好景不长，父亲的生意不知不觉中与日本商人有了来往，还中了日本商人的圈套，结果是血本无归，最终惨死在日本人的枪下。沈家老爷子见李家衰落，立即把沈妍冰送到国外留学，其实是让李思源断了对沈妍冰的念想。从此，沈妍冰就杳无音信。现在突然听到沈妍冰在重庆，李思源除了吃惊，还是吃惊。

“哥，你还犹豫什么？再犹豫，就怕她没有命了。”李思瑶知道自己在这个时候越要冷静，可她又冷静不下来，时间不能再拖了。据钮卫国的资料显示，沈妍冰就是她一直要寻找的红灯笼。那个冒充沈妍冰的人肯定是日本特工，她一直控制着沈妍冰。从种种情况表明，日本特工还不知道沈妍冰的真实身份。如果沈妍冰的真实身份一旦泄露，后果不堪设想。

“你具体说说这到底是怎么回事？我怎么越听越糊涂了。”李思源做梦都想与沈妍冰见面，他真想问问两人以前的那种海誓山盟为什么一去不复返，她为什么要那么狠心，一走就是这么多年，而且杳无音信。

“是一个朋友告诉我的，他也是无意中打听到这个消息。”李思瑶不想把钮卫国的事告诉给李思源，怕李思源追根究底，于是她就撒了个谎。

“是钮卫国吧？”李思源果然不是一般人，“‘军统’刚刚查出他是共产党员，他就不见了踪影，但我还是要感谢他告诉你这个好消息。”

“无论是谁告诉我这个消息，哥，我想你一定会把她救出来的吧？”李思瑶不想错过任何机会。为了这个任务，李思瑶从江南奔向上海，再奔向重庆，已经好几年了。

“救，当然得救。我怎么能放弃她？”李思源说这话，几乎是咬牙切齿地。要说李思源不恨日本人那是不可能的，父母惨死在日本人手里，他怎能忘记？

“哥，你真有男子气概。”听到李思源答应救沈妍冰，李思瑶不由激动起来。钮卫国暴露了，如果仅凭李思瑶的个人能力，救出沈妍冰的难度相当大，有了李思源帮忙就不一样了。李思瑶的身份是一名外科医生，如果一旦暴露，也只能撤离，就完不成组织上交给的任务。

“你不要表扬我。你也知道，她现在日本特工手里，要把她救出来,不是一件易事。我要回去合计合计。"李思源此时心情有些复杂,嘴上虽然答应救出沈妍冰,可现在只知道这么一点消息,要把她救出来,又谈何容易?特别是现在的重庆,形势特别复杂,到处都是日本特工和共产党特工,一旦走漏了风声,几方都会在暗中较劲。没有万无一失的办法,一切都是空谈。

"哥,我知道你有办法的。如果你把沈妍冰救了出来,如何安排她?"李思瑶明白李思源此时的心情,但她担心李思源把沈妍冰救出来后交给"军统",那么她的一切努力都白费了。因此,她想向李思源要一个确切的答案,可李思源却说有难度。到此,李思瑶仍然看不出李思源心里打的是什么主意。

"这个你就不要问了。我自有办法的,等我把她救出来再告诉你。"李思源又何曾不知道李思瑶的心思,她是共产党的人,能让她想方设法营救的人,肯定不是一般人。李思源此时冷静下来,在心里盘算着自己的主意。

陈依然就是沈妍冰。她一直被花野真衣叫作陈依然,她也几乎把自己当成了陈依然。如果不是她从花野真衣下属那里得到了一个准确的消息:花野真衣正在让隐藏在"军统"内部的人员调查她的身份,沈妍冰还想在花野真衣面前继续演下去。

"自己马上要暴露了,现在是离开这里的时候了。"沈妍冰的泪水不由流了出来,对着南方一跪,心里默默地念道:"叔叔阿姨,妍冰对不起你们了。我不能死,至少现在不能死,我还有很重要的任务没有完成。等到任务完成后,我再到九泉下与你们相会,到时候与依然一起侍奉你们。"

沈妍冰跪在地上,好像又回到了刚刚乘船回国的那一天。虽然那天晴空万里,景色也十分迷人,却丝毫没让她高兴起来,反而多了一丝忧虑。

"小姐,你在想什么?"陈依然不知什么时候走到了她的身边,关切地问道。

"我在想我们回到祖国后,任务就会加重了。虽然我们一路很平安,也很平静,但我隐隐感到有一丝的不安。越是这样平静,越是害怕有事情发生。尽管我们已经到达我们的国土，也快到家乡了，可一路的景色让人惴惴不安。”沈妍冰把她的担忧说了出来。

“小姐，我是你的丫鬟，但你一直把我当成亲妹妹看待。你这次出国留学，也违背了老爷的意愿，回去后，老爷肯定会不高兴。”陈依然从小就跟着沈妍冰，两人虽是主仆关系，但两人比亲姐妹还要亲，一旦沈妍冰有事情时，就会找陈依然商量。尽管陈依然只是一个丫鬟，但跟了沈妍冰这么多年，耳濡目染，学到了不少的知识，与一般的丫鬟截然不同。

“依然，你说说我违背了我爸的意愿是大还是小？”沈妍冰反问了一句。

“小姐，你有你的志向，老爷有老爷的愿望。但在这国难当头，小姐，我认为你的选择是正确的。”陈依然分析说，“老爷让你出国留学，回国当老师，可现在国破山河碎，又有多少孩子能上得起学？就算小姐你愿意教书，又岂能实现自己的愿望？你现在学成归来就是为了报效国家。虽然你是女的，但当年花木兰还替父从军呢，你就是现代版的花木兰。”

“你这个小丫头，什么话到你嘴里都变成了好听的了。”沈妍冰轻轻一笑，陈依然太了解自己的内心了。其实，沈妍冰内心还隐藏着一个陈依然不知道的秘密，那就是她还没有出国留学前，已经秘密地加入了中国共产党。

“小姐，我也有不好听的。”陈依然突然改变了语气，“小姐，我们换一下身份，可以吗？”

“为什么？”

“我也想当一次小姐。”

“你这个傻丫头，怎么一下子想起这么好玩的事了？”

“你答应我好吗？不当多久，就当一天。”

“好，我答应你。我们现在就去换衣服。”

“小姐，你真好。当了这么多年丫鬟，你让我圆了一个当小姐的梦。”

“傻丫头，你客气个啥，我们不一直以姐妹相称吗？”

陈依然把自己打扮一新，沈妍冰一看，真是应了那句话，人靠衣装马靠鞍。这个跟了自己多年的丫鬟换上自己的衣服，再稍稍打扮，俨然一个富家小姐的模样。

船只比预计的时间晚靠岸，虽然回到了日夜思念的家乡，沈妍冰却怎么也高兴不起来。走时，原来一片繁华的家乡，如今处处萧条，哪里还有江南水乡的样子。走下船时，却没有见到父母前来迎接，连管家也没来。

“真是令人难以想象。”沈妍冰与陈依然换装，其实也有自己的打算。如果父母来码头接自己，她想看看父母是否还认得自己。可父母没有来，她有些失望。但沈妍冰的失望很快就变成了绝望。她提着行李刚下船，走在前面的陈依然就被突然冒出来的几个人用枪顶住了头。她还没有明白是怎么回事时，就看到另外几个人押着五花大绑的陈依然的父母走了过来。

“啊……”沈妍冰差点失声叫了出来，就听到一声枪响。陈依然的额头上多了一个洞，一股鲜血喷了出来，接着是陈依然倒地的声音，被五花大绑的陈依然父母眼睁睁地看着女儿在他们面前死了，两位老人还没明白是怎么回事，就晕了过去。

一个女人手里的手枪还冒着烟，她走到沈妍冰面前，说：“陈依然，沈妍冰死了，如果以后你不听我的话，她的下场就是你的下场。”

沈妍冰这才明白，那个女人错把陈依然当成了自己。在回国前，沈妍冰就收到了通知，一路要隐秘行踪，没想到还是暴露了。日本特工无处不在！这个女人就是花野真衣，她一直以沈妍冰的身份出现在各种场合，却不知道她打死的人不是沈妍冰，而是陈依然。她更不知道沈妍冰还有另一个身份：红灯笼。她去德国留学后，成了一名专业密码特工。

“现在是该向党组织报到的时候了。”沈妍冰立即收拾东西出发，却发现有许多日本特工散落在各个角落里。

每走一步，沈妍冰都感觉到有无数双眼睛在盯着自己，要甩掉他们的跟踪肯定不是一件容易的事。沈妍冰有些着急起来，她明白与跟踪她的特工比起来，自己还差一大截。

突然，一只手把她拉进了一间屋子里，沈妍冰大惊，回头一看是钮佳悦。

“怎么是你?”“陈依然”有些吃惊。

“姐,是我。我姐李思瑶让我来接你的。”其实,钮佳悦今天来找“陈依然”并不是李思瑶的主意,而是上一次钮佳悦找“陈依然”失败,觉得没有完成李思瑶交给她的第一个任务,有些气馁,但觉得自己肯定行。所以,一有空,她就悄悄地溜出医院,寻找“陈依然”,一定要把她“请”到李思瑶面前。

“李思瑶真是你姐?”

“唉,怎么说呢。她说你就是她一直在寻找和要营救的人。”钮佳悦不由分说,拿出一套护士服来,又说,“你现在穿上这件衣服,戴上口罩和帽子就没有人认识你啦。”

沈妍冰没想到钮佳悦想到如此周到,她可以不相信任何人,但她一定相信钮佳悦。自从在湖州城碰到钮佳悦时,她就觉得这个小姑娘不一般,很想与她亲近,可一直没有机会。

花野真衣做梦也没想到,自己几年来一直扮演着沈妍冰的角色,真正的沈妍冰却一直在自己身边,而且还是共产党员。如果这个消息传出去,自己岂不成了天大的笑话?告诉花野真衣这一消息的人是隐藏在“军统”内部的人。

“你为什么这么清楚?”花野真衣有些不相信,望着对面穿着黑衣黑裤、戴着黑纱布的男人,有些疑惑。

“你不用问。老子之所以告诉你这个情报,是因为我们各不相欠了。上一次我已经说过了。”黑衣男子有些不耐烦地说,“如果你们再来找我,就不要怪我不客气了。”

“如果你说的情报属实,我们自然不来烦你;如果你的情报有误,就不要怪我们不客气。”花野真衣看着黑衣男人,语气也严厉起来。在她眼里,这个黑衣男人既然能背叛自己的祖国,那也会背叛大日本帝国。如果不是特高课要自己相信这个人,就凭他刚才的话语,花野真衣已经杀了他十次了。

“老子为你们服务有好几年了,虽然背叛了我的祖国,但是被你们逼的,如今你们也逼不了我。所以,你给老子记住,今天是老子最后一次为你们服务。如果你们胆敢不遵守条约,也别怪老子对你们不客气。”黑衣人似乎不吃花野真衣这一套，端起桌上的茶杯猛地往地上一摔，对着花野真衣喝道，“你们少来这一套。这里不是上海，也不是武汉，更不是南京，这里是重庆。你们好好地给老子听着，虽然重庆不是老子说了算，但在这个地面上，还是老子说了算。”

黑衣男子说完拂袖而去。花野真衣看着黑衣男子离去后，也气极了，把桌子上的茶杯狠狠地摔在地上。这一切都是沈妍冰惹的祸，回去一定把她抓起来严刑拷问。

花野真衣急匆匆地回到潜伏地点，她一直使唤的丫鬟陈依然，不，她不叫陈依然，准确地说，应该叫她沈妍冰，却不见了踪影。

“她会去什么地方？难道她知道自己已经暴露了？”花野真衣一时拿不准真正的沈妍冰去了哪里。回想沈妍冰近来的种种情况，花野真衣惊得张大嘴巴。前些日子自己去跟踪她，结果被跟丢了不说，在小巷子里还挨了黑手，至今都没有查到是谁打自己的。这都不是主要的。令花野真衣背上直冒冷汗的是，她一直以为沈妍冰只是一个没有文化的丫鬟，不懂特工的事情。她错了。沈妍冰留过学，这么多年来，一直隐藏在自己身边，她简直比特工还要特工，要不然，她早就暴露了。可是，以自己这么资深的高级特工，之前也只是怀疑她而已，却没有找到一丝能证明她是一个特工的证据。如此可以看出，沈妍冰就是一个了不起的高级特工。如果她真是高级特工，那么，自己的一言一行都被她了如指掌，还有什么秘密可言？

“必须抓到她，不然自己在重庆的一切努力都白费了。”花野真衣急忙通知潜伏在重庆的所有日本特工，并下了死命令，谁见到了沈妍冰，不用请示汇报，一律就地处决。

发完这个消息后，花野真衣长长地出了一口气，但又担忧起来，这个地方不能住了，得马上转移。于是，花野真衣立即命令驻地的特工马上转移到另一个潜伏地点。

临走时，花野真衣真想一把火把这里烧了。但她不能这样做，因为大火一旦烧起来，附近的市民就赶过来救火，那么他们就要被发现。东西太多，时间又紧，要在短时间内全部转移完毕，花野真衣实在想不出别的办法来。

一个特工走进来问：“有好多东西带不走，该怎么办？”

“能带走的，尽量带走；带不走的，就放在灶膛烧，这样可以省下时间。”花野真衣突然为自己这个聪明的想法笑了，于是她马上让几名特工按照她的吩咐去做。的确，这样省力得多。

“是。”特工走了出去，花野真衣又看了看这间房子，她有些舍不得。这是重庆古建筑，虽然不很豪华，但住着特别舒服，特别是在重庆这样的雾都，天气总是潮湿闷热，夏天还有烈日烘烤，很多人都受不了。但在这房子里却冬暖夏凉，好像没有季节的变化。特别是房子的文化底蕴，那是她在日本时不曾见过的，大到每一扇门，小到每一根木头，无不显现着中国人的智慧。那些木头到了他们的手上，已经不是什么木头了，而是一件件艺术品。

“没有做不到的艺术品，只有想不到的艺术品。”花野真衣轻轻地叹了一口气，回想起她的家乡，那只是一个乡下，虽然每天可以看大海，但一年四季的海风能把房子的窗户全部吹开，特别是冬天，西北风在房间里嗡嗡作响，像一个催命鬼一样催着她的命。直到来到中国，花野真衣才知道什么是天堂。她也终于理解了，为什么那么多的日本士兵，哪怕是战死了，也要留在中国。来中国久了，花野真衣才发现自己已经融入中国这片土地了，以前经常会一个人悄悄地思念家乡，现在也只是偶尔在梦里梦到家乡，眼前已是一片模糊。她已经记不清家乡的面貌了！

在重庆，花野真衣最钟情的是沈妍冰的那件旗袍。旗袍穿在中国女人身上是那么地得体，让每个中国女人显得那么高贵，就连上海滩的舞女也都要买一件得体的旗袍穿在身上，让人羡慕。而日本女人只能穿和服，日本和服与中国旗袍相比，显然和服是一件下等品。

“得把它穿在身上。”花野真衣穿上旗袍，很难让人想起她就是一个隐藏在重庆的日本高级特工。

“如果不做特工，该多好。”花野真衣轻轻地叹了一口气，听门外的特工说，他们已经处理好所有的物件，马上转移。

“走吧。”花野真衣再一次看了看这幢房子，头也不回地走出了大门，没有感觉到背后有一双眼睛正死死地盯着她。

李思源还没有传来消息，李思瑶有些坐不住了。时间不等人，万一沈妍冰被日本特工识破了真相，或者被“军统”抢先一步，自己也就完成不了组织上交给的任务。

“姐，你看我把谁带来了？”钮佳悦一进宿舍就朝正在深思的李思瑶喊了起来。

“谁啊？”李思瑶抬头一看，见钮佳悦带着一个戴着帽子和口罩的护士进来，不由批评钮佳悦，“你今天不是上班吗？怎么把同事带过来了？”

“姐，你看看她是谁？她是陈姐姐。”钮佳悦急忙把沈妍冰的口罩取下来。

“果然是你！”待沈妍冰取下口罩，李思瑶大吃一惊，她正在为怎么把沈妍冰救出来，没想到她竟然被钮佳悦带了回来。

“李思瑶，果然是你。”沈妍冰伸出手来，想与李思瑶握手。

“你是沈妍冰？”李思瑶已经从钮卫国那里肯定了沈妍冰的身份，也伸出手来与沈妍冰握手。

“她不是陈姐姐吗？怎么又姓沈了？”钮佳悦被两人的话弄得莫名其妙。

“江南好，风景旧曾谙。日出江花红胜火，春来江水绿如蓝。能不忆江南？”李思瑶没有理会钮佳悦的提问，而是想尽快弄清沈妍冰的身份，便说出了接头暗语。

“行遍江南清丽地，人生只合住湖州。”沈妍冰答道。

“原来真是你。”李思瑶十分激动，她一直要寻找的红灯笼原来就在身边，却错过了多次。

“原来你就是我要找的接头人。”沈妍冰也没想到，她苦苦等待的接头人竟然是李思瑶，她们还一同乘船去了上海。

“你们在说什么？”钮佳悦再次问道，她越听越糊涂。

“佳悦，有些事你不知道更好。”李思瑶激动万分，她千思万想的同志就在眼前，又对钮佳悦说，“你到门外去守着，不许任何人进来。”

“好的。”尽管钮佳悦不知为何不许任何人来打扰李思瑶与沈妍冰谈话，但此时心里却像吃了蜜一样甜，她终于完成了李思瑶交给她的任务。这个任务看似非常简单，却又是多么地艰难。但无论怎么说，李思瑶总算完成找到红灯笼的任务。接下来的任务更艰巨，是如何把沈妍冰安全地送到延安。

待钮佳悦去了门外后，李思瑶与沈妍冰紧紧地抱在了一起，她们太想见到对方了。在这个战争年代，她们只知道彼此的姓名，却不知道对方正是自己要找的人。为了寻找到对方，相互之间可能要经历许多，甚至丢掉性命，但他们从没有后退过。因为他们心中都有一个信仰，李思瑶如此，沈妍冰如此，钮卫国如此……这就是他们的工作。

“我现在的任务就是确保你的安全，并把你送到延安去。”李思瑶再一次紧紧地握住沈妍冰的手。别人完成一个任务的时间不长，可李思瑶觉得她完成任务的时间太长了，她有些自责起来，“都是我的工作没做好，让你等待太长的时间了。”

“这不是你的错，是我的错，是我一直没有出现，没有及时找组织和接头人……”沈妍冰说着眼圈红了。

“是啊。你一回国，我就从重庆出发到江南来接你，可在那里等了三天都没有接到你，后来才听说有一个女子刚下船就被枪杀了。我差点以为是你，正好组织接到了消息，让我先去上海执行任务，所以，我急忙赶往上海，却不知道我们在湖州上了同一艘船。”李思瑶说，“对了，与你在一起的那个日本女人叫什么名字？”

“她叫花野真衣，代号麦子，一名日本高级特工。”沈妍冰叹了一口气说，“你说的那个刚下船就被人枪杀的，是我的丫鬟陈依然。”

“花野真衣？”李思瑶这才明白，与自己斗了多年的日本特工竟然是花野真衣，虽然组织上给过她关于花野真衣的资料，却非常有限。于是，李思瑶又问道，“这到底是怎么回事？”

“这事说来话长，我还是简短点跟你说吧。”沈妍冰沉思了一会儿，接着把她回国的遭遇全说了。说完，沈妍冰的眼里有了泪水，仿佛回到那天下船的情景，花野真衣掏出手枪朝着陈依然眉心就是一枪。那一枪，沈妍冰永远都忘不了，她更加忘不了的是陈依然父母那惊愕的表情和哀怨的眼神。如果不是陈依然在船上与她换了装，花野真衣的那一枪就是朝自己的眉心开的。时至今日，沈妍冰也没有想清楚陈依然为什么会在临下船前，要与自己互换身份，难道她早就知道了下船的凶险？

“原来是这样啊。”李思瑶不由陷入了沉思，按道理沈妍冰回国是一件十分隐秘的事，刚一下船就被花野真衣逮了个正着，而且花野真衣也不由分说开枪打死了陈依然。按理说，花野真衣作为日本高级特工，怎么会不认识沈妍冰，而不问青红皂白地开枪打死了陈依然呢？

“我也一直在怀疑，花野真衣为什么一直把我当成了陈依然，而把陈依然当成了我。”沈妍冰说，“而且陈依然也好像知道要发生事情一样，临下船与我互换了身份。”

“看来这件事情有些复杂。”李思瑶一时也不清楚这是怎么回事，这件事情都过去好几年了，自己一直在寻找的代号叫红灯笼的沈妍冰，居然在这个时候出现，难道说她有什么问题？如果钮卫国在就好了，多一个人就多一个主意。

“比想象中复杂。我一直在怀疑，组织内部出现了问题，或者说是‘军统’里出现了问题。根据我在花野真衣身边得到的情报，她在‘军统’内部安插了人，时不时向她提供情报。”沈妍冰说，“有一次我悄悄地跟踪过花野真衣，可那人蒙着面，身影却特别熟悉。”

“熟悉的身影？”李思瑶心里一惊。如果沈妍冰说的是真的，那么自己也许很熟悉这个人。这个人又会是谁呢？

“对了。我们先不谈这些了。我走得匆忙，我设计的那套密码却没来得及带走。”

“密码？什么密码？”

“是的。我在德国留学时，研究出来的特殊密码，还留在花野真衣那里。”

“那她会不会发现？拿去用了？”李思瑶一听密码在日本特工那里，心里不由着急起来，又问道，“那怎么办？”

“不用着急。她肯定不知道那是密码。”沈妍冰非常有把握地说，“因为我把密码绣在旗袍上，尽管她把旗袍拿去了，却一直没有在外面穿过，大部分时间都挂在她的房间里。”

“什么？在旗袍上？这么重要的东西怎么绣在旗袍上呢？”李思瑶不由更加着急了，如果真如沈妍冰所说的，只要是个特工，都会发现旗袍上的密码。

“她一定不知道，因为这些密码是我用花鸟的形式绣上去的，如果写在本子上，怕回国时万一被日本特工抓住就会被发现了，他们做梦也不会想到我们会把密码绣在旗袍上。”沈妍冰说，“这都归功于陈依然，是她想出的这个办法，在我的指导下，她着手绣了那些密码，可惜下船后就被花野真衣拿去了。”

“她怎么偏偏就看上了那件旗袍？”李思瑶除了着急，更加想弄清楚事情的经过。

“这都怪我，选了一件太鲜艳的旗袍。花野真衣是喜欢那件旗袍，一个人躲在房间偷偷地穿着显摆，但她肯定不知道旗袍本身的秘密。”

“原来是这样。那我们赶紧想办法把那件旗袍取回来。”

李思源没想到李思瑶竟比他先一步找到了沈妍冰，不由大窘。但当他看到沈妍冰的那一刻，眼泪竟然止不住地流下来。这个原本只有在梦境中出现的画面，如今活生生地出现在他眼前。李思源多少次孤独无助地站在朝天门码头，幻想着沈妍冰突然出现在他的眼前，现在，这个愿望终于实现了。

沈妍冰也没想到李思瑶竟然是李思源的妹妹。她以前只是听李思源说过他有一个妹妹，从小就被人抱养，只闻其名，不见其人。在去上海的船上，虽然李思瑶与李思源的妹妹同名，但在当时的情况下也没敢多问。在重庆，与李思瑶也只在白宫舞厅见过一面，那种情况下，她更不能问李思瑶的情况。当然，令沈妍冰更感到意外的是，李思源居然在“军统”里做事。

李思瑶见沈妍冰果然是哥哥的恋人，想想两人多年不见，有很多话要说，不愿当电灯泡，于是借故走了出去。

“妍冰，真的是你？我以为这一辈子都见不到你了！没想到，在这里我的梦实现了。”李思源激动地走上前，紧紧地握住沈妍冰的手说，“能告诉我这些年你去哪里了吗？”

“我不是去国外读书了吗？”沈妍冰此时见到李思源，心情也十分复杂。当年见到李思源的那一刻，她的芳心也暗许给了他。虽然那时，李思源被称为富家子弟，帮着父母做生意，日子也过得无忧无虑。她也看出了李思源与其他富家子弟相比，身上有一种别人不具备的气质，便芳心暗许，正好父母为她与李思源订了婚。可就在这时，她悄悄地加入了中国共产党。如果不是加入了共产党，她也许早已与李思源结婚生子了。后来出国读书，一是因为李家已经没落，父母逼她与李思源断绝关系；二是受党组织之命，去国外学习密码知识。为了使命，她不得不与李思源断绝一切联系。虽然沈妍冰十分痛苦，但她知道为了祖国，个人的痛苦又算得了什么？

“你去国外读书了？为什么不与我联系？你知道吗？我四处打听你的下落，都没有得到你的消息，我欲哭无泪。你知道吗？我当时的心情是多么地痛苦？我几乎想要自杀来忘却对你的思念。但我又怕你知道了这个消息，说我不顾你的感受，所以我最终选择了等待。我相信你会回来的，一定会回到我身边来的。可是，这一等就是很多年。”李思源越说越激动，几乎要把他心里的话全部说出来。

“思源，我知道我有对不住你的地方，但我……”沈妍冰被李思源的话感动得几乎要哭出来，可是在任务面前，个人感情又算得了什么？李思源是个多情多义的男人，自己也不是一个薄情寡义的女子。

“妍冰，过去的就让它过去。我们重新开始，好不好？”李思源看出了沈妍冰的动情之处，心里不由高兴起来。他知道此时，只要自己再向沈妍冰发动“进攻”，她就会乖乖地“投降”了。于是，李思源突然单膝跪在沈妍冰面前，变戏法似的从身上掏出了一枝玫瑰花来，双手递在了沈妍冰面前，说道：“妍冰，嫁给我吧，我不想再失去你……”

“你……”沈妍冰没想到李思源会在这个特殊的时间向她求婚，是答应，还是不答应？

“妍冰，别犹豫了，答应我吧，我会好好待你的。”李思源哀求起来，“你知道吗？这些年我是怎么过来的？每天晚上都梦到你。梦到你与我在一起的日子，那快乐的时光。我们在河边的树荫下一起谈人生，一起聊梦想。”

“你别再说了……”沈妍冰几乎控制不住自己的情感。她又怎能忘记呢？那几年，她在学校里读书，李思源就守在校门口，一直等她放学，他就拉着她的手一起奔向学校不远的小河边，在树荫下，两人有着说不完的悄悄话。直到陈依然多次催促他们，他们才恋恋不舍地分开。尽管被沈老爷骂过多次，但沈妍冰从没放在心上，只要与李思源在一起，她会感到十分开心、万分幸福。可自从加入中国共产党后，沈妍冰才发现这世界上除了爱情和亲情外，还应当有爱国热情。在国难当头时，个人的爱情又怎能比得上爱国热情呢？

“妍冰，我今天一定要向你求婚。”李思源说完站了起来，猛地把衣服脱了，赤裸着上身，并慢慢地转过身去，只见他的背上刻着六个大字：“沈妍冰，我爱你。”血迹刚干，伤口仍清晰可见，能想象得出，李思源为了给沈妍冰一个惊喜，吃了多大的苦头。特别是每一个字的笔画都很粗，让人难以想象李思源是忍着多么大的痛苦。因为每一笔每一画，李思源都会流下许多鲜血。这些血不但从李思源的身上流出，也是从沈妍冰的心里流出。如果李思源不是真心爱一个人，他又何必忍受这么多的痛苦刻下这六个大字？

“思源，太难为你了，我……”沈妍冰刚想说答应李思源的求婚时，李思瑶突然推门进来，打断了她的话。

“快走，这里可能不安全了。”李思瑶喘着粗气说，“再不走就来不及了。”

“这里有我在，为什么不安全？”李思源嘴上这样说，但还是马上穿上衣服，又说，“去我那里，那里肯定安全。”

“不行。”李思瑶像猜到李思源会这样说一样，“哥，你是‘军统’的人，沈姐姐绝不能去你们那里。我已经找到了安全的地方，你赶紧回去吧。”

“凭什么让我回去？我与妍冰是恋人。妹妹，你就成全哥哥这个心愿吧。”李思源不想与沈妍冰分开。

“哥，你就听话，为了沈姐姐的安全，你暂时与沈姐姐分开吧。”李思瑶直接拒绝了李思源的请求。能把沈妍冰救出来，是一件非常不容易的事。沈妍冰是一个密码专家，党组织绝不允许她再落到任何人手里，特别是“军统”和日本人的手里。刚才，李思瑶在门外听到李思源向沈妍冰求婚，她总感觉有些不对劲，可又说不出哪里不对劲，唯一能阻止的就是不让沈妍冰答应哥哥的婚事。钮卫国同志不在这里，什么事都得靠自己拿主意。因此，李思瑶在沈妍冰还未答应之际，推门进去阻止了她。

钮卫国曾说过，只要李思瑶救出了沈妍冰，就立即把她送往延安,因为那里还有很多事情在等着她去做。

这个任务看似简单,却是一条充满荆棘的道路,李思瑶决定带着沈妍冰和钮佳悦去延安。

# CHAPTER 13

# 第十三章　红灯笼的秘密

钮卫国并没有离开重庆，只不过找了一个秘密的联络点安顿下来。钮卫国是李思瑶在重庆的上级，也是李思瑶在重庆的唯一上线。如果他离开了重庆，那么李思瑶就得停止一切行动。李思瑶决定留在重庆完成任务时，钮卫国也决定留在重庆。尽管“军统”在到处找他，他还是冒着生命危险在暗中观察李思瑶。在得知李思瑶成功救回了沈妍冰后，钮卫国悄悄地来到了医院。

“思瑶同志，你们还在这里？”钮卫国看到了李思瑶和沈妍冰，十分激动。

“卫国同志，你不是走了吗？”钮卫国的突然出现，令李思瑶感到十分意外，而且有些惊奇。

“你没有完成任务，我怎么能走呢？其实我与你一样，没有完成任务，都不可能离开这里的。”钮卫国指着沈妍冰，问道，“她就是沈妍冰同志？”

“是的，她就是沈妍冰同志，我们一直寻找的密码专家红灯笼。”李思瑶向钮卫国介绍沈妍冰，又向沈妍冰介绍钮卫国，“他就是我的上级钮卫国同志，我们一直在寻找你。”

“钮卫国同志，你好。”沈妍冰伸出手来与钮卫国握手，并说，“你辛苦了。”

“你也辛苦了。”钮卫国说着拿出一封信来，“这封信是上级组织送来的，要求我们尽快把沈妍冰同志送往延安。”

“那我们马上出发？”李思瑶征求钮卫国的意见。

“是的，我都已经安排好了，我们现在就出发。”自从钮卫国从“军统”内部找到绝密档案中沈妍冰的照片，又得到李思瑶的肯定后，就马上向上级组织说明了情况。上级组织向延安写了信，延安那边马上回信，要求钮卫国不惜一切代价，把沈妍冰安全地送到延安。钮卫国刚拿到信，就得到李思瑶救出了沈妍冰的消息，于是又与上级联系，安排路线，他要与李思瑶尽快把沈妍冰送往延安。

“现在花野真衣在四处寻找沈妍冰同志。我们离开重庆，她是我们最大的障碍，如果不扫除这个障碍，路上就不会那么顺利。”李思瑶一直担心花野真衣会阻碍他们的行动。除了花野真衣外，李思瑶还担心哥哥李思源，他毕竟是“军统”的人。自从来到重庆后，李思瑶发现李思源有许多不同寻常之处，他总是在不经意的时候出现，而且每次出现都会不动声色地阻挠了她的行动，时间与事件的巧合，像是精心安排好了的，却又让人找不出破绽。李思瑶有时候想，如果李思源不给“军统”做事，让他加入中国共产党，肯定能做出许多惊天动地的事情来，可他偏偏在替“军统”办事。离开重庆，还要注意另外一个人，她就是朱佩玉。朱佩玉有很长时间没有露面了，谁也不知道她会在什么时候冒出来。无论是哥哥李思源，还是花野真衣和朱佩玉，他们一个个都不是省油的灯，只要其中一个嗅到了味道，其他人都会蜂拥而至。特别是花野真衣和朱佩玉，她们一起乘船去上海时，花野真衣就显得特别老练，从不露声色。在上海大桥监狱的四号牢房里，为了取得自己和钮佳悦等人的信任，花野真衣可谓吃了不少苦头。由此可见，作为日本特高课的高级特工，为了完成任务，他们什么事都做得出来。朱佩玉的性格虽然与花野真衣不同，但这个看上去大大咧咧的女人，心机也特别重，要不然她又怎么能成为“军统”的高级特工呢？况且朱佩玉还是与钮卫国拜过堂的妻子，她为了钮卫国可以不要自己的生命。如果她看到钮卫国带着沈妍冰去延安，她会有怎样的想法?

“思瑶,你说得对,我们这一路肯定非常艰辛,至于会发生什么情况,我们现在不得而知。但组织上交给的任务,我们哪怕前方有重重困难,也一定要保证妍冰同志的安全,把她安全地送到延安。”钮卫国又何尝不知道路途中的艰辛,日本特工和“军统”特工都在寻找沈妍冰,他们又怎能让自己轻易地把沈妍冰送往延安呢?

“辛苦你们了。”自从回国后,沈妍冰就一直向往延安,可几年过去了,自己不但没到达延安,还因私事一直滞留在上海和重庆,组织上给自己的任务一直没有完成。有时候,沈妍冰也在想,自己为了陈依然父母做的事,不知道做得对不对。如果不是陈依然与自己换了身份,或许今天活着的就是陈依然。

“护送你到延安是我们的任务,也是我们的工作,更是我们的责任。”钮卫国不想让沈妍冰有过多的担心,又说,“路上虽然困难重重,但我们已经准备好了,沿路的地下党同志会协助我们的。再说重庆到延安的路程比较远,有三条路:第一条路走成都方向相对来说安全些,但路途较远;第二条路是走达县、过万源;还有一条是北上南充,走广元,过秦岭。后两条路相对较近,但走达县这条路难走。因此我们选择走南充和广元,翻秦岭,这条路相对安全得多。”

“卫国,路线你安排好就行。”李思瑶知道钮卫国提出的几条路线,她曾经走过,无论是走成都还是走南充,都要翻秦岭,那里不但土匪出没,更有国民党军队把守。如果走达县这条路,前方国民党军队正在与日本军队交战,弄不好就会碰上日军,这条路不安全。

李思瑶与钮卫国正商议路线问题,钮佳悦突然闯了进来,她上气不接下气地说:“快走,我嫂子来了。”

“谁? 你嫂子?”李思瑶还没反应过来,便问道。

“就是朱佩玉。”钮卫国的脸突然沉了下来,朱佩玉这么快得到了消息,于是,他马上说,“我们马上转移,不能让她知道我在这里,更不能让她知道沈妍冰的情况。”

“医院里有一个地方,我们可以躲一下。”李思瑶知道院长办公里有一个暗室,便让沈妍冰穿上护士服,戴上帽子,钮卫国穿上医生服装,戴上口罩。几人急匆匆地出了宿舍,赶往院长办公室。

花野真衣安定下来后，十分生气，没想到真正的沈妍冰——共产党的密码高手却一直隐藏在自己的身边。这是一件特别丢人的事！花野真衣只能把怨气憋在肚子里，不敢吐出来。有时候，花野真衣会无缘无故地发火。发完火，花野真衣便冷静下来，决定尽快把沈妍冰找出来。万一沈妍冰被潜伏在重庆的共产党员带到了延安，那将是一件十分可怕的事。沈妍冰跟了自己几年，自己的一言一行她都十分清楚。再说，自己出去执行任务时，谁知道沈妍冰会不会悄悄溜进自己的房间把情报泄露出去？特别是自己在重庆与上海的特高课通信密码，那可是绝密的。如果沈妍冰掌握这套密码，损失将是不可估量的。

如今沈妍冰的行踪不明，看来又得找隐藏在"军统"里的内线了。花野真衣打定主意，打扮一新后独自来到白宫舞厅，要了一个包厢，静静地喝着红酒，等待那个人的到来。直到中午，那个人才姗姗来迟，仍然蒙着面，变着腔调问道："我不是说了吗，你们的事情我已经办妥，我们谁也不欠谁的了，各走各的路。"

"各走各的路？这只是你个人的想法。只要你一天为我们大日本帝国做过事，这一辈子就要为我们大日本帝国做事。"花野真衣冷冷地说，"所以，你必须把沈妍冰的行踪查出来。我要亲手把这个死丫头抓起来，狠狠地拷打。"

"你恐怕找不到她了。你以为每个人都会像我这样，给你提供情报，任由你宰割吗？"蒙面人也冷冷地说，"我现在不受你们制约了，没必要为你们卖力。"

"李思源，你少给我来这一套。"花野真衣突然叫出了蒙面人的名字，"你不要以为沈妍冰脱离了我的控制，我就没有办法对付你了。"

"你知道我的名字？"蒙面人大吃一惊，但马上镇定下来，揭开蒙纱，他果然是李思源。李思源非常恼火，大声说道："是我又怎样？沈妍冰是我的恋人，我不许任何人动她。也包括你，如果你敢对她怎样，我会与你拼命。"

"你少拿这一套来吓唬我，我不是被你吓大的。"花野真衣的声音仍然很冷，还带着不屑，"你不配合，就不要以为我们没有办法对付你。在我们特高课，有你的档案，你为我们做过的事情都记录在案。”

“你……”李思源一直以为自己行事很隐秘，却没想到被花野真衣知道了自己的底细，心里除了不痛快外，他真想在此时一枪结束了花野真衣的性命。但李思源很快就明白了，花野真衣是特高课的人，他要知道自己的身份，只要问一下特高课就行了。自己走到今天这地步，那是自己的一个噩梦。李思源有时候在怀疑自己为日本做事，是不是在做梦。可这个梦又是这样的清晰和清醒。李思源每每想到此时，都会狠狠地拧一下自己的大腿，每次大腿都会钻心地痛。

李思源清楚地记得刚到力行社的第二天，去街上买些日常用品时，就被两支手枪顶住了后背。接着，那两个人不容他分说，就用枪头狠狠地砸在他的头上，他像一团棉花一样软软地倒在地上。醒过来时，李思源发现自己躺在一间黑屋子里，站在对面是两个黑衣人和几个打手，其中一个黑衣人说，只要李思源好好地配合他们的工作，他们就不为难他。李思源没有弄清楚是怎么回事，果断地拒绝了那两个人的要求，拒绝带来的后果是一顿毒打。直到遍体鳞伤时，李思源仍然拒绝他们的要求。那两人没想到李思源的态度如此之硬，便拿出了他们的杀手锏。

“你不配合也可以，我们知道你的未婚妻沈妍冰在德国念书，我们已经掌握了她的确切行踪。只要她一回国，我们的人就会在那里等她。”一个黑衣人用生硬的中国话说，“我相信你是爱她的，她也是爱你的。”

“你们胆敢动她一根毫毛，我就与你们拼命。”李思源有些绝望地说。此时他才知道对方是日本人。日本人的厉害他已经领教过了。

“你就别废话了。你现在是自身难保，还与我们拼命？我们要你的命就像踩死一只蚂蚁一样简单。”黑衣人说完，又叫打手使劲地拷打李思源。

“我愿意合作……”李思源说完这句话就晕了过去。他之所以答应黑衣人的要求，并不是他禁不住拷打，而是他一旦死在这里，沈妍冰就会也遭到毒手。在李思源的意识里，沈妍冰是他的全部，他不允许任何人伤害她。

直到这时，李思源才知道这两个黑衣人是日本特高课的人，他们抓李思源是想让沈妍冰为他们工作。其实,李思源明白自己这一妥协,以后会有许多意想不到的麻烦。但几年里,日本特高课很少来找他,就在李思源渐渐忘记此事时,特高课派人来找他了,并说沈妍冰在他们的手中,如果他不配合,他们就将沈妍冰杀害。李思源没有办法,只得一次又一次地为特高课提供情报。

“我今天给你的命令是找到沈妍冰,她已经窃取了我们很多情报。如果她把这些情报给了国民党或是共产党,后果都不堪设想。所以,你务必要找到沈妍冰,把她带到我这里来。”花野真衣用命令的口气说。

“不可能。”李思源已经见到沈妍冰了。也就是说,沈妍冰现在不受日本人控制了,他为什么还要替他们卖命呢?

“你不找她也可以。这些年,你向我们提供的情报和所做的一切都记录在案。只要我把这些情报送到‘军统’,不用我说,后果是怎样的,你比我清楚。我相信你的戴老板会亲自接见你的。”花野真衣冷冷地说。

“你这个女人,真不让人省心。”花野真衣的话说到李思源的痛处,军统的纪律他比谁都清楚。凡是通敌者,除了本人受刑外,还要牵涉到其他人。李思瑶是自己唯一的妹妹,她不能死,沈妍冰也不能死,这两个人是他在世上最亲的人。

“你给我考虑清楚。”花野真衣说完转身出了门。

“总有一天,我会亲手宰了你的。”看着花野真衣远去的背影,李思源恨恨地说了一句,然后瘫坐在椅子上。

绝密档案是存在的。朱佩玉通过谷海山,终于看到了那份绝密档案。当朱佩玉看到沈妍冰的照片时,差点叫了出来,这个人不是陈依然吗?怎么会是沈妍冰呢?那个自称是沈妍冰的女人又会是谁呢?如果她不是共产党员,那一定是日本特工了,因为在“军统”和“中统”里都没有她这个人。那她为什么要冒充沈妍冰呢?而且真正的沈妍冰就在她的身边,为什么不怕真的沈妍冰揭穿她的身份?

“她是日本特高课的高级特工花野真衣。”谷海山淡淡地说,“我们也刚刚才查清楚她的身份。花野真衣还有一个代号:麦子。她是日军对重庆大轰炸的情报传递者之一。特别是对气象研究这一块很有建树，可以说，重庆每次的大轰炸都与她传递的天气预报有关。上级有指示，见到此人，如果不能生擒，就地处决。”

“原来是这样。”朱佩玉终于理清花野真衣、沈妍冰之间的关系。沈妍冰是共产党员，而且已经上了绝密档案，就说明她在“军统”眼里的重要性。让她没想到的是沈妍冰隐藏得如此之深！

既然谷海山不让自己查间谍的事，专查共产党员。沈妍冰是共产党员，自己就有理由查她了。只要抓住了沈妍冰，朱佩玉就立了一大功，说不定谷海山将再次重用她。

傍晚时分，朱佩玉精心地化了装，趁着夜色走进了市区的大街小巷。因为她曾多次在那些小巷子里碰见过当时化名陈依然的沈妍冰，还悄悄地跟踪过她，找到了她的住处。今天，朱佩玉想也没想就往那里走去。待她走到房前时，才发现那里人去楼空。

“她们搬走了？如果沈妍冰被共产党员接走了的话，那个接她的人肯定是李思瑶。”朱佩玉马不停蹄地往医院跑去，发现李思瑶和钮佳悦都离开了医院。

“她们也走了，会去哪里？”朱佩玉想不出来。突然她想起一个人来，这个人就是李思源。同在“军统”里工作的李思源深不可测，虽然朱佩玉与他打交道不多，但听谷海山说过，李思源这个人很神秘，仗着上面的器重，谷海山都不敢惹他。可是，李思源的行踪诡秘，引起了谷海山的怀疑，这个人不是“通共”，就是“通日”。因此，他让朱佩玉多留个心眼，一旦李思源有值得怀疑的地方，要立即向他汇报。李思源是李思瑶的哥哥，如果李思瑶要把沈妍冰接走，那她一定要通过李思源这条线，找到李思源就会找到沈妍冰和李思瑶。

朱佩玉来到李思源的住处前，发现李思源正往外走。李思源刚从白宫舞厅回来，非常恼火。如果说以前向特高课低头，是为了保护沈妍冰，现在沈妍冰已逃离了他们的魔爪。如果不把沈妍冰交出去，自己的性命肯定难保；如果把沈妍冰交出去，她又是自己最喜欢的人。李思源心有不甘，他不能坐以待毙，最好的办法就是带着沈妍冰远走高飞。

李思源知道此时妹妹李思瑶已经把沈妍冰转移了。即使李思瑶没把沈妍冰转移，自己此时去找妹妹李思瑶，也会被花野真衣的人跟踪，那样会暴露了沈妍冰她们的行踪。所以，李思源等李思瑶把沈妍冰带到最隐蔽的地方才去找他们。因为那天从医院里出来，李思源已经派人盯着李思瑶的一举一动。在得知钮卫国也去了医院后，李思源就知道妹妹会与钮卫国一起把沈妍冰送出重庆。因此，他又派人悄悄地盯着李思瑶和钮卫国等人的行踪。

这天，终于确定了李思瑶的落脚点，李思源决定亲自上门讨要沈妍冰。尽管李思源一路上都很小心，观察有没有人跟踪，但李思源忽略了一个人。这个人就是朱佩玉。作为“军统”的高级特工，朱佩玉的跟踪技术也是一流的。

跟着跟着，朱佩玉发现跟踪李思源的人不止她一个，还有一个女子也在跟踪李思源。朱佩玉仔细一看，这个跟踪李思源的女人正是化名沈妍冰的花野真衣。

花野真衣与李思源分开后，知道李思源不是可靠之人，他一定会打自己的如意算盘，所以，花野真衣决定暗中跟踪李思源。只要发现沈妍冰，她绝不会让沈妍冰活在这个世上。她要一雪前耻。

朱佩玉从谷海山处知道了花野真衣的真实身份后，气得浑身发抖。现在看到花野真衣也在跟踪李思源，心里一股无名火陡然升起，差点掏出枪来对准她。可转念一想，不行，只要枪声一响，附近的部队就会赶过来，她就不能跟踪李思源，从而找到沈妍冰了。最好的办法就是让花野真衣与李思源打起来，那戏更好看。如何让花野真衣与李思源打起来，这是一个难题。得先想一个让他们打起来的主意，既不能让枪声响起来，又要让他们两败俱伤。

突然，朱佩玉发现了另外一个人也正朝这边走过来。在微弱的灯光下，朱佩玉终于看清了来人，正是她的小姑子钮佳悦。朱佩玉一笑，马上有了主意。她悄悄地走到钮佳悦身边，出其不意地捂住了钮佳悦的嘴，小声说：“佳悦，我是你嫂子。”

“嫂子，你要干什么……”待朱佩玉松开手，钮佳悦显得不高兴。

“不要说话，前面有人在向你们的住处走去。”朱佩玉说，“你赶紧抄近路回去，向李思瑶说明情况，让她们赶紧撤，晚了就来不及了。”

"真的？嫂子，你没有骗我吧？"钮佳悦看到前面的李思源和花野真衣，明白了朱佩玉的话不假。因此，钮佳悦急忙快步抄近路绕到房子后面，敲门进去了。

朱佩玉只是静静地等待，等待屋里乱成一锅粥，她可以趁机把沈妍冰带走。但接下来的事情并没有朝朱佩玉想象的那样发展。走在房子正面的花野真衣突然一挥手，从四面出来了好些日本特工，悄悄地朝李思源奔去。李思源的后脑上好像长了眼睛似的，突然朝屋子后门跑去。花野真衣命令特工追上去，就在房子的拐角处，突然出现几个便衣"军统"特工端着冲锋枪，朝花野真衣的特工扫去。花野真衣大惊，急忙转身就跑。

朱佩玉也急忙朝屋子后门跑去，看到李思瑶带着沈妍冰和钮佳悦往外跑，断后的人竟然是钮卫国。朱佩玉傻眼了！

就在朱佩玉发愣之际，李思源带着"军统"的人朝李思瑶那边追去。钮卫国和李思瑶也发现了李思源，急忙转身朝朱佩玉这边奔来。

待李思瑶与沈妍冰走近时，朱佩玉突然窜了出来，抢过沈妍冰，并用枪指着沈妍冰的头，说："李思瑶，你们让开，我要带她走。"

后有追兵，前有截兵。李思瑶没想到朱佩玉会在这里等着他们，有点不知所措。

"我劝你们最好不要追过来，赶紧去把李思源引开。不然，你们谁也跑不掉。我带沈妍冰走，你们还有逃命的机会。"朱佩玉幽幽地看了钮卫国一眼，等待他的回答。

"佩玉，你不能这样。"面对如此复杂的环境，钮卫国知道自己要冷静下来，不能让朱佩玉把沈妍冰带走。

"卫国，你与李思瑶为了这个女人，可以不顾我们的感情，是吗？"朱佩玉幽幽地说。

"朱佩玉，你……"李思瑶想上前求沈研冰，却被钮卫国拦住了。

"佩玉，你是我最爱的人，但同时你也是一个最爱国的人，你能眼睁睁地看着她被'军统'或者日本特工带走吗？虽然你也是'军统'的人，我曾经也是'军统'的人。但我们的目标是什么？是让老百姓受苦吗？我想这不是你的初衷。当年，我们结婚的那天，我们都有过承诺，只要对方为老百姓做事，我们都不干涉对方。"在钮卫国心里，一直觉得朱佩玉与“军统”内部的其他人有很大的差别。他一直想把朱佩玉争取过来，朱佩玉却一根筋，总认为自己在干革命，在为老百姓做事。可事实是如此吗？

“你……”朱佩玉想说什么，突然发现钮卫国的话不无道理，自己忘记了他们曾经的承诺。

“不要再说了。现在也不是讨论谁对谁错的时候，我们得必须马上离开这里。他们马上就打过来了。”李思瑶急切地说，“我们不能让沈妍冰同志受到任何伤害。”

“佩玉，你也跟我们一起走。就算我把沈妍冰同志让给你，你也带不走她。难道你还不知道李思源和花野真衣他们的个性吗？佩玉，为了你的安全着想，跟我们一起走吧，大家相互有个照应。”钮卫国小心翼翼地上前拉着朱佩玉的手，又朝李思瑶使了个眼色。李思瑶趁机上前拉走了沈妍冰。

“卫国，你的话很有道理，我相信你，跟你走。”朱佩玉此时发现钮卫国比她想象中聪明得多了，做事井井有条，说话简短却有分量。

李思瑶与钮卫国分别拉着沈妍冰与朱佩玉跑了好几条巷子，未见有人追过来，停下来大口大口地喘气。李思瑶回头发现钮佳悦不见了，便问钮卫国：“卫国同志，你看到钮佳悦了吗？”

“没有啊。”钮卫国刚才也精神高度集中地防着“军统”和日本特工的追赶，以为钮佳悦跟着李思瑶在跑。现在没有了人影，不由着急起来。钮佳悦是他唯一的妹妹，也是唯一的亲人，他不能失去她。如果不找到钮佳悦，她无论是被“军统”还是日本特工抓去了，都会九死一生。在这个两难的境地，钮卫国知道自己不能犹豫，对李思瑶和沈妍冰说：“走吧，这里很不安全，我们得到下一个联络点。”

“佳悦还没跟上来，该怎么办？”李思瑶忧心忡忡，看出了钮卫国的心事，也知道钮佳悦是钮卫国唯一的亲人，但她知道作为一名共产党员，在国家大事和亲人面前，一定要选择国家大事。

“任务要紧，我们必须保证沈妍冰同志的安全。”钮卫国强迫自己镇定起来，他不能让李思瑶和沈妍冰为他担心。作为一名资深共产党员，早已有了这种心理准备。

“钮卫国，你还是人吗？钮佳悦可是你的亲妹妹，你们不去救她，我去救她。”朱佩玉见钮卫国为了沈妍冰，居然不顾自己亲妹妹的安危，一下子就火了。

“佩玉，钮佳悦是我妹妹，她不见了，你以为我不着急吗？不是我不救她，是现在形势紧迫，我们必须在安全的情况下才能想办法去寻找她。再说，她不一定就被他们抓住了。”钮卫国知道朱佩玉的火暴脾气，怕她一不小心又惹出事情来。

“卫国同志，这样吧，你和沈妍冰同志先走，我去寻找佳悦。”李思瑶虽然觉得钮卫国考虑问题全面，但她不能丢下钮佳悦不管。

“都是我不好，以前不相信你们，现在导致钮佳悦下落不明。”沈妍冰不由自责起来。

“李思瑶同志，你就不要添乱。我现在命令你，与我们一起保护沈妍冰同志的安全。这附近有我们的一个联络点，先去那里安身。”钮卫国说，“我们安顿好沈妍冰同志，再去寻找佳悦，好不好？”

“那就这样吧。”情况紧急，李思瑶也没有其他好主意，只得听从钮卫国的安排。

在黑夜中，钮佳悦憋着一口气猛地往前跑，在她上气不接下气的时候，发现自己与哥哥钮卫国以及李思瑶分开了，仔细一看周围环境，发现自己居然又跑回来了。

“不行，得找到他们。”钮佳悦着急起来，却听到不远处有脚步声，她悄悄地探头一看，是花野真衣和李思源朝她这边走过来。钮佳悦赶紧在一个房门旁边的柴草堆里躲了起来。

不一会儿，花野真衣与李思源就走了过来。在钮佳悦的正前方，花野真衣停住了脚步，指着李思源的鼻子说：“李思源，你怎么回事？杀了我那么多人？你现在是不是也想杀了我？”

“你这个臭娘们，你还好意思说出来。要不是你，我已经抓住了沈妍冰，谁让你多事的？”李思源一脸的不屑，冲着花野真衣就骂了起来，“你坏了我的大事。”

“我什么时候坏了你的大事？如果我不跟在你身后，还不知道沈妍冰藏在什么地方。你早就知道了，为什么没有告诉我？”花野真衣冷冷地说，“难道你就不怕我把你的事情告诉‘军统’吗？”

“你这个臭娘们还有脸说。”李思源有些火了，“你敢把我的事告诉‘军统’？你要知道这里是谁的地盘？这里是重庆，是我的地盘。只要我一声令下，你们这些日本鬼子就会死无葬身之地，看你还敢不敢威胁我。”

“你这个无赖。没有我们大日本帝国对你的栽培，你能混到今天的地位？”花野真衣也火了，“你不要忘记了，你的一切都是我们大日本帝国给予的。”

“你没有资格来命令我。”李思源突然掏出了手枪，“只有你永远地闭嘴，就没有人知道我的一切了。”

“是吗？李思源，你要知道我花野真衣从不打没有把握的仗，如果天亮前，我还没有回去，一封信和许多照片就会送到你们戴老板面前，其后果是什么，我想你比我更清楚。”花野真衣突然笑了起来，“所以，你还得乖乖地听我的话。沈妍冰是被共产党员李思瑶和钮卫国救走的，你要想尽一切办法，把沈妍冰给我找回来。活要见人，死要见尸。”

看样子，李思源与花野真衣认识，而且还非常熟悉。钮佳悦吓得大气不敢出，她真想马上知道李思源与花野真衣之间的关系。听沈妍冰说过，花野真衣是日本的高级特工。这个女人的狠毒与心机，钮佳悦是见过的，特别是在上海大桥监狱四号牢房里，为了取得自己和李思瑶的信任，她忍受着巨大的痛苦，无论是挨皮鞭，还是被毒打，她都不吭一声。可李思源是“军统”的人，还是李思瑶的哥哥，他一直对李思瑶关爱有加，他怎么与日本特工在一起呢？钮佳悦决定把他们的底细弄清楚，不免有些着急起来，希望他们快点对话，把她想要听的全部说完，却不小心弄出了声响。

“好啊，你还在这里安排了人。”花野真衣警觉地走向柴草堆。

“是你在这里安排了人吧？”李思源也听到了声响，以为是花野真衣派人在这里埋伏，不由暗暗叫苦，但听到花野真衣的话，心里才稍稍放松下来。

随着花野真衣一步一步的走近，钮佳悦心里暗暗叫苦，如果被花野真衣和李思源发现了，自己的小命就会丢在这里了。

“快想一个主意。”钮佳悦在心里催促自己想办法，头上豆大的汗珠直冒。突然，她听到房上有猫在叫，便也学了一声猫叫。

“原来是猫在叫啊。”花野真衣长长地出了一口气。在这黑夜中，一点点声响都会吓死人的。她刚才的话虽然可以吓唬李思源，但她知道李思源与别的汉奸不一样。李思源是被逼迫的，而且当时是为了沈妍冰答应与他们合作的。如今沈妍冰已经被李思瑶救走了，他又怎会死心塌地呢？

“本来就是一只猫在叫。”李思源头上也有了豆大的汗珠。如果花野真衣在这里埋伏了特工，自己的一举一动都在监视中，刚才掏手枪指着花野真衣时，最先倒下的人是自己。

“虚惊一场。”花野真衣又走到李思源面前，说，“李思源，我希望你记住我刚才说的话。沈妍冰我们是势在必得。如果她跑到延安去了，那封信和那些照片照样会送到戴老板面前的。”

“你这个臭娘们。”李思源还想骂，只能把那些脏话咽了回去。他知道花野真衣肯定说到做到。自己现在真是骑虎难下，当初为了救沈妍冰的命答应了特高课，没想到沈妍冰是共产党员，他心里一个别扭啊。现在最重要的事不是在这里与花野真衣耍嘴皮子，而是想一个两全其美的办法，既不让沈妍冰落在花野真衣的手里，又不能让花野真衣把信和照片送到戴老板面前。虽然这件事很难办到，但又必须办到。

“今天他们逃掉了。我希望你行使‘军统’的权利，想方设法找到他们，然后通知我，剩下的事由我来办。”花野真衣的话咄咄逼人，让李思源没有反抗的余地，“只要这件事办好了，那封信和那些照片我会交给你。从此我们形同陌生人。”

“我希望你记住你刚才的话。”李思源没有别的办法，暂时答应花野真衣是必须的。因为刚才的冲动，差点导致自己没有退路。现在自己要以退为进，只有先稳住花野真衣，才能为自己赢得更多的时间。

“我们现在分开去找。不然，他们会没了踪影。”花野真衣说完就向巷子的另一头跑去。

“呸，你这个臭娘们，总有一天会死在我的枪下。”李思源说完，朝小巷子的另一头走去。

直到两人走了很远，钮佳悦像虚脱了一样，战战兢兢地从柴草堆里站起来，双腿不住地发抖，发现天已经大亮了。钮佳悦冷汗直冒，身上的衣服也全湿了。

这里不是久留之地，得马上去找哥哥钮卫国和李思瑶。但钮佳悦转念一想，却向花野真衣行走的那边奔了过去。

凌晨时分，钮卫国带着李思瑶、沈妍冰和朱佩玉终于到了一个秘密联络点。本来这个联络点不到万不得已是不会启用的，可如今为了沈妍冰的安全着想，钮卫国硬着头皮启用。而且这个秘密联络点以后再也不能用了。

几人坐下后吃了一些饭菜。朱佩玉突然问道："钮卫国，我一直弄不清楚，沈妍冰为什么值得你们这么兴师动众来找她？"

"这是秘密。"李思瑶抢先回答。

"李思瑶，别在我面前说什么秘密。当年我们一起去上海时，你、化名陈依然的沈妍冰、钮佳悦，还有那个日本特工，大家各怀心思。"朱佩玉有些不屑地说，"当时在船上，别以为我不知道你是共产党员，只不过当时没有证据罢了。特别是沈妍冰，我当时就看出了她与众不同，认为她不只是一个丫鬟那么简单，只是没想到她也是你们共产党的人。"

"大家都不要争了，还是我来说吧。"沈妍冰一改以往的形象，"我之所以被当成陈依然，是因为那个用我名字的日本特工花野真衣不知道我与陈依然下船时互换了身份，在我们下船时，她开枪打死的人是我的丫鬟。我之所以在她那里活到现在，是因为我除了是大家要寻找的红灯笼外，还知道一个天大的秘密。"

"还有一个天大的秘密？"钮卫国与李思瑶、朱佩玉异口同声地问道。

"是的。除我之外没有人知道的天大秘密。"沈妍冰说，"这是一个关系日军空袭重庆准备使用细菌弹的秘密，他们正在命令东北的731部队加紧时间生产。"

"细菌弹？对重庆也要使用细菌弹？"朱佩玉和钮卫国、李思瑶听到这个消息后都吃惊不小。如果日军真对重庆使用细菌弹，那重庆就真的完了。

“你是怎么知道这个消息的?”朱佩玉急切地问道。

“是花野真衣用密电向在上海的特高课请示的。我偷偷进了她的房间,看到了她印在纸上的数字,破译出来的。”沈妍冰说,“为了这个秘密,我一直在寻找组织,希望组织上把这个情报转告给重庆政府,同时也想办法呼吁国际社会,把这个情报报道出来。”

“这日本鬼子真是连畜生都不如,竟然打算向重庆投放细菌弹。如果他们真对重庆使用细菌弹,那将是一件十分可怕的事。”李思瑶不无担心地说,“可现在重庆政府又怎么会相信我们组织提供的情报呢?”

“是啊。我们接到的任务就是把沈妍冰同志送到延安,突然出现这样的情报,我们应当立即请示上级领导。”钮卫国在“军统”待过,知道情报传递的途径,即便马上把情报发给上级党组织,上级党组织再转到重庆政府手中,是十天半个月以后的事。万一日本飞机就在这十天半个月里空袭扔下细菌弹,那该如何是好?

“卫国说的没错。以我现在的级别,就是把这个情报报到‘军统’,他们也要经过核实啊什么的,再到国民政府最高层,起码也得十天半个月。”朱佩玉也有些茫然,不知该如何是好。

“时间已经不等人了。我有一个办法,让他们扔不了细菌弹。”沈妍冰见几人都为这个情报而发愁,便把她的想法说了出来,“只要有一台发报机,我就能把这个情报解决了。”

“发报机?”朱佩玉和李思瑶同时问道。

“是的,因为我已经破译了花野真衣他们的发报密码,只要按照他们的密码,找一个合适的理由,就可以阻止他们使用细菌弹轰炸重庆。”沈妍冰说,“但这个理由一定要适当,不然会适得其反。”

“这是一个好主意,总比我们先汇报给党组织,再让他们转这个情报,好得多。”钮卫国十分赞同沈妍冰的这个想法,又说,“我们来商量一下,想个什么主意好。”

“说重庆炸不得?还是说重庆的人炸不得?”朱佩玉一时想不出好主意来,在她的眼里这个看似很简单的问题,却又是那么复杂。

“只要合理就可以了。”李思瑶说,“我们一定要保住重庆,这关系着老百姓的性命。”

“其实，我已经想好了一个主意，也不知对不对？”沈妍冰征求另外三人的意见。

“既然你已经有主意了，不妨说出来听听。”钮卫国一听沈妍冰有主意了，便想知道合不合适。

“就说此情报已经泄露，国际上很多国家已经知道了，他们正准备报道这件事。”沈妍冰说，“只要有了发报机，我同时可以把这个消息发给我的同学，让他们在报纸上先刊登出来，给日本施加舆论压力。”

“主意是不错，但有些冒险。”李思瑶还是有些担心，“关键是我们现在到哪里去找发报机？”

“这个我来想办法。”朱佩玉说，“其他的不敢保证，但弄台发报机来，这个把握我还是有的。”

“那就这么办。就算冒险，总比大家干等着强。”钮卫国想了想，说，“我们还可以做两手准备。我们一边想办法阻止日军用细菌弹空袭重庆，一边向上级党组织汇报。”

“我看行。”李思瑶说，“那就这么定了。”

# CHAPTER 14

# 第十四章 情凄意切难倾诉

每每想起父母被日本鬼子的飞机轰炸致死的情景，钮佳悦的眼泪都会忍不住流出来，几年来，一心想为父母报仇都没有实现。如今，日本鬼子仍在中国的土地上烧杀抢掠，钮佳悦又对日本鬼子多了几分仇恨。要想化解这种仇恨，唯一的办法就是把他们赶出中国。只有这样，所有的中国人才会过上安稳的日子。得知花野真衣是日本特工，钮佳悦几乎是咬牙切齿，这个日本女鬼子不在日本好好待着，居然跑到中国来作威作福。因而，钮佳悦决定跟踪花野真衣，一定要找到花野真衣的老巢，然后报告李思瑶。

花野真衣与李思源分手后，怨气十足，这个支那人看起来也不简单，要想让他臣服于大日本帝国，还得花费许多精力。花野真衣一路想着如何让李思源完全臣服，全然没注意到钮佳悦在后面跟踪她。

走到半路上，花野真衣突然停了下来，她不能就这样回去，一定要把沈妍冰找回来。带走沈妍冰的是钮卫国和李思瑶。钮卫国是共产党员，李思瑶也是共产党员。既然他们都是共产党员，何必要自己动手？他们不同样是“军统”的死对头吗？那就让“军统”出面来消灭他们，自己何不来一个渔翁得利？花野真衣不禁为自己这个想法叫好。于是，她改变了方向，去了另一个地方。

钮佳悦在后面跟着，发现花野真衣突然停下来，然后朝另一个方向走去，一时弄不清她是不是发现了自己。可眼前这个女人就是炸死自己父母的凶手之一，又岂能让她这样逍遥自在？一定要跟踪她，哪怕前面十分危险，自己也不能退缩。

钮佳悦下定决心后，又悄悄地跟着花野真衣一路前行。没多久，花野真衣拐进了一条小胡同里，然后回头看了看有没有人跟踪，随即才走到大街上，朝一幢大楼走去。

“这不是‘军统’在重庆的一个大站吗？”钮佳悦曾经来过这里寻找哥哥钮卫国。

花野真衣刚到“军统”门口，就被卫兵拦住了。

“这个日本特工来这里干吗？”钮佳悦心里嘀咕起来，便又悄悄地走了过去，在一家小店门口，装作买东西的样子，想听听花野真衣到底要干什么。钮佳悦刚站定，就听到花野真衣对卫兵说：“我要找你们的长官，我有重要的消息要报告。”

“走开，你能有什么消息。”卫兵有些不耐烦地说，“这里是军事重地，再不走，就别怪我们不客气。”

“我真的有重要情报向你们长官报告。”花野真衣不甘心地说。

“你再不走，我真对你不客气了。”卫兵说着就拉响了枪栓，举起枪对准了花野真衣。

钮佳悦的心提到嗓子眼上，心里默默地念着：“兵哥哥，这个挨千刀的女日本鬼子肚子里花花肠子太多了。快开枪，打死她。”钮佳悦念完，又希望这个卫兵不要开枪，不能就这么便宜花野真衣，把她留给自己，自己要亲手杀死这个女日本鬼子。

“军爷，你们不是想抓共产党员吗？我正好知道他们的消息，还知道他们带走了你们要抓的一个重要嫌疑犯。”花野真衣说出了此行的目的。

“你有共产党员的消息？”卫兵放下了枪，“你等一下，我打个电话通报一下。”

“这个女鬼子，到底要干什么。难道她要向国民党军队告诉哥哥钮卫国和李思瑶的下落？”钮佳悦心里一惊，这个女鬼子果然非同一般，在上海大桥监狱的四号牢房里，她受了那么多的刑罚都没有吭声，可见她是一个十分狡猾的特工。钮佳悦一直以为她是个好人，没想到她竟然是个女鬼子，扮演好人扮演得太像了。不行，现在就要上前去揭发她的身份。钮佳悦刚要上前，却被小店的老板拉住了，并将手放在嘴边“嘘”了一声，示意钮佳悦不要说话。

“你是钮佳悦吧？”见钮佳悦冷静下来，店老板小声说，“快随我进屋，这里不是说话的地方。”

“你怎么知道我的名字？”进屋后，钮佳悦惊奇地问道，“你又为什么不让我前去揭发那个女日本鬼子的身份？”

“你上前去不但揭发不了她的身份，还会给你带来麻烦。”店老板说，“你赶紧回去向钮卫国和李思瑶同志报告，让他们立即转移。特别是李思瑶，她的身份现在已经彻底暴露了。”

“你是谁？为什么知道得这么清楚？”钮佳悦没想到在这里竟然遇到了一个知道他们底细的人，他是坏人还是好人？

“我是你哥哥钮卫国的朋友，你可以叫我钱叔叔。”店老板说，“如果你不相信，你可以拿着这包香烟给他，他就会明白一切的。”

店老板姓钱，大名钱大海，他是钮卫国安排在“军统”前的眼线。钮卫国一旦有消息要传出来，自己又走不开，就会到这里装作买香烟，然后把情报放在钱里，让钱大海及时把情报送出去。

钮佳悦听钮卫国说过，万一发生了特别大的事，或者他们都牺牲了，就去“军统”门前的小店里找一个姓钱的老板。这是钮卫国为钮佳悦准备的最后一道“防线”。钮卫国知道自己的处境，万一哪天出事，总得找个人把妹妹托付给他。虽然李思瑶也是钮卫国托付之人，但李思瑶的处境也非常危险。万一他和李思瑶都出事了，只能靠老钱了。于是，钮卫国告诉钮佳悦去找老钱的接头暗号：“两个黄鹂鸣翠柳，一行白鹭上青天。”老钱会回答：“行遍江南清丽地，人生只合住湖州。”

于是，钮佳悦便用暗号说：“两个黄鹂鸣翠柳，一行白鹭上青天。”

“行遍江南清丽地，人生只合住湖州。”钱老板回答。

暗号对上了。钮佳悦暗喜，不禁说道：“钱叔叔，果然是你。”

“快去，慢了，我怕‘军统’的人比你先赶到。”钱大海说完，拿了一个背包给钮佳悦，里面有些干粮，并告诉她钮卫国与李思瑶现在的地址，让他们马上转移。

出了小店，钮佳悦看到花野真衣从"军统"里面走出来，接着，几辆车也从"军统"那里开出来。钮佳悦大惊，心里不由着急起来。现在她得与时间赛跑，一定要赶在他们前面找到哥哥。

钮佳悦心里越是着急，脚步越是走不快。这才想起钱大海背包里有干粮，马上取下背包，发现里面除了干粮，还有一壶水。钮佳悦边走边吃干粮，感觉全身充满了力气，她拼命地朝钱大海给她的地址跑去，边跑边祈祷，哥哥，姐姐，你们千万不要出事。

天亮后，朱佩玉从附近的一个"军统"站那里拿来了一台小型发报机。沈妍冰立即按照商量好的计策向日本特工总部发去了电文。没多久，对方也发来了电文，说他们要考虑一下。只要对方考虑就需要时间，这样至少可以为把情报送给国民政府高层多争取了时间。

听到这个消息，钮卫国和李思瑶都会心一笑，这个结果能争取来太不容易了，接着，又让沈妍冰马上把情报发往延安。

"只要延安那边收到，肯定会想办法把情报转给国民政府高层的。"钮卫国说完，心里仍然十分担心，万一国民政府这边还犹豫不决，又该如何是好？

"卫国同志，你是不是在担心……"李思瑶见钮卫国眉头紧锁，知道他担心的事情。钮卫国担心的也是她所担心的，因此不禁问起来，但还没说完，她的话就被钮卫国打断了。钮卫国不想让沈妍冰、朱佩玉担心。朱佩玉是个急性子，如果知道这事不好办，她还不跳了起来，再去找"军统"，这一切努力岂不白费了？

朱佩玉一时还没有明白过来，又见钮卫国打断了李思瑶的话，问道："你们在担心什么？"

"没什么……"钮卫国的话还未说完，却被沈妍冰打断了。

"你们先别说话了，好像有人在给对方发电报了。"沈妍冰说着赶紧拿起笔，把电报的号码一个个记了下来。等对方把电报发完，沈妍冰已经列出很长一串数字。

"电报内容是什么？"钮卫国问。

“这是一个很特殊的号码。”沈妍冰发现这个号码也是她第一次看到，而且无论怎么排列组合这些数字，译出来的内容也不一样，而且文字内容完全不通顺。

“为什么会这样？”沈妍冰咬着笔头沉思起来，以她那些年在国外所学的密码知识，以及对花野真衣使用密码的了解，完全可以译出这些内容，今天为什么完全不一样呢？难道是自己刚刚给他们总部发过去的情报，被他们发现了？

“怎么啦？”李思瑶问了起来，她发现自己担心的事马上就要发生。

“沈妍冰同志，你不要着急，想办法把电报内容破译出来，我们才好想办法。”钮卫国也紧张起来，如果刚才发到对方总部的电报真被他们发现了，岂不是弄巧成拙？如果对方提前实行他们的计划，那重庆岂不要遭殃？

“到底出了什么事？快告诉我？你们搞得这么神神秘秘的干什么？再不说，我就把发报机砸烂。”朱佩玉看到沈妍冰一脸的焦急和李思瑶、钮卫国的询问，心里明白，肯定在哪个环节出事了，见几个人竟然不愿意把事情的真相说出来，她憋了一肚子的火。

“没什么大不了的事，沈妍冰同志一会儿就可以搞定。”李思瑶见朱佩玉在发火，心里想，一定要先把她安抚好，不能再出什么乱子。

“佩玉，你不要着急，凡是事情都有解决的办法。你没见我们都在想办法吗？”钮卫国知道朱佩玉的牛脾气一上来，九头牛都拉不回来，赶紧安慰她。劝她不要动粗，也不要着急，这时候不能再出什么乱子。如果大家不齐心，永远都解决不了问题。

“我知道了。”沈妍冰通过多次排列组合那些数字，终于得出了一个较为满意的情报。

“是什么？快说。”朱佩玉迫不及待地说道。

“这是一组天气预报的密码。”沈妍冰把破译好的情报放在桌子上，让大家看。

“什么破天气预报密码？”朱佩玉看了沈妍冰破译的情报内容为：“明天多云有雾，后天有雨，大后天晴，而且是晴空万里。”

“天气预报？”李思瑶沉思起来，这个天气预报又代表什么意思？

"这一定与轰炸有关。"钮卫国沉思了一会儿，突然说，"你们想想，这些日子以来，为什么重庆每次遭轰炸时，都是极好的天气。一旦下雨，或者有雾时，却不见敌机来空袭。"

"你这么一说，我也想起来了。"李思瑶也反应过来了，"这是在重庆隐藏的日本特工专门预报重庆的天气预报。只要重庆的天气好，他们就会把这个消息传递出去，然后日军的飞机就飞过来轰炸。"

"谷海山也跟我说过，花野真衣是气象专家。"朱佩玉突然想起谷海山给她下了如果不能生擒就地处决花野真衣的命令。

"思瑶同志，你分析得对，花野真衣的确是隐藏在重庆，专门为日军轰炸提供详细的天气情况，她还有一个代号叫麦子，意思是天气预报员。我偷偷进过她的房间，里面有许多关于重庆天气方面的书籍。花野真衣进特高课前，一直在学气象学，对中国的天气预报了如指掌。"沈妍冰说。

"妍冰同志说的没错，应该是这个道理。"钮卫国说完又分析说，"日本鬼子如果没有在重庆安排这样的特工，他们的飞机不可能每次来都是很好的天气。就算一两次是他们碰上好天气，不可能次次都碰上好天气。再说，重庆是个雾都，特别是一到冬天，雾特别多且大，他们才不会做无用之功。"

"你的意思说他们这次把天气预报的情报送出去，重庆又要遭空袭了？"朱佩玉终于反应过来了，立即想到了日军飞机即将来重庆轰炸。

"不止这么简单。"李思瑶想得更远些，"如果沈妍冰同志发过去的情报没有起作用，恐怕日本飞机不单单是轰炸这么简单，有可能使用细菌弹，这才是我们最担心的。如果国民政府高层高度重视，也许能避免最大的损失。可是，重庆这么多老百姓，他们该怎么办？"

"思瑶同志，你与我的想法一样，我也在为这个问题着急。"钮卫国与李思瑶的想法一样，担心也一样。如果是普通大轰炸，可以提前预报，让老百姓提前躲进防空洞里。家园毁了，可以重建。但遭受细菌弹轰炸，造成的损失无法估计。唯一的办法就是阻止日军使用细菌弹来空袭。

"那该怎么办？"朱佩玉着急起来。心里也嘀咕起来，怪不得钮卫国和李思瑶刚才那么紧张，事情比想象中还要严重。

“不要着急。我又分析了一下，刚才向日本总部发电报的人是花野真衣。她肯定修改了密码发送。通过我刚才的破译，已经掌握了她的密码。我用这套密码再试试。与她拼一下，看看他们总部相信谁。”沈妍冰征求钮卫国和李思瑶的意见。

“就这么办。”钮卫国思考了一会儿，说，“如果不行，我们至少赢得一些时间，还可以让国民党军队多准备一些高射炮。他们的飞机来一架就打下一架。”

“这个办法可以一试。你们负责与日本人周旋，国民政府那边我去找人说。”朱佩玉嘴上这样说，心里却直打鼓。上司谷海山让自己去暗查共产党员，不让自己插手日本特工的事，自己该怎么向他说这件事呢？

“这件事，你只能马上回去向谷海山汇报，让他马上向重庆高层汇报这个重要情报。”钮卫国对朱佩玉说，“佩玉，我代表重庆的老百姓感谢你。”

“那我走了。”朱佩玉深情地看了钮卫国一眼，其实钮卫国让她上刀山下火海，她也会毫不犹豫的，况且这是为这个千疮百孔的国家做一点事。

朱佩玉刚走，钮佳悦就赶来了。她跑得上气不接下气，一进来就瘫倒在地上。李思瑶赶紧端来一杯水让钮佳悦喝下。钮佳悦一连喝了两大杯水，放下水杯，就迫不及待地说：“‘军统’的两辆车载满人正朝这里赶来。”

“怎么回事？你是怎么知道这件事的？”钮卫国有些惊奇地问道。

“我跟踪了花野真衣，没想到她去了‘军统’站，她在门口对守卫说她知道谁是共产党员，然后就被守卫放了进去。”钮佳悦又喝了一口水，说，“钱叔叔让我赶紧来通知你们。对了，他还拿包香烟让我转交给你。”

这是一包普通的香烟，但是钮卫国知道一定发生大事了。香烟是钮卫国与钱大海联系的暗号，一旦有大事情发生，钱大海会把一包普通的香烟给他。其实，情报就藏在香烟里。因此，钮卫国从钮佳悦手里接过香烟时，脸色凝重起来。他立即撕开香烟口子，把所有的香烟倒了出来，从里面挑选出一支有些特别的香烟，他小心地将这支香烟一头撕开，倒掉头上的烟丝，香烟中间裹着一张纸条。钮卫国立即将纸条取出来，翻开一看，上面果然有情报。

“思瑶同志，你马上与沈妍冰同志带着我妹妹转移。”钮卫国用命令的口气对李思瑶说，“动作要快，不然来不及了。”

“出什么大事了？”李思瑶刚刚听钮佳悦说“军统”的人马上就要来了，但钮卫国看了纸条上的信息，脸色凝重，肯定比“军统”来的事还要严重。

“我们完全暴露了。思瑶同志，‘军统’已经把你的底细也查清楚了，他们也知道我查看了他们的绝密档案，并知道了沈妍冰同志的真实身份。他们已经在各个码头和路口设立了关卡，同时在城里的各个地方搜查我们。”钮卫国的脸色更加凝重起来，他在窃取“军统”内部的那份绝密档案时，做到了万无一失，拍照后，又放回了原处，没有留下蛛丝马迹，他们是怎么发现自己看过那份档案的呢？

“那我们现在怎么办？往哪里撤？”李思瑶知道钮卫国不轻易皱眉头，他现在除了皱眉头外，还神色凝重。仅凭这一点，事情的严重性可想而知。如果“军统”把各大路口都封锁了，就等于把他们堵在城里了。除了“军统”搜查他们，还要防着日本特工找他们，特别是花野真衣，她又岂能轻易地把沈妍冰让给他们？

“哥，姐，你们在说什么？‘军统’的特务马上就要到了，我们赶紧撤吧。”钮佳悦不知道哥哥钮卫国手里的那份情报，只知道“军统”会马上赶来。

“他们好像来了。”一直守在发报机前的沈妍冰突然站了起来，“我们已经被包围了。”

“你是怎么知道的？”钮佳悦问。

“他们在电报里说了我们的位置，他们的人也到了，还说已经把我们包围了。”沈妍冰说，“但我们有一个办法让他们撤离。”

“你有什么办法？”钮卫国问。

“既然他们用电报与‘军统’总部共享情报，我们何不妨命令他们撤离。”沈妍冰似乎胸有成竹地说。

“你命令他们撤离？开什么玩笑？”钮佳悦没有明白沈妍冰的意思，有些好奇，又有些怀疑。

“傻妹妹。你沈姐姐的办法，我看可行。”李思瑶已经明白沈妍冰的意思。

“我也赞同。没有时间了，沈妍冰同志，你马上实施你的办法。”钮卫国也觉得目前没有比这个更好的办法了。

“我就按他们刚才发电报的手法，马上给他们发，让他们马上撤离。但得有一个由头，不然他们知道是假的，会马上攻进来的。”沈妍冰有些迟疑，“只是这个由头我现在还没有想好。”

“这样吧。”钮卫国沉思了一下，说，“你就说以最新的情报显示，我们已经逃往朝天门码头，让他们马上去追。”

“这个理由好。”李思瑶也同意钮卫国的办法。

“好，我马上向他下达命令。”沈妍冰马上向门外的“军统”特工发去了电报，让他们马上撤离。

不一会儿，对方就回电：他们马上出发去朝天门。

“等他们走了，我们才能转移。”李思瑶看着情报，又直夸沈妍冰的主意多，也真不愧是一个情报高手。

“他们也不是那么好糊弄的，说不定，他们还要校对情报。”钮卫国还是有些担心，提醒道，“我们也不要想得太乐观，一定要静观其变。”

“卫国同志说得有理。等会儿我再发一次电报问问他们的进度。”沈妍冰虽然用的是和“军统”一样的密码发的电报，谁能保证“军统”会不会收到同样的情报？于是，她又说：“我刚才忘了一件事。我们能收到他们发来的情报，‘军统’也一样能收到。”

“沈妍冰同志说得对。我们能收到对方的情报，那么‘军统’也能收到同样的情报，只能迷惑他们一会儿，等他们反应过来，又会赶回来。”钮卫国立即命令道，“大家赶紧到后屋的地窖里隐藏起来。”

几人马上收拾东西往后屋走去，外面就响起了嘈杂的脚步声。

“不好，他们来了。”钮卫国立即掏出了手枪，对李思瑶说，“思瑶同志，我现在命令你带着佳悦、沈妍冰和电台马上下地窖。”

“哥，你也一起隐藏起来。”一直没有说话的钮佳悦，已经明白了钮卫国要吸引“军统”特工，她怎舍得留下哥哥独自一人对抗敌人？

“佳悦，你已经是一个大人了，听哥哥的话。你与思瑶姐她们一起隐藏起来，赶紧走，再不走就来不及了。”钮卫国又怎舍得扔下钮佳悦？可是在任务面前，他不得不选择牺牲自己来保证任务完成。

“卫国同志，你……”李思瑶还没说完，眼里噙满了泪水。她不知道此刻该说些什么，这个曾经一起战斗的同志，在关键时刻，选择牺牲自己来保护他人的安全。也许这就是一个共产党员该做的事。

“思瑶同志，等他们走后，你一定要把沈妍冰同志送到延安。这是命令，也是你的任务。”钮卫国一边说一边从口袋摸出一些钱，递到李思瑶手里面，说，“这些钱除了我的党费外，其余的钱就是你们的路费，一旦安全，就马上离开重庆，延安那边正等着妍冰同志呢。”

李思瑶与钮佳悦、沈妍冰只能满怀悲伤地与钮卫国分别，刚躲进地窖里，地面上就响起了枪声。约半个小时，地面上枪声停了，到处都是杂乱的脚步声。李思瑶强忍着眼泪，此时此刻，她知道钮卫国同志已经牺牲了。李思瑶了解钮卫国，他不可能活着被“军统”抓住，一定会战斗到最后一刻，但会给自己留下一颗子弹。悲从中来，但李思瑶脸上表现很自然，她不想让钮佳悦和沈妍冰知道钮卫国牺牲的情况。

又过了半个小时，地面上已经没有任何声音，李思瑶小心地走出了地窖，看到了钮卫国静静地躺在院子里，手里的枪还指向前方。

钮佳悦和沈妍冰也从地窖里出来了。钮佳悦扑在了钮卫国的身上。她没有号啕大哭，强忍着眼泪，用手帕将钮卫国身上的血迹擦干净。

这个为了实现自己革命理想的同志，就这样永远地倒在这里。李思瑶与沈妍冰也蹲了下去，擦拭着钮卫国身上的血迹。

朱佩玉费尽艰难曲折，终于将情报送了出去，她心里一直挂念着钮卫国。在回来的路上，朱佩玉的心一直跳得厉害，总感觉会有什么大事要发生，这事最好不要发生在钮卫国身上。朱佩玉越是这样想，越感觉钮卫国他们会出事。于是，她不顾天气炎热，直奔李思瑶他们隐藏的地方。

在老远的地方，朱佩玉就听到激烈的枪声，难道钮卫国他们暴露了？朱佩玉大气不敢出，又希望她刚刚听到的枪声是幻象，可枪声就在不远处，枪声刺得她的耳膜那么痛。

“卫国，你们要挺住，千万不要出什么事。”朱佩玉想着，又加快了脚步。

紧赶慢赶，朱佩玉终于到了房子前，可里面的枪声早停了下来。空中弥漫着的火药味，让朱佩玉不得不提醒自己，这里真的发生了枪战。

“卫国，你还好吗？”朱佩玉稍微观察了四周，发现这里的确没有其他人，便闪进了屋。她没有像预想中那样看到钮卫国，却看到了李思瑶和钮佳悦、沈妍冰在为钮卫国擦拭身体上的血迹。

“卫国，怎么啦？”朱佩玉丢下手中的东西，奔了过去，看到钮卫国已经闭上了双眼。朱佩玉心里一紧，只觉得眼前一黑，差点倒在地上。钮佳悦急忙扶住了她。

“嫂子……”钮佳悦轻轻地喊了一声。

“李思瑶，我走时说过什么？”朱佩玉稳了稳情绪，“你给我解释清楚，这到底是怎么回事？”

“朱佩玉，对不起。钮卫国同志为了掩护我们，他……”李思瑶心里的苦又有谁知道？但她知道自己此时不能悲伤，她还要继续完成钮卫国同志没有完成的任务，不能与朱佩玉发生任何冲突。钮卫国不但是她的上级，更是她的大哥。她又怎么会希望钮卫国出事呢？

“一句对不起，你能让卫国活过来吗？”朱佩玉说着掏出手枪，对准了沈妍冰，“李思瑶，你今天不说清楚，我就让她下地狱。”

“嫂子，你这是干什么？”钮佳悦突然挡在了朱佩玉与沈妍冰中间，用身体护住了沈妍冰。沈妍冰此时显得格外冷静，态度又是那么坚决。

“佳悦，你让开，这是我与她之间的事。不是她死，就是我亡。”朱佩玉拉响了枪栓。在她心里，钮卫国的死是沈妍冰和李思瑶造成的。如果大家不是为了沈妍冰，怎会有今天的结果？

“朱佩玉，你要冷静冷静。”李思瑶没想到朱佩玉会如此冲动，也不问青红皂白，就拿枪对着人，“你不知道沈妍冰同志对我们有多么重要吗?”

“她重不重要与我无关,我只要卫国好好地活着。我连这个小小的要求都没办到,我活着还有什么意思?”朱佩玉此时情绪有些崩溃了,她眼前又浮现出她与钮卫国新婚的那天晚上,两人在洞房里,有着说不完的情话,但两人最终相拥而眠。如今好些年过去了,两人仍没有过上真正的夫妻生活。早上走时,钮卫国还悄悄地告诉她,只要他把沈妍冰安全地送到延安,他就会与自己生活在一起,如今这个愿望永远实现不了了。朱佩玉已经是泣不成声,突然又举起手枪对着自己的头。

“你要干什么?”李思瑶眼疾手快,上前想夺下朱佩玉手中的枪,枪却响了,但子弹射向了天空。

“嫂子,你这是干什么?我哥走了,难道连嫂子也要丢下我?”钮佳悦走到朱佩玉身边,搂住朱佩玉哭着说,“嫂子,我哥没了,你要好好地活着,我不能没有你。”

“佩玉,你要好好活着,还有佳悦要照顾。”李思瑶夺下了朱佩玉的手枪,安慰她。其实,李思瑶的痛苦又怎会比朱佩玉少呢?

“是啊,朱小姐,只有好好地活着,才能对得起钮卫国同志,他的牺牲才有价值。”沈妍冰不知道怎样来安慰朱佩玉。她的内心也十分矛盾和痛苦。看到钮卫国的遗体,她眼前又出现回到家乡的那一幕,刚下船,丫鬟陈依然被花野真衣用枪顶着眉心,她还没弄清楚是怎么回事时就被花野真衣一枪打死。这些日子以来,她几乎每次做梦都会梦到这个场景。钮卫国是为了保护她们而牺牲的。因此,沈妍冰十分理解朱佩玉此时的心情。

“卫国啊,你怎么那么傻啊。你别以为我不知道你的一切,那是因为我对你的爱,一直没有揭穿你。因为对你的爱,我能容忍你的一切,但绝对不能容忍你就这样离我而去。”朱佩玉又哭道,“1934 年春,你加入了中国共产党,你接近我,就是为了打入军统内部,我接近你是为了得到你的爱。而我们的婚礼是如此地寒碜,但我不介意,因为我爱的不是豪华婚礼,而是你这个人。新婚晚上,你我相拥入眠。你这个傻瓜,为什么要这样做?我们可是夫妻了,为什么不行夫妻之实?这么多年了,你为何仍然不与我行夫妻之实,我知道你是在为我着想。想着有一天你先我而去，让我找一个好男人嫁了。傻瓜，我是那样的人吗？我今生今世只爱你一个人。你为什么偏偏要先离我而去？为什么我们只有夫妻之名，却没有夫妻之实？傻瓜，你这是在报复我吗？”

朱佩玉越哭越激动，几乎把她从与钮卫国认识以来，到结婚以后的事都说出来。只听得李思瑶、钮佳悦和沈妍冰的眼泪直流。她们没想到朱佩玉心里是如此之苦，也感叹钮卫国为了革命牺牲的不只是生命，还有他的爱情。

“我们不能在这里久待，刚才枪声响了，附近的特工又会赶回来。”李思瑶知道自己此时就是这几个女人的主心骨，不能因为悲伤，而忘了这是个危险之地。

“要走，你们走，我是不会走的，我要与我的卫国一起走。”朱佩玉发泄了压抑的情感后，不再显得那么悲伤，但她执着的神情又让人无法拒绝。

“我们一起把钮卫国同志的遗体带走，找个地方安葬。”李思瑶知道时间紧急，不能再耽误下去。其实，她又怎么舍得把钮卫国的遗体留在这里？

“走吧，嫂子。我们一起找个地方安葬我哥。”钮佳悦也安慰朱佩玉。

朱佩玉答应后，背起钮卫国的遗体一步一步地往门外走，李思瑶和钮佳悦想帮助，却被她拒绝了。她不许其他人碰钮卫国的遗体，还说，钮卫国只属于她一个人的，她要亲手安葬钮卫国。

安葬好钮卫国，天色已经暗了下来。朱佩玉让李思瑶带着钮佳悦和沈妍冰离开，她要一个人静静地陪着钮卫国的坟墓说一些悄悄话。

朱佩玉是“军统”的人，没人能把她怎样。因此，李思瑶带着钮佳悦和沈妍冰离开了朱佩玉。但李思瑶知道现在除了“军统”追杀她们外，还有日本特工花野真衣。因此，李思瑶觉得现在不能贸然把沈妍冰送出去，得找一个安全的地方。哥哥在“军统”里工作，只要他肯帮忙，事情就好办得多。毕竟沈妍冰还是哥哥的未婚妻，他没有理由拒绝她的要求。于是，趁着天黑，李思瑶带着钮佳悦和沈妍冰悄悄地回到仁爱堂医院附近一个出租房里。这是李思瑶提前租的房子,以防万一,没想到今天竟派上了用场。李思瑶安顿好沈妍冰和钮佳悦后,独自前往哥哥李思源的住处。

李思瑶之所以不带沈妍冰和钮佳悦前去李思源的住处,是不想引来不必要的麻烦。钮佳悦听到她要去寻找李思源,百般阻挠。

"佳悦,你总得说出一个理由来啊?不然,我怎么相信你的话?"李思瑶不知道钮佳悦为什么要阻挠。

"我们还是去外面说吧。"钮佳悦把李思瑶拉到门外一个僻静的地方,看沈妍冰没有跟出来,才大胆地说,"姐,有一件事我一直没有说。"

"搞得这么神神秘秘的,是什么事?"李思瑶着急地问钮佳悦。

"我发现你哥李思源与花野真衣有着不可告人的秘密。"钮佳悦一直没有机会把她那晚听到李思源与花野真衣的谈话告诉李思瑶。如果把他们的原话赤裸裸地告诉李思瑶,李思瑶肯定接受不了。哥哥钮卫国现在不在了,李思瑶也许更不把她的话当回事。但钮佳悦又不愿意把她们三个女人的命运交到李思源的手里,那岂不是羊入虎口?

"他们会有什么秘密?"李思瑶大吃一惊,急忙问。

"他们好像早就有交易了。"钮佳悦把那晚李思源与花野真衣说的话大致说了一遍,但她没有说太多,怕引起李思瑶的冲动。

"你说的都是真的?"李思瑶听后吃惊不小,把李思源以前的种种迹象连起来一想,发现李思源做事的确与众不同,他的嫌疑还真不小。她又不愿意相信哥哥会是一个汉奸。李思瑶多么希望钮佳悦刚才说的是假话,但事实又摆在眼前,她不得不面对现实。就算不向哥哥求助,也一定要问清楚这件事。因此,李思瑶对钮佳悦说:"佳悦,你的话我会放在心上,我还是要去一次。如果我哥哥真是汉奸,我会亲手为民除害。"

"姐……"钮佳悦心中一酸,她真不想让李思瑶去李思源那里,但他们毕竟是亲兄妹啊。

"你放心,姐分得清是非。"李思瑶主意已定,如果哥哥不是真正汉奸的话,至少可以助她一臂之力,把沈妍冰送出城外。

这是一座很讲究的院子，虽然经过大轰炸，外表看起来不是很起眼，院子里却布置得特温馨，很让人想起江南的春天。李思源就住在这里。

李思瑶赶到李思源的住处时，已经是深夜。李思瑶不想惊动任何人，悄悄地从围墙翻进院子里，直奔李思源的卧室。刚到门边，听到李思源在屋里与一个女人说话。李思瑶觉得这声音好熟悉，仔细一听，原来屋里的女人正是花野真衣。

“李思源，我们的忍耐是有限度的。如果再不把沈妍冰找出来，休要怪我们不客气了。”花野真衣的语气十分严厉，还带着一丝丝的不屑。

“你居然找到我的住处来了，你到底想要怎样？”此时的李思源显得底气不足，一点都没有那天晚上用手枪指着花野真衣的勇气了。

“你的事我们都已经记录好了，当然还附了照片。如果你不按我们的意思办，我们会在你们的老板桌子上放上一封信，其后果你比我清楚。”

“你……”

“不能再拖了。时间拖得越长，沈妍冰就会跑得越远，当然对你也越不利。”

原来，哥哥李思源真的与日本特务勾结在一起。李思瑶肺都气炸了，想掏出手枪直接给花野真衣一枪，却不小心弄出了声响，屋里的灯顿时灭了。接着一个黑影跑了出来，直接去了门外，李思瑶举起枪对着黑影却没有开枪。李思瑶害怕跑出来的人是李思源，误伤了他。就在李思瑶犹豫时，一支枪顶住了她的头。

“把枪放下。”说话的人是哥哥李思源。

“哥，是我，思瑶。”李思瑶赶紧回答。

“是你？思瑶？这么晚了来干什么？”李思源有些不高兴地质问李思瑶。

“哥，到你屋里说话吧。”李思瑶又明知故问道，“刚才跑出去的那个人是谁？”

“一个朋友。”李思源极不情愿地让李思瑶进了他的房间。

进屋后，李思瑶开门见山地问李思源："哥，刚才跑出去那个人，是日本特工花野真衣吧。"

"既然你都知道了，还问我干啥？"李思源没想到妹妹已经知道了一切，痛苦地闭上了眼睛，他希望这一切都不是真的。

"哥，我也不与你兜圈子。说说吧，为什么要与日本人合作。"李思瑶冷冷地说道，"他们可是杀害我们同胞的凶手，侵占我们家园的豺狼。"

"我是有苦衷的……"在李思瑶面前李思源更没底气，他希望这一切悄悄地凭空消失，可事实不如他所愿。白天，李思源在"军统"里人模人样，可一到晚上，他会陷入深深的痛苦之中。谁让自己那么爱沈妍冰，如果不是因为爱沈妍冰，他怎会受日本特工的挟持？

"即便你有苦衷，也不该卖国求荣！你知道我们家乡有多少人死在日本鬼子的手里？在重庆，又有多少人死在日本飞机的轰炸之中？在全中国，又有多少人死在日本鬼子手里？"李思瑶越说越激动，"我们都是中国人，都是一个有良心的中国人，难道你的良心被狗吃了吗？吃着中国人的饭，却替日本人办事？你对得起死去的父母吗？当年，父母是怎样被日本人逼死的？你难道忘记了吗？"

"你以为我真心地替日本鬼子卖命吗？我是迫不得已。"李思源再一次痛苦地闭上眼睛，"这一切，都是为了沈妍冰，你知道吗？日本鬼子拿她的命来威胁我……"

"什么？"听到沈妍冰的事，李思瑶不由问了起来，"沈妍冰以前是用她丫鬟陈依然的身份，他们怎么会用沈妍冰的身份来威胁你？"

"你们知道她是陈依然，但我知道她是沈妍冰。"李思源痛苦地回忆那天的事来。那晚，他被特高课叫了去，拿出一张照片递给了李思源。李思源接过照片一看，正是沈妍冰和陈依然两人的合影，不由着急起来，特高课说只要李思源好好地配合他们，并让李思源指出哪一个是沈妍冰，这样就能保证沈妍冰的生命安全。李思源多了个心眼，认为自己指陈依然的话，那么日本特高课的人肯定会认为事实正好相反，所以，李思源指认的是真正的沈妍冰。果然，特高课上当了。他们把陈依然当成了沈妍冰。后来，李思源得知沈妍冰来到了重庆，于是，李思源悄悄地行动想把沈妍冰救出来。结果发现叫沈妍冰的人并不是沈妍冰。李思源有些着急了，却意外地发现叫陈依然的人才是沈妍冰。直到化名沈妍冰的花野真衣找到他时，他才明白。日本特工控制住了沈妍冰，以便在重庆刺探情报。

“你看到的不一定是真实，真相你不一定能看到。”李思瑶叹了一口气说，“沈妍冰与丫鬟陈依然回国时，两人互换了身份，刚下船，花野真衣不由分说，就一枪把陈依然打死了。我还以为是花野真衣心慈手软，原来是她弄错了。花野真衣的本意是想打死沈妍冰，然后自己装成沈妍冰，而留下陈依然是为了掩护她。在上海，与我同住大桥监狱四号牢房，想打入我们的内部，结果她的阴谋没有得逞，又来到重庆。”

“原来是这样。”李思源没想到他一直被日本人牵着鼻子走，自己还是“军统”人员，怎么连这么重要的情报都没有查清楚呢？

“亏你还是‘军统’的人。”李思瑶十分生气地说，“现在沈妍冰在我手里。我要把她送出重庆，你无论如何都要帮忙。”

“这个……我想想办法……”听到要把沈妍冰送走，李思源多少有些舍不得。如果不是为了沈妍冰，他又怎会沦落到当汉奸呢？

“不是想想办法，而是一定要送我们出城，这是你将功补过的唯一机会。如果你胆敢把这个消息告诉花野真衣，其后果你是知道的。”李思瑶生气地说，“我希望你就此收手，做一个堂堂正正的中国军人，而不是一个汉奸，更不是卖国贼。”

李思源鼻子一酸，眼泪不由掉了下来。心想自己一直被日本人利用，不就是让沈妍冰好好地活吗？自己把她送出重庆，也是为了让她好好地活着。想到此，李思源不由长长地叹了一口气，说道：“思瑶，你放心，既然沈妍冰活着，我会让她安全出城。”

李思瑶见李思源答应了，便又趁着夜色离开了李思源的住处，她还要考验考验李思源，不可能就这么轻易地让李思源把她们带出城，万一李思源中途变卦，又怎么能完成任务？

# CHAPTER 15
# 第十五章　坚定不移的信仰

爱一个人很简单，也很累，除了牵挂与思念，更多的是担心对方的安全。爱情不只是嘴上说说，更应当把对方放在心里，让彼此的心相互融合、相互思念、相互牵挂。朱佩玉一直以为她的心融入了钮卫国的心里，却不知道钮卫国为了自己的信仰，竟然打碎了自己的心，而且碎得一塌糊涂。结婚几年来，两人在一起的时间加起来不到一个月，两人说过的话也不会超过他们一天一夜说的内容。有时候，朱佩玉也在想，她爱上钮卫国是不是爱错了人，可一看到钮卫国，她就会情不自禁地把她的爱赋予钮卫国。朱佩玉也承认自己不可救药地爱上钮卫国，这是一种病态的爱。但正是这病态的爱，又让她爱得不能自拔。

直到钮卫国牺牲了，朱佩玉才明白了一件事，爱情是自私的，是任何人任何事都不能占有的。失去了，永远找不回来。所以，她认为“军统”派给她的任务分文不值。钮卫国在的时候，她为什么没有好好地爱一场？偏偏要接受谷海山的什么狗屁任务？如果不是谷海山相逼，也许她与钮卫国会找一个没有战争的地方，过幸福的生活，她会给钮卫国生一堆儿女。可现实不是这样，她又不得不面对现实。

现在她明白过来了，可惜晚了。

钮卫国永远不会与她在一起了！朱佩玉伤心欲绝，不知道是怎么回到宿舍的。

“你怎么才回来？我给你的任务怎么样了？”朱佩玉刚进屋被吓了一大跳。谷海山坐在桌前，像一个雕塑一样一动不动。如果不是他说话，很难让人想象这房间里有个活人存在。

“你来干什么？”朱佩玉此时不想理睬谷海山。

“钮卫国死了，他是国民政府的叛徒，死得好。你可是国民政府的精英，个人感情又算得了什么？你有你的任务。完不成任务，就是对国民政府的不忠。”谷海山突然显得很激动，“噌”地站了起来，指着朱佩玉的鼻子说，“当初是谁保了你？又是谁保了他？都是我谷海山用性命替你们担保的。可你呢？连一点成绩都没有。让你追查日本特务，结果你连一个小日本特务都没有查到。再让你追查共党分子，到现在你也没有抓到一个共党分子。”

“你不是向我保证过，不会让我的钮卫国死的吗，你做到了吗？他不是被‘军统’的人杀害的吗？”朱佩玉从没与谷海山顶过嘴，这一次，她要把所有的怨气都发泄出来，“什么国民政府，什么鬼任务，能比得上我的卫国重要吗？”

“你……你疯了，知不知道辱骂国民政府是什么罪行？”谷海山没想到平时看上去十分听话的朱佩玉今天像疯了一样，其实他非常理解朱佩玉的行为。虽然谷海山是“军统”里的重要人物，说话一言九鼎，可“军统”那么大，很多人都不属于他的管辖范围，又怎样保得住钮卫国的安全？再说钮卫国是“军统”内部的人，却是共产党的潜伏特工，早就上了“军统”的黑名单。钮卫国的前上级知道了他的住处，又怎能不去消灭这个共产党员，一雪前耻？

“还国民政府，连自己最爱的人都保不住，这样的国民政府不要也罢。”朱佩玉越说越激动，“我连命都不想要了，你又能把我怎样？国民政府又能把我怎样？”

“朱佩玉，你说些啥话？你真不想活命了？”谷海山没想到朱佩玉会说出如此的话来，难道她已经被赤化了？正想掏枪，却发现朱佩玉掏枪的速度比他还快。谷海山吓得脸都白了，但他发现朱佩玉的手枪没有指着他，而是对准了自己的脑袋。

朱佩玉这是要自杀的节奏。谷海山想上前夺下朱佩玉的手枪，又怕激怒了她扣动扳机，只得另外想个办法让朱佩玉的情绪稳定下来，于是喊道："朱佩玉，你要干什么？快把枪放下来，有话好好说。"

朱佩玉没有把枪放下来，淡淡地说："这一切都是你逼我的。卫国不在了，我活着还有什么意思？"

"佩玉，你听我说，这一切不是我逼你的。要怪，你只能怪日本鬼子和共产党，这一切都是他们逼你的啊。你想想看，如果日本鬼子不侵略我们国家，我们用得着如此拼命吗？如果没有共产党的存在，你想想钮卫国会加入共产党吗？他不加入共产党，又怎么会死呢？这一切的一切，都是日本鬼子和共产党惹的祸。所以，钮卫国虽然死在我们'军统'手里，但他间接地死在日本鬼子和共产党的手里。如果你就这么死了，一点价值都没有。因为日本鬼子和共产党都希望你死。"谷海山一口气说了很多，又说，"难道你不想为钮卫国报仇吗？难道你就这么软弱吗？"

"你……"朱佩玉觉得谷海山的话没错。如果没有日本鬼子的侵略，她不会加入什么"军统"，钮卫国也不会加入共产党，他们会在一起好好过日子。她给钮卫国生儿育女，过着常人的生活。于是，朱佩玉握着手枪的手慢慢地垂了下来，谷海山趁机夺下手枪。

"佩玉，你记住了，无论你杀死日本特工，还是共产党员，都是在替钮卫国报仇。杀他们一个，你就扯平了，杀两个，就赚了。我等待你的好消息，并给你庆功。"谷海山说完趁机离开了朱佩玉的宿舍，他不想再在朱佩玉这里待下去，他怕自己也会发疯。

直到谷海山出去了很久，朱佩玉还在想谷海山的话。钮卫国是为了保护李思瑶和沈妍冰与"军统"交战身亡，而李思瑶又是被日本特工花野真衣追杀而逃跑的。无论是李思瑶、沈妍冰，还是花野真衣，一个个都该死。如果没有她们的存在，钮卫国就不会死。只要钮卫国不死，朱佩玉就有机会与他共度余生。

"都是她们惹的祸，我得把她们一个个杀死，为钮卫国报仇。"朱佩玉咬牙切齿地说。但在这些女人当中，有一个女子不能死，那就是钮佳悦。钮佳悦是她的小姑子，她曾答应过钮卫国，要好好地保护钮佳悦。钮卫国不在了,她要兑现向钮卫国许下的诺言。

看到哥哥钮卫国的遗体时,钮佳悦硬是没有掉一滴眼泪。不是她不想哭,而是她把那种失去亲人的悲伤深深地埋在心底,她不想李思瑶和沈妍冰替她担心。钮佳悦也认为自己已经长大了,很多事情她可以独自处理、独自承担。只要一天不把日本鬼子赶出中国,她就一天没有替父母报仇。如今哥哥走了,替父母报仇的任务就落在她一个人的身上。当然,还要为哥哥报仇。

通过这些年来的观察,钮佳悦发现能救中国的只有共产党。哥哥是共产党员,李思瑶和沈妍冰都是共产党员。他们哪怕是牺牲自己的生命也要救中国。他们不只是这样想,而且也这样做了。哥哥是为了拯救这个国家而牺牲的,他的牺牲是有价值的,虽然他没有亲手替父母报仇,但他已经在行动了。因此,钮佳悦为自己做出了一个重大的决定:她要加入中国共产党,要跟着李思瑶,一起把沈妍冰安全地送到延安。

钮佳悦为自己的这个想法很是激动,只需要等待李思瑶回来,就把这个想法告诉她。可钮佳悦左等右等,也没见李思瑶回来,心里不由着急起来。沈妍冰见她坐立不安,便让她静下心来,所有的事情都需要一个过程。钮佳悦知道沈妍冰所说的过程,也知道有些事情急不来,但她还是决定先吐为快,于是问沈妍冰:“冰姐姐,你说说,我加入共产党,行不行?”

“你要加入中国共产党?”沈妍冰没想到钮佳悦是为这件事而坐立不安,便说,“这事最好等你李姐姐回来,你问问她。如果她同意,我也愿意做你的入党介绍人。”

“嗯,我也是这么想的。”钮佳悦觉得李思瑶和哥哥都是共产党员,他们交流次数多,自然也比沈妍冰懂得多。

就在两人谈话中,李思瑶疲惫不堪地回来了。这几天,发生的事情太多了。在确定了哥哥李思源与日本特务花野真衣勾结后,李思瑶除了悲伤之外,也为哥哥对沈妍冰的痴情难过。他这样做,到底是对还是错?李思瑶犹豫着要不要把这个消息告诉沈妍冰时,见钮佳悦给她端来一杯水,静静地看着她。

李思瑶一回来，神情有些飘浮，钮佳悦有些纳闷，想问问她，又把话咽了回去。

“你怎么啦？李思源怎么说？”沈妍冰也看出了李思瑶的心思，不由问道。

“妍冰同志，你了解我哥吗？你们以前经常在一起，他对你是不是真心的？”李思瑶想从沈妍冰那里得到一个真正的答案。哥哥李思源既然那么爱沈妍冰，当年沈妍冰出国前，他为什么没有把沈妍冰带走？另外，他从花野真衣那里看到了真正的沈妍冰活得好好的，他又为什么不想方设法把沈妍冰救出来？难道他另有目的？

“怎么说呢？如果你哥哥不是真心对我，当年他也不会天天偷偷跑来见我，找我约会。”沈妍冰在加入中国共产党前，她与李思源的感情可用“郎有情妾有意”来形容。其实，沈妍冰在学校里，思想前卫，直到某一天，她被老师带到宿舍里，看到好几个同学聚在一起宣誓。老师告诉她只有加入中国共产党，才能救中国。原来这几个同学在宣誓加入中国共产党，几天后，即将赴新的地方去完成任务。沈妍冰经过思考，也决定加入中国共产党。直到她被父亲送到国外去留学，党组织就给她下派了新的任务，学习密码知识。到国外后，她才渐渐地忘却了李思源。

但真正爱过，又怎能忘记？

“姐，你们在说什么呢？什么爱不爱的啊？我有正经事对你说。”钮佳悦见她们谈沈妍冰对李思源的感情，没有机会插嘴。

李思瑶见钮佳悦十分着急的样子，就问：“佳悦，你有什么急事吗？”

钮佳悦坚定地说：“姐，我刚刚与冰姐姐谈过了，我要加入中国共产党。”

“佳悦，好端端地怎么想起加入共产党了？”李思瑶听到钮佳悦这话时，既高兴又忧虑。高兴的是钮佳悦的觉悟提高了，忧虑的是钮佳悦的年龄小，不想让她过早地卷入。

“我哥哥既然加入共产党，他的选择肯定没有错。我要完成我哥哥的遗愿，我要替他把冰姐姐送到延安。”钮佳悦斩钉截铁地说。

“佳悦，你这个想法是好的。可是……”李思瑶明白钮佳悦说这话经过深思熟虑了，不是头脑一时发热，可一想到钮卫国交代她的话，她有些犹豫不决。再说，加入共产党也不是一件容易的事，先要经过党组织考验。

“姐姐，什么叫想法是好的？我已经下定了决心，一定要加入共产党。因为我看到只有共产党在真正为老百姓办实事。”钮佳悦说的没有错，这些年来她一直跟着李思瑶，看到李思瑶所做的事情，也看到哥哥所做的事情，他们是真心为这个国家、为老百姓办实事的。

“思瑶同志，佳悦是一个不错的人选，你答应她吧。”沈妍冰劝李思瑶不要犹豫，其实李思瑶心里很赞同钮佳悦加入共产党。凭着钮佳悦的聪明劲，肯定会是一个合格的共产党员。

“好吧。你先写一个入党申请书，我和你的冰姐姐做介绍人。等到了延安，党组织一批准，你就是一名共产党员了。”李思瑶觉得钮佳悦的聪明，对敌人的憎恨，还有坚定的信念，这些是一个共产党员必备的基本条件。只是她向钮卫国承诺过，一定要保证钮佳悦的安全。钮卫国生前也说过，他不想钮佳悦卷入任何党派。所以，李思瑶在犹豫要不要把钮佳悦培养成共产党员。现在，钮佳悦自己提出来了，这是她自愿的。

“谢谢姐姐，我就知道你一定会答应我的。我一定会好好地表现，争取早日加入共产党。”钮佳悦见李思瑶答应了，高兴不已。

“佳悦，你可以好好表现。我们这次送你冰姐姐去延安，路上肯定是凶多吉少，你除了保证自己的安全外，还要保证你冰姐姐的安全。她是我们最重要的人，哪怕我们自己牺牲，也不能牺牲你冰姐姐。”李思瑶自从接到这个秘密任务以来，就时刻准备着牺牲。

“保证完成任务。”钮佳悦突然学着敬了一个军礼，但她用的是左手，顿时引来李思瑶和沈妍冰的大笑。

绝不能让沈妍冰离开重庆。如果让她到了延安，这对于大日本帝国的损失是不可估量的。花野真衣这几天怒火冲天。她发誓一定要抓住沈妍冰，以此弥补她的过错。原本找李思源来执行这个计划。可偏偏在商谈中李思瑶来了，而且好像听到了她与李思源的谈话。李思源是指望不上了。要找到沈妍冰，首先得找到李思瑶，她是唯一把沈妍冰送往延安的人，因为李思源告诉她，钮卫国死了。李思瑶是唯一的人选，但李思瑶是李思源的妹妹，要找到李思瑶不是一件容易的事。何况他肯定不会向她透露李思瑶的行踪，何况他又是“军统”的人，他不可能这么轻易地让别人抓住李思瑶和沈妍冰。如果李思源逃脱自己的要挟，就算自己把他所做的一切告诉给“军统”高层，李思源完全有办法消灭自己。即使李思源没有消灭自己，也会给大日本帝国造成不小的损失。综合考虑后，花野真衣决定先去找李思瑶和沈妍冰。

去找李思瑶的人还有朱佩玉。从悲伤中走出来的朱佩玉，决定为钮卫国报仇。在朱佩玉的意识里，钮卫国的死，李思瑶和沈妍冰有着不可推卸的责任。她要先找到李思瑶和沈妍冰，杀死她们，再去找花野真衣，这个日本特务也一定要死在她的枪下。

钮卫国牺牲前也没留下重要的线索，更没有留下重庆地下党员的信息，现在一切都只能靠自己。两天后，李思瑶仍没有等来李思源的消息，决定带着沈妍冰和钮佳悦离开重庆。

“姐，我们可以去找老钱。”钮佳悦见李思瑶一筹莫展，突然想到了她在“军统”门前的小卖部见到过的钱大海。

“哪个老钱？他是干什么的？”李思瑶一时没想起老钱是谁。

“钱大海啊，‘军统’门前那个小卖部的老板。”钮佳悦说。

“想起来了，你前两天回来提起过他。”李思瑶说，“他是一个什么人？可靠吗？”

“肯定可靠。他说他是我哥的人，如有什么困难可以去找他。”钮佳悦想起哥哥钮卫国生前对她说的话，又说，“我哥生前说过，一旦他牺牲了，有困难就去找老钱。”

“那我们马上去找他，让他安排一下地下党同志帮助我们离开重庆。”李思瑶思量了一下，如今在重庆也只能找老钱了。以前，因为纪律问题，她都是与钮卫国单线联系。

“我现在就去。”钮佳悦自告奋勇地说，“我对那里的情况熟悉，又与他见过面。”

“那这个任务就交给你了，但你一定要注意安全。”李思瑶觉得钮佳悦比较合适去执行这个任务。

“佳悦，你要小心。万一遇到危险，就赶紧跑。”沈妍冰也叮嘱钮佳悦，“哪怕是遇到你的嫂子朱佩玉，也不要相信她，更不能把我们的住址告诉她。”

“两位姐姐放心，我会注意自己的安全的。”钮佳悦觉得这又是一个非常重要的任务，她一定要做好。

钮佳悦出门没多久，就被人跟踪了。跟踪钮佳悦的人是花野真衣，但钮佳悦却全然不知。花野真衣在城里转了很多地方，都没有找到李思瑶等人的踪影，十分丧气，就在她动摇时，钮佳悦出现在她的视野里。只要找到钮佳悦，就能找到李思瑶和沈妍冰。因此，花野真衣决定悄悄跟踪钮佳悦。

钮佳悦在小巷子里转来转去，转了好大一圈，才走到钱大海的商店门前。仅仅几天，钱大海的商店换成了一家早餐店，老板不是钱大海。

“这个钱老板到哪里去了？难道钱老板失踪了？”钮佳悦弄不明白，想上前去询问，却被人拉住了，回头一看是嫂子朱佩玉。

“这里危险，快离开这里。”朱佩玉小声说，“佳悦，你的胆子真大，都这个时候了，还敢来找钱大海？”

“嫂子，你知道钱大海……”钮佳悦的话还没有说完，已经被朱佩玉拉着就跑了。两人转了好多条大街小巷，才在一个僻静的小巷子里停下来。

“你为什么要找钱大海？”朱佩玉问钮佳悦，“跟嫂子说实话。”

“嫂子，你都知道了？”钮佳悦不清楚朱佩玉是怎么知道自己找钱大海的事，出门想起沈妍冰的话，不要对朱佩玉说实话。可她一想到朱佩玉毕竟是自己的嫂子，前些日子也帮助了她们不少，便忍不住问了。

“你知道吗？钱大海已经被‘军统’抓走了。这个早餐店是‘军统’的人开的，引你们上钩。要不是我及时赶到，你现在也被抓进去了。”朱佩玉说完，又问道，“李思瑶她们在哪里，带我去找她们。”

“嫂子，这到底是怎么回事？”钮佳悦多了一个心眼，想把事情问清楚才判断要不要带她去找李思瑶。

“钱大海是共产党员，他是你哥钮卫国的另一个下线。以前没有抓他，是在等你哥接头时一起抓。如今你哥死了，他也没有利用的价值了，所以抓进去审问，让他供出哪些人是共产党员。”朱佩玉说，“我也是刚刚才知道这个消息。”

“原来是这样。”钮佳悦没想到事情这么复杂，这次的任务要失败了，她有些垂头丧气。

“你还没有回答我呢。李思瑶她们在哪里？现在就带我去找她们。”朱佩玉有些迫不及待地说，“再不带我去，她们会有危险的。”

“嫂子，她们在一个很安全的地方。”钮佳悦想起了沈妍冰说过，现在为了安全，无论是谁，都不要将她们的藏身之地说出来。钮佳悦也知道这是一个共产党员所必备的觉悟。

“你直接说她们在哪里，我现在去找她们。别到时候她们被抓了，你后悔都来不及。”朱佩玉越是着急，越是催促钮佳悦告诉她沈妍冰藏身的地方，这引起了钮佳悦的怀疑。

钮佳悦知道现在情况紧急，特殊事情特殊对待，可如何摆脱朱佩玉又是一件艰难的事情。如果自己不告诉她，她肯定会刨根问底，该怎么办？这是钮佳悦第一次独立处理这样棘手的事情。尽管她的脑子里飞快地转速思考，却还是没有想出一条妙计来。

突然从她和朱佩玉后面传来了一个冷冷的声音：“朱佩玉，钮佳悦，你们可好？”

钮佳悦和朱佩玉转身一看，只见花野真衣拿着手枪对着她们。花野真衣跟踪钮佳悦，原来是想跟着她找到李思瑶，没想到半路上杀出个朱佩玉。朱佩玉是“军统”的人。她不想惹朱佩玉，正想放弃跟踪时，却发现朱佩玉拉着钮佳悦往小巷子里跑，便跟了过来。趁朱佩玉不注意的时候掏出手枪对准了她们。

“花野真衣，你这个日本鬼子，想干什么？”朱佩玉下意识地把钮佳悦往身后推。

“朱佩玉，只要你死了，钮佳悦就是我的了。”花野真衣冷冷地说，“你都询问她这么长时间了，也没有问出李思瑶的隐藏地来，你们‘军统’的人都是饭桶。”

“你这个日本鬼子，跑到我们国家来横行霸道，你还有脸在这里说话?”钮佳悦看到花野真衣,就想起了父母被炸死的惨景,也想起了哥哥的死,不由怒从心生。她从朱佩玉背后站了出来,骂道,“你这个日本特务,不滚回你们东洋去,跑到我们国家来杀人放火。你还有理了?”

“钮佳悦,一直以为你只是一个小姑娘,没把你放在我们名单上。没想到,这几年你跟着李思瑶,变化着实不小,将来也是我们大日本帝国的后患。”以前,花野真衣的确小看了钮佳悦,但这几年纽佳悦的成长,让她有些担心,特别当得知是钮佳悦从她身边带走沈妍冰的。

“花野真衣,你别太猖狂了。这里是重庆,是我们的国土。今天就试试,我们谁能离开这里……”但朱佩玉的话还没有说完,花野真衣的枪响了,而且对准了钮佳悦。凭着本能,朱佩玉也拔出手枪朝花野真衣开了一枪,左手把钮佳悦往身后一拉,花野真衣那一枪的子弹射向了朱佩玉的胸口,而朱佩玉的子弹只射中了花野真衣的左臂。朱佩玉在倒下的那一刻,连发数枪,同时让钮佳悦快跑。花野真衣被朱佩玉封住开枪的机会,只得躲了起来。

此时,传来了沉重的脚步声,有许多人朝这边跑了过来。花野真衣见失去了机会,转身逃进了另一巷子里。朱佩玉知道是附近的“军统”赶来了,她气若游丝,强撑着让钮佳悦赶紧走。

“嫂子,我不走。”钮佳悦哭着说,“我哥没了,我不能没有你。”

“傻孩子,快走,这是命令。我代表你哥执行他的命令。钮家已经失去了很多,再也不能失去你。快去和李思瑶她们一起去延安吧,重庆不适合你。”朱佩玉稍微歇一口气,又说,“佳悦,我要走了,在下面有你哥哥陪着我,我再不会孤单了,我和你哥再也不会分开了……”

朱佩玉死了,钮佳悦最亲的两个人离开了她,像做梦一样。但钮佳悦答应过李思瑶,要与她一起把沈妍冰送往延安。钮佳悦强忍着悲痛,脱下衣服盖在朱佩玉身上,然后朝另一个方向跑去。

钱大海被捕,朱佩玉死了。李思瑶听到这个消息后,十分悲伤,最后一线希望也破灭了,她只能再次去求助哥哥李思源。

晚上,李思瑶安顿好钮佳悦和沈妍冰,独自去李思源的住处。如果不是为了能够顺利地把沈妍冰送往延安，李思瑶还真不想去李思源那里。这些年来，李思源的变化太大了，变得让李思瑶都不认识他了。特别是得知李思源与花野真衣相互勾结后，李思瑶真想给李思源一枪，可毕竟李思源是自己最亲的人。李思瑶三岁时被父母送人，如果不是李思源暗中资助，她也许早就不在人间了，即使在人世，也不会学医，更不会成为一名共产党员。

李思瑶来到李思源的住处时，李思源独自一人在喝酒。这是李思瑶第一次看到李思源喝酒。在李思瑶的印象里，李思源是从不喝酒的，遇到烦心事，就会抽烟。李思源香烟抽得越猛，说明他的心事越重。今天，李思源独自一人喝酒，他又遇到了什么事情呢？

"哥，你为啥喝酒了？"李思瑶问道。

"有些事你不懂。"李思源说完又自顾自地喝酒，喝完一瓶又开启了一瓶。

"哥，你别这样。我今天是来问你上次答应我的事，怎么样了？"李思瑶不想李思源喝醉了，自己又白跑一趟。时间不等人。现在，不但"军统"正在四处搜查沈妍冰，花野真衣也在寻找她们。稍有不慎，沈妍冰就会落入他们的手里。

"什么事？"李思源放下酒杯，问道，"你们不是走了吗？怎么还在重庆？"

"我要你帮助我们离开重庆。"李思瑶不想与李思源拐弯抹角，便直截了当地说。

"重庆有什么不好？你们非要去延安？你知道吗？如果沈妍冰能被重庆政府重用，日本人的飞机还会那么疯狂吗？我就不相信，国民政府难道还不如你们共产党吗？"李思源说着突然哭了起来，"沈妍冰是我这一辈子最喜欢的人，她为什么抛弃我去延安？"

"原来你喝酒是为了这事。"李思瑶没想到李思源为了沈妍冰，居然哭了。酒后吐真言，李思瑶真正明白了李思源的心思。一个男人一辈子只爱一个女人，是要付出很大的勇气。相反，一个女人爱一个男人，也是要付出勇气的。比如朱佩玉爱上钮卫国，她可以违反"军统"的纪律，也可以为钮卫国去死。这也是需要勇气的。

"思瑶，你知道我当年为什么被沈家老爷看不起？是我没有出息吗？不是，他们压根儿就看不上我们李家。如果他真能看上我们李家，就不会在父母死后把沈妍冰送到国外去读书了。女人读那么多书，有什么用处？她能一辈子捧着书本过日子吗？不能，肯定不能。最终还得找一个男人做依靠，靠男人过日子。还有你，思瑶，你也这么大了，我早就说过，给你介绍一个男人，好好地过日子。可你呢？非要加入共产党，干掉脑袋的事。这又是何苦呢？”

“哥，你说的是什么话？在国家危难之际，只要是国人，不分男女，不分老少，都应当抵御外来的侵略者。沈妍冰去国外读书，是用知识来武装自己，回来后用知识抵御外来侵略者，有什么不妥吗？”

“我知道我说不过你，你被共产党洗脑太深。”李思源知道李思瑶从小伶牙俐齿，自己说话从来没有赢过她。如果当年不是父母把她送人，留在家里好好地念书，如今至少也成了教授级人物。可惜，这个妹妹却跟共产党沾上了关系。

“我是共产党员不假，你看这个国家千疮百孔，是谁在拯救？是谁在敌人后方斗争？是我们共产党人，是我们共产党人冒着生命危险和不顾个人的安危在与日本鬼子做斗争。难道你不知道在山西时，你们国民党军队节节后退，是谁在抵挡日本鬼子的进攻？是我们共产党的八路军；在华南的战场上，又是谁在抵挡日本鬼子的进攻，是我们共产党的新四军。”李思瑶越说越激动，“哥，是谁在拯救中国，难道你还没有看出来吗？”

“我只是小兵一个，又有什么办法？连自己心爱的女人都保护不了。我能干成那些大事吗？”李思源又何尝不知道这些情况，又说，“思瑶，你太厉害了，我说不过你。你走吧，这里你不能待得太久。如果你再不走，就走不了了。”

“哥，你会后悔的。”李思瑶见李思源仍然不愿意帮忙，心里十分难过，连哥哥都指望不上，后面的道路更加艰难。但人不能在一棵树上吊死，回去再想想办法，要尽快把沈妍冰送往延安，重庆已经不能再待了。

走出李思源的住处，李思瑶有些生气，又有些心痛。哥哥李思源是她十分尊敬的人，如今变成了这个样子。时间可以改变一个人，可在这国难当头的时刻，哥哥居然还变了节，更是让人心痛。李思瑶有时候也在想，如果她送的人不是沈妍冰，李思源会不会已经把这个消息告诉花野真衣，或者告诉“军统”。她与其他人此刻还能活着吗？

一路上，李思瑶只顾着想此事，却不知道后面有两个人在跟踪她。

跟踪李思瑶的人是花野真衣和李思源，准确说是花野真衣在跟踪李思瑶，而李思源在跟踪花野真衣。

前几天晚上，花野真衣正与李思源谈话时，见李思瑶找李思源，但明白李思源无论如何都不会背叛他的妹妹，更不可能帮她找到沈妍冰。因此她出了李思源的房门，又折身返了回来，悄悄地潜伏到李思源的窗前，听到了李思瑶与李思源的谈话后，便想跟踪李思瑶，但她没想到，李思瑶的反侦察能力太强，没跟踪多久，就跟丢了。不能无功而返，因此她守在李思源屋前，等待李思源去找沈妍冰。谁知道李思源比她想象中还要聪明，并没有马上去找李思瑶。花野真衣知道李思源是一个多情的人，如果不是这样，当年特高课也不会控制了他。所以，花野真衣相信李思源一定会去找李思瑶和沈妍冰。令她意外的是，李思瑶又来找李思源。花野真衣决定再次跟踪李思瑶，并在心里盘算着，这次一定不能跟丢了。

花野真衣忽略了一个人，那就是李思源。李思源为什么没去找李思瑶，其实他心里非常清楚，只要他一行动，花野真衣就会尾随而至。所以，他在等待一个时机，让花野真衣先行动。他要借李思瑶之手解决花野真衣。这样，花野真衣的死与他无关，日本特工那边就会把账算在共产党身上。

果然，花野真衣上当了。

看到花野真衣那高兴的劲儿，李思源不由笑了。他要让花野真衣知道什么是“螳螂捕蝉，黄雀在后”。

花野真衣只顾跟踪李思瑶，完全没有防备李思源跟在她身后，直到她看李思瑶进了一个低矮的院子里，她终于可以歇口气了。

“原来她们隐藏在这里。”花野真衣诡异地笑了笑，然后悄悄地朝另一个方向跑去。

“她肯定去搬救兵了。”李思源判断出了花野真衣的用意。绝不能让花野真衣伤害了妹妹，更不能让她伤害了沈妍冰。沈妍冰是他这一生的最爱，妹妹李思瑶是唯一的亲人。这两个人对他来说非常重要。因此，李思源也立即去了附近的一个“军统”站，从那里拿来了两把手枪和一些子弹。他要趁花野真衣返回来前，把枪和子弹送给妹妹。但李思源千算万算还是晚了一步。等他回到李思瑶等人隐藏的地方时，发现花野真衣带了好几个日本特工，正准备翻墙而入。

“不能让他们的阴谋得逞。”李思源立即用一块黑布蒙住了脸，接着掏出手枪，对准日本特工开了枪。随着枪响，一个日本特工应声倒下。花野真衣见背后有人放枪，即命几个特工朝李思源的藏身处跑了过去。

双手难敌四腿。李思源此时有些后悔，刚刚为什么不带几个“军统”特工过来呢？但后悔已经来不及了。他不得不拼命朝日本特工射击。日本特工一个个倒下，却没挡住剩下的人前进的步伐。很快，李思源把所有的仇恨都化为子弹，他不停地射击，不断有日本特工倒下去。直到他把所有的子弹射出去，又立即拔出一把刀来。就在此时，一个日本特工从后面包抄过来，对着他开了一枪。李思源痛苦地倒在了地上。待那个日本特工走近他时，他使出了最后的力气，把刀刺进了日本特工的胸口里，同时，又一声枪响了，这一枪打在了李思源的胸口。

“你这个支那猪。”李思源还能清晰地看清朝他开枪的人，正是花野真衣。李思源想拿起手中的刀刺向花野真衣，却感到全身无力。是的，他再也没有力气了。只觉得整个山城在摇晃，天上的星星也在摇晃。李思源吐了一口鲜血，视线越来越模糊，他好像看到了沈妍冰和妹妹李思瑶正微笑着朝他走来。沈妍冰还是那么楚楚动人，妹妹李思瑶还是那么漂亮。

再见了，我的初恋；再见了，我的妍冰；再见了，我的妹妹。李思源闭上眼睛时，眼前全是沈妍冰的身影。过去所有的思念、牵挂、回忆，都在这一瞬间化为乌有。

花野真衣没想到，看上去痴情的李思源居然有这么好的身手，把她带去的特工全部干掉了。现在要抓到沈妍冰，只能靠自己了，刚才的枪声响了，李思瑶和沈妍冰肯定有了准备。但花野真衣顾不了那么多，错过了今天，也许会永远错过这么好的机会。于是，她翻墙进了院子。

院子里黑灯瞎火的。花野真衣跳下去，刚站稳，一支枪顶住了她的后背，并顺手缴了她的手枪。

“花野真衣，来找我们也用不着晚上翻墙进来啊。咱们到屋里好好谈谈吧。”说话的人是李思瑶。

刚才的枪声四起，李思瑶知道自己被人跟踪了，好像有人故意放枪告诉她。但随着枪声大作，她不敢带着沈妍冰和钮佳悦贸然出门。只得让钮佳悦和沈妍冰先躲起来，自己守在院墙里静观其变。

随着枪声停下来，一个女人翻进了院墙，李思瑶辨认出这个女人就是日本特工花野真衣。

进屋后，钮佳悦点燃了灯。

“沈妍冰，你这个女人瞒得我好苦啊。”花野真衣在看到沈妍冰的那一刻，歇斯底里地喊道，“你说说，你为什么要骗我？”

“你这个日本狗特务，我要为我的妹妹陈依然报仇。如果不是她在船上与我换了身份，死的人就是我。”沈妍冰看到花野真衣，心中就有一股怒火直往外喷。

“你这个日本狗特务，不在你们日本待着，跑到我们中国来干什么？”如今亲手抓到了花野真衣，钮佳悦就想到哥哥钮卫国的死，也怒火冲天，恨不得一刀解决了花野真衣。

“钮佳悦，没想到几年前你还是个小女孩，跟着李思瑶也变得聪明了，当初在四号牢房里为什么没有结束了你的性命。”花野真衣做梦也不会想到，当初为了接近李思瑶，可谓用尽了各种办法，结果还是被李思瑶溜走了，如今自己却落在了她的手里。

“佳悦、妍冰同志，不要与她废话了。我们得赶紧离开这里。刚才的枪声肯定会引来国民党兵搜查。”李思瑶知道钮佳悦和沈妍冰对花野真衣的仇恨，所以现在必须想办法把花野真衣处理掉。不然，后患无穷。

就在李思瑶考虑问题时，花野真衣突然挣脱了李思瑶的手，只一步便跃到了沈妍冰后面，一把抓住了沈妍冰，并从口袋里掏出一把微型手枪，对准了沈妍冰的头。突如其来的变故，让李思瑶和钮佳悦都吃惊不小。

“李思瑶，你千算万算，没有算到这一招吧？”花野真衣狂笑道，“对付你们这群共产党员，我有的是办法。”

“你放开她，有什么事你冲着我来。”此时，李思瑶只想保住沈妍冰的命，哪怕用她的命去交换，她也愿意。

“放开她，你能饶过我吗？今天，不是你死就是我亡。如果你死，你可以与你哥哥李思源去地下会合；如果我死了，我会去地下找李思源报仇，让他做鬼也不得安生。”花野真衣知道沈妍冰在她手里，李思瑶不敢轻举妄动，但最终还会死在她手上，不如用李思源的死来激怒李思瑶，说不定还有一线生机。

“什么？我哥哥已经死在你的手里？”听到哥哥已经死了，李思瑶崩溃了。哥哥给花野真衣做了不少事，可他毕竟是自己唯一的亲人，如今也死在这个日本鬼子手里，她又岂能不难过？

“哈哈，李思瑶，我说过，你们共产党人也不过如此。我杀了他，你又能把我怎样？如果你不想要沈妍冰的命，就朝我开枪，我们看看谁的手快。”花野真衣见李思瑶上当了，不禁得意地笑了起来。

“你这个日本鬼子，放开我的沈姐姐，有本事冲着我来。”钮佳悦突然指着花野真衣的鼻子，顺手抄起桌上的茶杯朝花野真衣扔去。

花野真衣没想到钮佳悦会有如此举动，立即掉转枪口，对准了钮佳悦扣动扳机，李思瑶快步用身体挡住了钮佳悦，同时她手里的枪也响了，正中花野真衣的眉心。花野真衣至死也没想到李思瑶竟然有如此好的枪法，竟然是百发百中，而且是直接击中要害。

“小日本，我可以死，但也要你死在我前面……”李思瑶说着这话时，脸开始发白，整个人也慢慢地倒了下去。第一个反应过来的是钮佳悦，她急忙扶起李思瑶，看到她胸前有鲜血冒出。刚才，李思瑶用身体挡住钮佳悦时，花野真衣那一枪击中了她的胸口。

沈妍冰从花野真衣的枪口逃生，头上冷汗直冒，直到钮佳悦的喊声，她才醒悟过来，急忙跑过来，大声喊道：“思瑶同志，你要挺住！”

“我没事。”李思瑶笑了笑，但声音十分微弱。

“姐，你还说没事，你的鲜血流个不停。”钮佳悦哭着说。

“快用毛巾堵住她的伤口。思瑶同志，你要挺住，我们马上送你去医院。”沈妍冰学过急救，可眼前除了毛巾外，又没有药物。以李思瑶目前的情况只能送医院就医。

“你们就别忙了。我自己就是医生，自己的伤自己知道。”李思瑶断断续续地说完，长长地出了一口气，顿了顿，又说，“佳悦，我最放心不下的是你。钮卫国同志让我保护你，看来我要食言了。以后的路就要靠你自己了，也不能看到你入党了。你的入党介绍信在我上衣口袋里，你拿出来吧。”

“姐，你会好起来的。”钮佳悦越哭越厉害，哥哥钮卫国死时，她没有哭，父母被日本的飞机炸死后，她没有哭，只是把仇恨深深地埋在心底。可李思瑶不一样，她教会了自己如何面对生活，该走什么样的路。

“思瑶同志，你少说点话，省点力气，我们想办法送你去医院。”沈妍冰看到李思瑶中枪，眼前也浮现丫鬟陈依然被花野真衣一枪击中眉心的情景，仇恨的怒火熊熊燃烧，便朝花野真衣的尸体狠狠地踹了几脚。

“妍冰同志，你的任务非常艰巨，共产党非常需要你。”李思瑶不住地咳嗽，尽管沈妍冰用毛巾堵住了她的伤口，但鲜血仍流个不停。

“姐，你不要说话，我要你好好地活着，说好了，我们要一起到延安呢。”钮佳悦又不住地哭起来。

“佳悦，你现在已经是一个大人了，听姐的话。姐现在正式交给你一个任务。你的任务，就是把你的冰姐姐安全送到延安，然后拿着我给你写的介绍信去找领导，他们一定会批准你入党的。你跟他们说，我没有完成任务，我失职……”李思瑶的话还没有说完，就永远地闭上了眼睛。

“姐……我不要你死，我要你与我们一起去延安。”钮佳悦大哭起来。

沈妍冰没想到为了她一个人，已经牺牲了好几个同志，忍不住眼泪流了出来。但她知道，此时只能把悲伤放在心底，她不能死，她还没有为党做出一点贡献。因此，她轻轻站起身来，走到花野真衣身边，把她身上的包袱拿下来，翻开一看，里面除了一件旗袍，别无他物。沈妍冰仔细一看，这件旗袍正是她的。

“终于物归原主了。”沈妍冰在心里默默地念着。花野真衣至死也没有想到，她一直寻找的密码就在这件旗袍上。

“佳悦，我们把你的李姐姐安葬了吧。”沈妍冰拿到了旗袍，心里也有了底，她现在可以去延安了。

“好吧。”钮佳悦知道此时无论多么悲伤，完成李思瑶交给她的任务是最重要的事。她与沈妍冰安葬了李思瑶，然后恋恋不舍地向李思瑶的墓告别。

尽管前方的路很长，但无论如何都要走下去，哪怕是丢了性命也要把沈妍冰送到延安。这不但是一个承诺，更是一个人的信仰。只要有坚定不移的信仰，就没有完不成的任务。钮佳悦打定主意，与沈妍冰踏上了一条漫长的道路……

# CHAPTER 16
# 第十六章　尾声

1949年夏天的上海，天气异常炎热，谷海山坐在桌前唉声叹气，尽管头顶的风扇哗哗地响着，但他头上的汗水有如雨下。

此时，一个手下进来说再不撤离，就没有机会了。谷海山挥了挥手让他出去。谷海山不是不想撤离，可他于心不甘。自从朱佩玉死后，上级就要求他彻查红灯笼的下落，多年过去了，仍然没有查到。就在几年前，听说延安方面派红灯笼到上海执行秘密任务。谷海山也随后到了上海，连红灯笼的影子都没有查到，更别说完成上级交给的任务了。

“这是侮辱我的智商啊。”谷海山又叹了一口气，便从柜子里拿出许多文件来，这是他多年特工生涯的心得，还有“军统”的秘密文件。解放军已经兵临城下，万一这些东西落在解放军的手里，后果不堪设想。于是，谷海山把这些文件放到一个火盆前，一张一张地撕开，他要把这些文件烧掉。当他拿起自己的心得时，又忍不住看了看，这么珍贵的东西就要付之一炬了。谷海山有些舍不得，可舍不得归舍不得，最终也带不走。谷海山一狠心，掏出打火机点燃，忽然感到一阵风吹来，打火机上的火熄灭了。谷海山再次拨打打火机时，一个女子像幽灵般出现在他的面前。

“你是哪个部门的，怎么还没有撤离？”谷海山没看女子，就厉声喝道，“赶紧撤离，不然解放军进城了，你想走都走不了。”

“我为什么要走？我从没想过要走。”女子说话时，手里突然多出一把微型手枪，枪口对准了谷海山。

“你是谁？”谷海山看到微型手枪，下意识地抬头看眼前这个女子。女子像是从诗中走来的仙子，一身绚丽的旗袍，让人想起电影明星阮玲玉来。但在谷海山眼里，这个女子有着“颦浅笑香一缕，艳妆丛里，香气渐迷魂。花自倾国人自怜，红嫣清淳任凝眸”的美。但除了这些，她身细如杨柳，轻轻盈盈的身姿，正是一个典型的江南女子，她给这不平静的上海带来了一种祥和与宁静。

女子冷冷地回答道：“钮佳悦。”

“钮佳悦？”谷海山想了半天，终于想了起来，“你是钮卫国的妹妹？那个一脸忧伤到上海去找钮卫国的钮佳悦？”

“是。”钮佳悦一脸冰霜。

“哈哈，哈哈，钮佳悦，我早就该想到是你了。你就是一直隐藏在上海的红灯笼。”谷海山痛苦地扔掉了打火机。他又怎么想不到呢？“军统”内部一直要查代号为红灯笼的共产党员密码高手，谷海山看过“军统”内部的绝密档案，上面记载的代号为红灯笼的密码高手是沈妍冰。沈妍冰与钮佳悦到了延安以后，就一直在延安待着，后来听说到了上海。谷海山随后也到了上海，命令在上海的“军统”特工查寻沈妍冰，可他们连沈妍冰的影子都没有找到。后来才得知，沈妍冰根本没有离开过延安。

这到底是怎么回事？谷海山有时候连自己也不相信，“军统”的情报历来就准确无误，为什么连续得到的多次情报都错了？于是，谷海山问道：“据我所知，沈妍冰从没离开过延安。你在上海工作，是顶替了沈妍冰红灯笼的代号？”

“你错了，我不是冒名顶替她的代号，我本来就是红灯笼。”钮佳悦说，“因为我们每一个特工都叫红灯笼。因为只有我们甘愿做一盏盏红红的灯笼，愿意为他人指路、引路。”

“我终于明白了。”谷海山痛苦地闭上了眼睛，大半个中国都在解放军的攻势下解放了。如今，解放军兵临上海城下，上海解放也是迟早的事，只是没想到来得这么快。他们甘愿做别人的引路人，又怎能不胜利呢？正如钮佳悦所说，他们个个都是红灯笼，他们也甘愿做一盏引路的红灯笼。

"你最好把这些文件都交给我们。"钮佳悦淡淡地说，"你也可以选择与我们合作。"

"唉……钮佳悦，算你厉害。当年我干特工时，你还只是一个黄毛丫头，没想到，仅仅几年时间，你就变得如此成熟。"谷海山苦笑着说，"有很多地方我不清楚，想请教一下。"

"只要你问得对，我会告诉你。"

"这几年，在上海有许多日本军官离奇失踪，与你有关吧？"

"是。"

"共产党从上海获取日本特工所有情报，也是你干的吧？"

"是。"

"前些日子，我们'军统'的情报总是外泄，也与你有关吧？"

"是。"

"唉，如果朱佩玉有你一半的能力，我也安心了。可惜，她与你相比，给你提鞋都不配，算我走眼了。"

"请你不要侮辱我嫂子。"

钮佳悦的脸色变了，但谷海山仍然自顾自地说："钮佳悦，你比你哥哥钮卫国也强得多了。他是我一手带进'军统'的，但我也知道他是在为共产党办事。我多么希望他能替我们'军统'办事，没想到，我错了，错得一塌糊涂。"

"你没有错。"

"钮佳悦，我一直不清楚，你和你哥哥钮卫国为什么那么相信共产党？"

"因为，我看到一句话：'我可以没有美貌、也可以没有爱情，但我不能没有信仰。'我相信这是一句真理。"

"'我可以没有美貌、也可以没有爱情，但我不能没有信仰'，这句话，好深奥。"

"我也问你一件事，我哥哥是不是你派人杀死的？"

“或许是吧。”

“你……”

“我不想解释太多。我知道自己的结局，也知道迟早会有这么一天。因为我也看到那句话：‘我可以没有美貌、也可以没有爱情，但我不能没有信仰。’但我理解不了，因为我是一个男人……”谷海山的话还未说完，猛地朝墙边奔了过去，一头撞在墙上，鲜血顿时溅向四处。

钮佳悦慢慢地蹲了下去，收拾好谷海山扔在地上的文件，然后站起来，转身出了门，像风一样消失在大上海的黑暗中……

（全书完）

2018 年 2 月 7 日初稿于湖州

2018 年 2 月 26 日二稿于湖州

2018 年 3 月 5 日三稿于湖州

2018 年 4 月 8 日四稿于湖州

2018 年 5 月 20 日五稿于湖州